PACHINKO

パチンコ

下

ミン・ジン・リー　池田真紀子［訳］

Min Jin Lee

文藝春秋

パチンコ　下　目次

装幀　大久保明子
カバー・表紙画像　韓国 国立民俗博物館
ＤＴＰ製作　言語社

主な登場人物

パク・ソンジャ……………朝鮮、影島に生まれ、大阪に移り住んだ女性
キム・ヤンジン……………ソンジャの母
パク・イサク………………ソンジャの夫　大阪長老教会副牧師に
ノア…………………………ソンジャの長男
モーザス……………………ソンジャの次男
ソロモン……………………モーザスの息子
パク・ヨセプ………………イサクの次兄　長崎で被爆する
パク・キョンヒ……………ヨセプの妻
コ・ハンス…………………ノアの父　闇社会とつながる実業家
キム・チャンホ……………コ・ハンスの部下
外山春樹……………………モーザスの友人　刑事となる
外山…………………………春樹の母　仕立屋
外山大介……………………春樹の弟
裕美…………………………外山の店のお針子　モーザスの恋人
あやめ………………………同右　春樹の婚約者
後藤…………………………大阪のパチンコチェーンのオーナー　モーザスを雇う
梅木晶子……………………ノアの恋人　早稲田大学の学生
高野日出夫…………………長野のパチンコ店の支配人
フィービー…………………ソロモンの恋人　コリア系アメリカ人
長富悦子……………………モーザスの愛人
花……………………………悦子の娘

第二部　母国

一九三九－一九六二年　（承前）

11

一九五五年十月

モーザスは、お気に入りの漫画や古銭、父の眼鏡など大事な品物を納めたトランクの蓋の内側にプロレスラーの力道山《りきどうざん》の写真をテープで貼っていた。在日コリアンの力道山とは違って、モーザスは相手と密着して長時間組み合うのは好きではない。力道山は空手チョップで有名だが、モーザスにも必殺パンチがあった。

長年のあいだにモーザスはさまざまなタイプの少年を殴ってきた。罵声を浴びせられれば殴った。友達の春樹《はるき》をいじめた生徒も殴った。鶴橋《つるはし》駅に屋台を出して駄菓子を売っている母や祖母にいやがらせをする客がいれば殴った。このころになると、ソンジャも学校の先生や相談員、同級生の怒った親からの手紙や訪問に慣れっこになっていた。ソンジャが何を言っても息子はやはり喧嘩をする。いつか危険な相手との深刻なトラブルに巻きこまれたり口論になったりしないかと心配だった。モーザスが喧嘩をして帰ってくるたび、ヨセプとノアは彼を座らせて注意した。そのあとしばらく喧嘩騒ぎはやむ。しかし何かのきっかけでかっとなると、モーザスはまた、殴られて当然のことをした相手に殴りかかった。

何があったのとソンジャに聞かれたときのモーザスの反応は、いつも二つのうちのどちらかだった。ソンジャや家族の面目《めんぼく》をつぶしたことを心の底から謝るか、喧嘩のきっかけを作ったのは自分ではないと弁解するか。ソンジャは息子の言い分を信じた。十六歳の息子は粗暴な性格をしているわけではない。本人は状況が許すかぎり、そして自分が辛抱できるかぎり、暴力に訴えるのを避けようと努力しているが、いじめがあまりにひどいと、あおってきた相手を素早く強力な一撃で黙らせてしまうのだ。これまで数人の鼻の骨を折ってきた。目の周りに痣《あざ》ができた相手は数えきれない。いまとなってはよほどの愚か者か、新しく来たばかりで事情を知らないいじめっ子でないかぎり、モーザスに喧嘩を売ってくる生徒はいなかった。教師たちでさえ、腕っ節の強さではモーザスにかなわないと認めて敬遠していた。またモーザスにその力をよからぬ目的に使う気はないこと、他人の干渉を嫌うことは誰もが知っていた。

トラブルに巻きこまれないよう、モーザスは下校時にまっすぐ駄菓子の屋台に行くことになっていた。キョンヒはヨセプの世話があるので家を空けられない。そこでノアは、母や祖母の仕事をモーザスに手伝わせた。いつかちゃんとした店舗を買う資金ができたら、モーザスも当然、母や祖母と一緒に店で働くものと周囲は考えているが、当のモーザスにその気はなかった。物を売るのは女の仕事だ。女性を下に見ているわけではないが、飴玉を作ったり鯛焼きを売ったりするのに一生を費やすなどまっぴらだった。

しかしいまのところは母と祖母を手伝い、鯛焼きの鉄板や飴の鍋を熱する携帯式のコンロの石炭が足りなくなれば、喜んで調達に走った。一日の終わりに帰宅するとき体力自慢の若い者が手押し車を押してくれるのは、夜明け前から働き通したソンジャやヤンジンにはありがたいことだった。しかし夕方四時から七時のあいだ、モーザスに頼む用事はほとんどなかった。ソンジャとヤンジンの二人だけで、お菓子を作ったり客の相手をしたりをこなせてしまうからだ。その時間帯の客はさほど多くない。

秋の終わりのある日の午後、鶴橋市場は閑散《かんさん》としていた。売り子の女性たちは客が少ないのをいいことにおしゃべりに花を咲かせていた。モーザスは海苔巻《キムパプ》きを買いに行くという口実を残して市場の反対側に向かった。誰も引き留めなかった。本当の目的は、靴下を売っている少女、千秋《ちあき》に会うことだった。

千秋は十八歳の日本人で、戦争で両親を亡くした。いまは年老いた祖父母と暮らしながら、祖父母が経営する大きな靴下店を手伝っている。小柄で肉感的な体つきをした千秋は、男と見れば媚《こ》びを売った。同性の友達は少なく、市場で働く若い男性たちとおしゃべりするのを好んだ。千秋はよくモーザスをからかう。自分のほうが二歳年長だからだが、気に入っている男の子たちのうちでモーザスが一番ハンサムだと思っている。惜しいのは、モーザスが在日コリアンであることだ。もしモーザスとつきあったら、祖父母から勘当を言い渡されるだろう。千秋もモーザスもそれはわかっていたが、ただおしゃべりするだけならどうということはない。

午後になって祖父母が帰宅してしまうと、店を閉めるまでその日は千秋一人になる。そこでモーザスをはじめ少年たちが顔を出して千秋の話し相手になった。千秋は何年も前に学校を辞めていた。学校に女王然として君臨するお高くとまった女子たちに我慢がならなかったせいだ。それに祖父母も、女の子に学歴は必要ないと考えていた。祖父母は畳店の次男との縁談を進めていたが、千秋はその次男坊を退屈と感じていた。千秋の好みのタイプは、おしゃれな服を着た話のおもしろい男の子だ。異性に並々ならぬ関心を抱いているくせに千秋は奥手で、不純な経験はまだいっさいない。ゆくゆくは祖父母の店を継ぐことになるし、美人だから、カフェに行きたいとき連れていってくれる異性には事欠かなかった。千秋の魅力は誰の目にも明らかで、千秋のほうも異性にちやほやされるのが何より好きだった。

モーザスが店の入口をノックし、うまいと評判の祖母のできたての鯛焼きを差し出すと、千秋は顔を輝かせて唇をなめた。まずはうっとりと香りを楽しんでから、一口かじる。

「おいしい。おいしいわ。モーちゃん、ありがとな」千秋は言った。「甘いものが作れるハンサムな男の子。モーちゃん、理想の男やな」

モーザスは微笑んだ。千秋は本当に愛嬌がある。こんな女の子はそう見つからない。若い男としかしゃべらないと陰で言われているが、それでも千秋と話すのは楽しかった。それにモーザスは千秋がほかの男と話しているところを見たことがないから、噂が本当なのかわからない。千秋は見た目が可愛らしく、赤い果実のような色の紅を塗った唇はいかにもおいしそうだった。

「どう、儲かってる」モーザスは訊いた。

「ぼちぼち。あんまり売る気ないから。今週分はもう充分稼いだっておじいちゃんも言うてた」

「サンダルのおばちゃんがこっち見てるで」モーザスは言った。真向かいのサンダル店の渡辺《わたなべ》さんは、千秋の祖母と仲がいい。

「あの意地悪ばあさん。ほんまうっとうしい。あたしのこと、おばあちゃんにまた告げ口するんやろうけど、好きにしたらええねん」

「俺としゃべってたら、あとでまずいことになるやろか」

「ならへん。それより甘いものばっかり食べてるほうがまずいことになりそうや」

「そしたらもう持ってくるのやめるわ」

「あかん、また持ってきて」千秋は鯛焼きをまた一口かじり、いやいやをする幼い少女のように首を振った。

　そのとき、会社員風の若い男性が店先で足を止めるのが見えて、二人はおしゃべりをやめた。千秋は店の隅の何も載っていないスツールを指さし、モーザスはそこに座って新聞を広げた。

「いらっしゃいませ」千秋は男性に声をかけた。祖父母が帰る前にも立ち寄った客だった。

「さっきの黒い靴下、もういっぺん見てみますか」

「覚えててくれたんや」男性客はうれしそうに言った。

「はい。午前中にも来ましたよね」

「うれしいなあ、おねえさんみたいな別嬪《べっぴん》さんに覚えててもらえたやなんて。こうしてまた会いに来た甲斐があったわ」

　モーザスは新聞から一瞬だけ顔を上げたが、すぐにまた目を戻した。

「何足《なんそく》差し上げましょうか」

「何足ある？」

「お客さんのサイズなら、二十足は在庫がありますけど」千秋は言った。十足まとめて買っていく客も珍しくない。一度など、大学に行っている息子の分だと言って二箱買っていった女性がいた。

「じゃあ、二足。せやけど、おねえさんが履かせてくれるなら、もっと買《こ》うてもいいな」

　モーザスは新聞をたたんで男性客を一瞥《いちべつ》した。客のほうはモーザスの怒りに気づいていない。

「二足包みますね」千秋が言った。

「おねえさん、名前なんていうの」客が訊く。

「千秋」

「うちのいとこと同じ名前や。それにしてもおねえさん、ほんまに別嬪やなあ。彼氏、おるの」

千秋は答えなかった。

「おらへんの？　そしたら僕の彼女になってよ」男性客は代金を受け取った千秋の手を握った。千秋は客に微笑んだ。この手の客は前にも来たことがあるから、何をほのめかしているのかわからないわけではなかったが、知らぬ顔をした。モーザスの警戒の視線を意識しながらも無視した。千秋は胸を軽く突き出した。銭湯に行くと、年かさの女性たちが千秋の高く盛り上がった乳房を見つめ、あんたは恵まれてるわねと言う。

男性客は、千秋が見せつけようとしているまさにその部分を凝視した。「たまらんね。今晩、何時ごろ迎えにこようか。焼き鳥でも食いにいこう」

「来《こ》んでもいい」千秋は受け取った代金を現金箱にしまった。「お客さん、あたしにはおじさんすぎるし」

「何やねん、その気にさせといて」

「好みのタイプとちゃうし」千秋はひるまずに言った。

「子供みたいな年して、好みのタイプも何もないやろ。僕は高給取りやし、あっちも強いんやで」男性客は千秋を引き寄せ、尻を両手でつかんだ。「おお、いいケツしてんなあ。おっぱいもでかいし。店、もう閉めてさ。行こう」

モーザスは音もなく立ち上がって男に近づき、あごを狙って力のかぎり殴った。男はひっくり返った。口から血があふれ出した。指の関節の痛み具合から、歯が何本か折れたらしいとモーザスにもわかった。

「靴下持って失せな」モーザスは言った。

男は青いシャツやズボンを染めた血を呆然と見下ろした。これは誰の血かと不思議がっているかのようだった。

「警察、呼ぶで」

「どうぞどうぞ、警察でも何でも呼べば」千秋はそう言い、駆けつけてこようとしているサンダル店のおばさんに懸命に手を振った。

「モーちゃん、行って」千秋は促した。「ほら急いで、早《はよ》行って。あとはあたしにまかせて」

モーザスは早足で母や祖母の屋台に戻った。

ほどなく警察がやってきた。モーザスはついさっき手に血の汚れをつけて戻り、千秋の店で何があったか母や祖母に打ち明けたところだった。

警察官はそっくり同じ話をした。

「お宅の息子さんが靴下を買いに来た男性を殴りましてね。そんなことをした経緯を説明してもらわないといけません。靴下店の女性店員は、しつこく言い寄ろうとした男性客が悪い、息子さんは彼女を守ろうとして殴ったんだって言ってますけど、男性客はそれを否定してます」

たまたま午後のおやつを買いに来たパチンコ店の経営者、後藤《ごとう》さんが、警察官の姿を見つけて急ぎ足でやってきた。

「やあどうもどうも、おまわりさん」後藤はソンジャに目配せをした。「どうしたん」

モーザスは母や祖母に迷惑をかけたことを面目なく思いながら、手押し車のそばに置いた古いスツールに腰かけた。

「靴下屋さんの女の子がお客さんにからまれてるのを見て、やめさせようとしたらしいんです。そのお客さんの顔を殴ってしまったとか」ソンジャは落ち着いた声で説明した。毅然とした態度を保ち、あえて謝罪を口にしないようにした。謝れば息子の罪を自分が認めることになってしまうだろう。しかし、心臓は破れんばかりに打っていた。ほかの全員にもその音が聞こえているに違いない。「うちの子は、女の子を助けようとしただけなんです」

ヤンジンも深くうなずき、モーザスの背中をそっとなでた。

「へえ」後藤は笑った。「それほんまなん、おまわりさん」

「店の女性はそう話してますし、渡辺さんもそのとおりだと証言してます。男性客本人は否定してますが、近所のほかの店に聞いても、ふだんから女性店員にからんでくる迷惑な客だったって話で」警察官は肩をすくめた。「まあ、それはともかく、男性客はあごの骨が折れてると言ってます。ほかに下の歯が二本、ぐらぐらしてるそうで。おたくの息子さんに、たとえ相手のほうが間違っててもいきなり殴ってはだめだと警告しに来ました。次からは暴力に訴える前に警察に通報するように」

これを聞いてモーザスはうなずいた。以前にももめごとはあったが、警察に通報されるのは初めてだった。不当に逮捕され拘留された父の話は、物心ついたころから聞いている。最近では、在日コリアンはもはや日本国民ではないのだから、トラブルを起こせば国外に追放されかねないんだぞとノアから何度も注意されていた。どんなことがあろうと警察官には敬意を払わなくてはいけないし、たとえ無礼な態度を取られたり、相手の言うことが間違っていたりしても丁寧に接しなくてはならないとも言われた。ほんのひと月ほど前にも、在日コリアンはふつう以上に品行方正でなくては世間に認められないとノアから諭されたばかりだ。モーザスは騒ぎを起こしたことをあらためて申し訳なく思い、兄の失望の表情を想像してやりきれない気持ちになった。

　後藤はモーザスとソンジャの顔を交互に見た。ソンジャは後藤のお気に入りの〝市場のおば《アジ》ちゃん《ユンマ》〟だ。

「おまわりさん、私ね、この家族のことはよう知ってるんですよ。そろって働き者やし、モーザスもいい子です。金輪際、面倒は起こしません。せやな、モーザス」後藤はモーザスの目をまっすぐに見つめた。

「はい」モーザスは答えた。

　警察官は、法律の手を借りずに勝手に制裁を加えてはならないと繰り返し、モーザスとソンジャ、後藤は、天皇陛下のお言葉でも賜るかのように神妙にうなずいた。警察官が帰っていくと、後藤はフェルト帽でモーザスの後頭部を軽くはたいた。もちろん痛くはなかったが、モーザスは顔をしかめた。

「で、この子、これからどうするの」後藤は、腹が立つやらおかしいやらといった風情のソンジャとヤンジンに尋ねた。

ソンジャは自分の両手を見つめた。自分にできることはすべてやった。あとはもう他人に頼るしかないだろう。ヨセプやノアはきっと怒るだろうが、これまでと同じ対応を無駄に繰り返すより、何か別の手を試したほうがいい。

「力を貸していただけませんか」ソンジャは言った。「この子、おたくで雇ってもらえないでしょうか。もちろんお給料は最低限でかまいません――」

後藤は手を振ってソンジャを黙らせ、首を振ると、モーザスに注意を向けた。母親からはそれだけ聞けば充分だ。

「明日の朝、学校を辞めてこい。うちの店で働くんや。母ちゃんに心配かけたらあかん。届けを出したら、学校からまっすぐうちに来て、あとは一生懸命働け。働きに見合った給料をしっかり払《はろ》うたる。うちじゃ雇った人間にただ働きなんかさせへん。働けば、働いた分だけちゃんと金を払う。いいな。そや、それから、靴下屋の子には関わるんやない。あの子はトラブルのもとや」

「雇ってもらってご迷惑ではないですか」ソンジャは尋ねた。

「ないない。そやけど、喧嘩は堪忍やで。喧嘩なんかしなくても一人前の男にはなれるんやから」後藤は父親のいない少年を哀れに思った。「一人前になるってのはな、腹が立ってもじっと我慢できるようになることや。家族を養っていかなあかん。それが一人前の男や。わかったな」

「チャンスをくださってありがとうございます。この子、きっとがんばって働くと思います――」

「ああ、いまから目に見えるで」後藤はソンジャに微笑んだ。「パチンコ屋の店員をちゃんとやろうと思ったら、そのへんで騒ぎを起こしてる暇なんてないやろうから」

モーザスはスツールから立ち上がると、新しい雇い主に頭を下げた。

12

一九五六年三月

後藤は人好きのする太っちょのコリアンで、美しい女性たちにとりわけ人気がある。母親が済州島《チエジユド》のアワビ採りの海女《あま》だったことから、後藤が住む慎ましい一軒家がある猪飼野周辺では、後藤も昔は泳ぎの達人だったらしいともっぱらの噂だ。とはいうものの、おもしろおかしい話を披露したり、自ら台所に立って作ったおいしそうな軽食を頬張ったりしている以外の姿はとても想像できない。後藤のむっちりとした腕や肉づきのよい腹部は、しなやかな色気を醸していた。それは張りのあるなめらかな白い肌のおかげかもしれないし、ぴたりとサイズの合った仕立てのよいスーツを身をくねらせながら着る様子が、上機嫌で街を行くアザラシを連想させるからかもしれない。とにかく口が達者で、きっと木こり相手にだって丸太を買わせられるだろう。パチンコ店を三軒所有していて経済的に恵まれているが、生活ぶりは質素で、贅沢を嫌う。それでも女性にだけは惜しみなく金を遣うことで有名だった。

後藤が経営するパチンコ店三軒のうちの本店でモーザスが働き始めて半年が過ぎた。言いつけられればどんな仕事でもした。十六歳のモーザスはこの半年のあいだに、社会の現実について、何年も学校に通って学んだ以上のものを学び取った。働いてお金をもらうのは、使う当てのない漢字を頭に詰めこもうとするより十倍も気楽で楽しかった。もう退屈な教科書や試験のことを考えなくていいと思うと、大きな解放感に包まれた。パチンコ店で働いているほぼ全員が在日コリアンだったから、出自についてつまらない中傷を浴びることもない。こうして毎日を心穏やかに過ごせるようになって初めて、学校に通っていたころ、自分では気にしていないつもりでいても、やはり罵詈《ばり》雑言《ぞうごん》に傷ついていたようだと実感した。後藤の店で働き出して以来、モーザスは一度も喧嘩をしていない。

毎週土曜の夜、モーザスは持ち帰った給料袋をそのまま母に渡した。母ソンジャは翌週分の小遣いをモーザスに渡した。モーザスの稼ぎを家計の足しにしつつ、いつか自分の店を持ちたいと夢見ているモーザスのために、できるかぎり貯金に回した。モーザスは毎日、朝一番に出勤し、夜は目を開けていられなくなるまで働いた。たばこの吸い殻を掃き集め、厨房《ちゅうぼう》係の加代《かよ》子《こ》が忙しければ汚れたカップを洗った。そういった雑用でも満足だった。

三月のある暖かな朝、日が昇って二時間もたったかというころモーザスが裏の通用口から入っていくと、後藤がその日選んだパチンコ台の釘調整をしていた。毎日の開店前に、垂直に設置された遊戯盤にまっすぐ打たれた釘をゴムのコーティングがされた小さなハンマーでそっと叩く。そうやって微妙な調整を施してパチンコ玉の流れを変え、出玉を増減させるのだ。後藤がその日どの台を選ぶかは誰にもわからない。どの方向に釘を曲げるかも予想できない。近所にそこそこ儲かっているパチンコ店はほかにもあるが、どこよりも繁盛しているのは後藤の店だ。後藤の勘がいいおかげだった。釘調整の達人なのだ。後藤が目には見えないくらいわずかな調整を加えると、翌朝に備えて前夜の閉店前に各台をよくよく観察しておいた常連客は、期待したほど玉が出なくて焦《じ》れったい思いをしつつ、大当たりが出そうな手ごたえだけはあるため、次こそはと何度でも店に通ってくる。モーザスはいま、その釘調整のコツを教わっているところだ。覚えがいいと褒められたのは生まれて初めてだった。

「おはようございます、後藤さん」モーザスは店に駆けこんだ。

「モーザス、今日も早いな。ちょうどええところに来たで。加代子がチキンライスを作ってくれたんや。朝めし、食うとけ。おまえは体格に恵まれてるが、贅肉もたっぷりつけといたほうがいい。あの最中につかまるところがあると、女は喜ぶからな」後藤は両方の眉を上げて陽気に笑った。「そやろ?」

モーザスは微笑んだ。からかわれて悪い気はしない。後藤さんは、女性経験が豊富な相手と冗談を言い合うような調子で話しかけてくるが、実のところモーザスはまだ女の子との経験がなかった。

「今朝は母さんがスープを作ってくれたんで、めしはもう食ってきました。おおきに」モーザスは後藤の隣に腰を下ろした。

「母ちゃんは元気か」

「はい、おかげさまで」

ノアはモーザスがパチンコ店で働くことに猛反対したが、ソンジャに説得されて最後には折れた。ソンジャは猪飼野で広く尊敬されている後藤の下で働く許可をすでにモーザスに与えていた。学校のほかの生徒とあまりに頻繁に喧嘩をするため、モーザスの身を心配し、退学も黙認した。これでモーザスが学校を卒業する可能性はもうなくなったが、ノアのほうはまだ早稲田大学の入試に挑み続けていた。それは一家にとって慰めだった。息子たちの少なくとも一方は、父親と同じように教養の高い人物になるのだ。

「商売のほうはどないや。砂糖は常習性のある物質やから、金儲けにはうってつけやな」後藤は次々と釘を叩いて調整しながら笑った。

モーザスも笑った。母と伯母と祖母が鶴橋駅界隈の市場で続けている菓子の屋台を誇りに思っている。三人は町中《まちなか》にちゃんとした店を出したいと話しているが、それには店舗を買う金を貯めなくてはならない。条件のよい店舗をコリアンに貸す大家《おおや》などいないからだ。モーザスは、ノアの大学資金をまかない、母にりっぱな店を買ってやれるだけの金を稼ぎたいと思っていた。

後藤がモーザスにハンマーを差し出した。

「やってみ」

モーザスは釘を叩き、後藤はかたわらで見守った。

「ゆうべ、彼女の美由紀《みゆき》と会《お》うたんやけどさ、ちょっと飲みすぎてしまってな。なあモーザス、俺みたいになるんやないで。空いた時間をみんな女とやるのに使うようなおとなになったらあかん」後藤はにやりとした。「ま、どえらい別嬪やったら話は別や」

「美由紀さんは美人やないですか」モーザスは言った。

「まあな。きれいなおっぱいに、人魚みたいな腹をしとる。女ってのはほんま美味いよな。飴玉みたいや。いつか身を固める日が来るとは自分でも考えられへん」後藤は言った。「とはいうても、身を固める必要もないしな。おいモーザス、うちはおふくろもおやじもとっくに死んどる。悲しくなるで、俺がいつになっても結婚せえへんのを心配して、縁談を持ってくるような身内が誰もおらへんなんてな」後藤はそう言ってうなずいたが、本気で嘆いているようにはまるで見えなかった。

「で、おまえはゆうべ、誰とどこ行っとった」後藤が訊く。

モーザスは微笑んだ。

「俺が閉店までここにいたの、知ってるやないですか。そのあとはまっすぐ家に帰りましたよ」

「へえ、厨房で加代子を追い回したりもせえへんかったのか」

「しませんって」モーザスは笑った。

「ああそやった、思い出したわ。追っかけ回したのは俺やった。加代子も気の毒にな。あいつ、半端やないくすぐったがりやねんで。見た目は悪くないし、そのうち別嬪に化けそうな子やけど、いまはまだ子供すぎる。いつか誰かに口紅とおしろいを買《こ》うてもろて、店を辞めて出て行くんやろな。女はみんなそうや」

ふだんから女優やダンサーを連れ歩いている後藤がなぜ厨房で働いている従業員になど関心を示すのか、モーザスには理解できない。

「けどな、加代子はくすぐるのには最高やで。笑い声がまたかわいいんや」後藤は自分の膝をモーザスの膝にぶつけた。「な、モーザス、俺はおまえたちみたいな若いもんが働いてくれてうれしいんや。店の雰囲気が明るくなるやろ」後藤がモーザスを本店に置いているのは、モーザスが前向きなエネルギーを発しているからだ。パチンコ店の経営状態は上向き、どの店にも充分な数の従業員を雇えるようになっている。だがしばらく前、一号店をオープンした直後には、いまモーザスがやっているような雑用を後藤自身がこなしていた。後藤はモーザスを頭のてっぺんからつま先まで眺め回してから顔をしかめた。

モーザスは困惑の目で後藤を見た。

「いつ見ても同じワイシャツに同じ黒いズボンやな。清潔には見えるけど、掃除係と見分けがつかへん。持ってるのはシャツ二枚とズボン二本。そやったな」後藤は気遣うような調子で言った。

「そうですけど」モーザスは自分の服を見た。前夜のうちに母がアイロンをかけてくれた。みっともないことはないが、後藤さんの言うとおりだ。風采《ふうさい》の上がらない男に見える。だが、服を買う金銭的なゆとりはなかった。食費や交通費を払い、ヨセプおじの医療費を払ったらもう、余分な金は一銭も残らない。ヨセプおじの健康は悪化する一方で、いまではほとんど寝たきりだ。

「もっと服がいるな。よっしゃ、行こう」後藤は大きな声で言った。「おーい、カヨちゃん。モーザスとちょっと出てくるわ。誰も入れるんやないで。ええな」

「はい、行ってらっしゃい」厨房から加代子の大声が返ってきた。

「でも、玉箱を出しとかなあかんし、店の前の掃き掃除もまだです。台まわりを拭いて、加代子を手伝っておしぼりの用意も――」モーザスは朝のうちにすませておかなくてはならない雑用を並べ上げたが、後藤はさっさと店を出ていった。

「急ぐんや、モーザス。俺は忙しいんや。おまえをそんな格好のまま店に出しておくわけにはいかへん」後藤はモーザスの困惑顔など意に介していない様子で楽しげにそう言った。

小さな木のドアを開けて顔を出した女性は、得意客の後藤と並んで立つ背の高い少年を見て驚いた顔をした。

モーザスのほうも、春樹のお母さんだと即座に気づいた。春樹の家に遊びに来たことは一度もなかったが、お母さんと道ですれ違ったことは何度かあって、そのとき春樹から紹介されていた。

「あ、春樹のお母さん。おはようございます」モーザスは丁寧にお辞儀をした。

「モーザスくん。おはよう。いらっしゃい。後藤さんのお店で働いてるんやってね」

後藤が微笑む。「ああ、こいつはなかなか見どころがあるんですよ。いや、朝早《はよ》うからすんませんね、外山《そとやま》さん。このモーザスの分でぜひ頼みたいものがあって」

なかに入ったモーザスは、家のせまさに驚いた。モーザスの家の三分の一くらいの広さしかない。一部屋しかないも同然で、それを間仕切《まじき》りで二つに分けてあった。玄関側にはミシンや裁縫用のマネキン、裁縫台、布が並んでいる。白檀《びゃくだん》らしき香を焚いて、醬油やみりんなど料理の匂いをごまかしてあった。部屋は整理整頓が行き届いている。春樹と母親と弟の三人がどうやってこんなせまいところで暮らしているのか不思議なくらいだった。家を見回しているうち、急に春樹の顔を見たくなった。学校を辞めて働き始めて以来、春樹とは一度も顔を合わせていなかった。

「モーザスはね、今度うちの店のフロア長になるんですよ。最年少記録更新や」

「え?」モーザスは聞き返した。

「フロア長が雑用係みたいななりしてたらまずいやろ。台を拭いて回ったり、客におしぼりやら飲み物やらを配ったりする雑用係と見分けがつかへんのは、さすがにまずい」後藤は言った。「そやから、外山さん、ぱりっとしたジャケット二着とそろいのズボンを作ってやってください」

外山は重々しくうなずき、巻き尺を伸ばしてモーザスの肩や腕に当てて寸法を測り、使用済み包装紙を切ったメモ用紙にちびた鉛筆で数字を書き留めた。

「ママ！　ママ！　もうそっちに行っていい？」

奥から声が聞こえた。声の質はおとなの男性だが、口調は何かをせがむ幼い子供のようだった。

「ちょっとすみません。下の子が興味津々《しんしん》で。朝早《はよ》うにお客さんがいらっしゃるのは珍しいので」

後藤さんがさあ行って行ってと手を振り、外山は息子の様子を確かめにいった。

二人きりになると、後藤さんは眉を寄せた。「この家の下の子は、ほら――」

モーザスはうなずいた。春樹の弟の障害のことは知っている。春樹に最後に会ったのは半年近く前だった。春樹はいまも学校に通っていた。将来は警察官になりたいらしい。片方が学校を辞めて初めて、自分たちの友情は学校という共通項ゆえに成立していたとわかった。モーザスが朝から晩まで働いていることもあり、春樹とはこれまで一度も会えていない。

仕切りのふすまは薄い。奥の会話は後藤とモーザスにも聞こえてきた。

「大介《だいすけ》ちゃん。ママはすぐ戻るからね。隣の部屋にいるだけやから。声が聞こえるやろう」

「ママ、お兄ちゃんが学校から帰ってきたん」

「違うねんよ、大介ちゃん。お兄ちゃんが学校行ってまだ一時間しかたってへんのよ。帰ってくるまでいい子で待ってへんと。お兄ちゃんはまだまだ帰ってけえへんよ。ママはね、お兄ちゃんの仲よしのお友達にジャケットを作ってあげるの。そやから大介ちゃんはここにいて、パズルをしててくれる？」

「お友達って、モーザスくん？」

　唐突に自分の名前が聞こえてぎくりとし、モーザスは閉ざされたふすまを一瞥した。

「モーザスくんに会《お》うてみたいな、ママ。朝鮮人のおにいちゃんやろ？　会いたいな、ねえ、ええやろ？　モーザスくんはすごく口が悪いんやって、お兄ちゃん言うてた。どんなこと言うのか聞いてみたい」

　後藤がモーザスの背中をぽんぽんと叩いた。まあ気にするなとでもいうようだった。後藤の気遣いと優しさがモーザスにも伝わってきた。

「ねえ、ママ。ママ！　朝鮮人のお友達に会わせてよ。ねえ、ママ、ええやろ？」

　奥の部屋が急に静かになり、まもなく外山の低いささやくような声が聞こえてきた。ハトのくうくうと鳴く声に似ていた。「大介ちゃん、大介ちゃん、大介ちゃん」春樹の弟を落ち着かせようと、単調にそう繰り返している。

「大介ちゃんはここでパズルをしててちょうだい。それがママのお手伝いになるの。いい？　大介ちゃんはいい子やね。いい子に待ってたらお兄ちゃんが帰ってくるから。パズルがどこまで解けたか、お兄ちゃんに見てもらおうね」

「せやな、ママ、そうする。そやけど、コマで遊ぶのが先やもん。パズルはその次。今日は白いご飯食べられるん？　お客さんが来たら、白いご飯やんね。お客さんが来ると、ママ、白いお米を買うもんね。おっきなおにぎりが食べたいよ、ママ」

「あとでね、大介ちゃん。あとでゆっくり考えようね。大介ちゃん、大介ちゃん、大介ちゃん」

外山は奥から戻ってきて謝った。後藤は謝る必要はありませんよと言った。モーザスは、後藤でも気まずい思いをすることはあるらしいと少し驚いた。外山にやたらに笑みを向けているが、彼女の無表情ではあっても優しげな顔を前にして、後藤の垂れぎみの目は悲しげな表情を浮かべていた。

「ジャケットを二着と、ズボンを二本、それにしっかりした冬のコートもいるやろか。こいつ、いつ見てもむさ苦しいなりしとってな。うちの店で働いてる者はみんなしゃきっとして身なりがいいってところを客に見せたいんですわ」

後藤さんは紙幣を何枚か外山に差し出し、モーザスは目をそらした。小さな部屋を見回して春樹の痕跡を探したが、写真や本や絵は一つもない。カーテンで仕切られた試着用の一角の壁に姿見がかけてある。

「今日、あとで加代子もここに来させるから、モーザスの制服に合わせた服を作ってやってもらえますか。ネクタイを縞柄にするとか、どこかを縞柄でおそろいにしてください。去年、東京のパチンコ屋でそういうのを見ましてね。ぱりっとしたワンピースにエプロンを着けさせたい。ああそやな、エプロンを縞柄にしてもいいな。どう思います？　まあええわ、その辺はおまかせします。加代子の制服は二着、いや三着にするか。丈夫な生地で頼みますよ」後藤はまた何枚か紙幣を抜いて外山に渡した。

外山は何度も頭を下げた。「こんなにいただいてしまって」そう言って、受け取った金を見つめた。

後藤はモーザスに合図した。「さ、店に戻るで。早《はよ》う打ちたくてうずうずした客が行列してるやろうからな」

「後藤さん、ジャケットとズボンは今週中に仕上がります。コートはそのあとにしましょう。モーザスくん、ジャケットの試着に来てもらえるやろか。三日後でどうやろ」

モーザスは後藤の意向をうかがった。後藤は大きくうなずいた。

「行くで、モーザス。客を待たしておくわけにはいかん」

モーザスは後藤にしたがって外に出た。友達の様子は聞けずじまいだった。いまごろはきっと午前中の授業にじっと耐えているころだろう。

外山は戸口に立ち、二人が角を曲がって消えるまで見送った。家のなかに戻って玄関をしっかりと閉ざし、鍵をかけた。今月の家賃と食費の心配はもういらない。外山はドアの前にしゃがみこんで安堵の涙を流した。

一九五七年

13

「その分を稼ぐ方法が何かあるはずよ」キョンヒが言った。

「お店を買うのに貯めたお金が少しは残ってるでしょう」ヤンジンが言った。

「もうほとんどないの」ソンジャは小声で言った。医療費を支払いながら貯金をするのは、壊れた壺に油を注ぐのに似ていた。

三人はヨセプを起こしてしまわないよう、台所で声をひそめて話し合っていた。少し前に皮膚が感染症を起こして体じゅうがかゆいせいで、このところヨセプはほとんど眠れずにいる。今日も漢方薬を大量にのんでようやく眠りに就いたところだった。漢方医は今回、かなり強い薬を処方したが、それが功を奏した。長年のあいだに三人は薬代に一財産費やしてきたとはいえ、今回の調合薬は心臓が止まりそうなほど高かった。ふつうの薬ではもはや症状を抑えきれず、ヨセプはひどく苦しみ続けていた。モーザスは毎週、もらった給料を袋ごと母に渡し、必要な生活費を出して余った分を一円残らず使ってヨセプおじに最高の治療を受けさせたいと言った。ノアも同じ気持ちだった。一家の生活ぶりは質素で、みな働き者だったが、薬をもらいに行くたびに蓄えがまた底をつくように思えた。早稲田大学の授業料など、いったいどうやって支払えるだろう。

この年、ノアはついに入試に合格していた。めでたい日のはずだった。おそらく一家にとって人生最良の日になるはずだった。しかし、一年目の授業料の一部さえ支払えそうにない。それに大学は東京にある。この国のどこより物価の高い街で部屋を借り、一人暮らしをしなくてはならない。

ノアは入学式ぎりぎりまで北条《ほうじょう》さんの会社で働くつもりでいた。そのあとは大学に通いながら東京で仕事を探す。だが、両立は無理だろうとソンジャは思った。在日コリアンの仕事探しはそもそもむずかしいうえ、東京には知り合いが一人もいない。ノアの雇い主の北条さんは、有能な経理係が英文学などという使い道のない学問のために辞めると聞いて憤慨していた。東京の仕事を紹介などしてくれないだろう。

手押し車をもう一つ増やして街の別の地域に屋台を出し、収入を倍にしようというのがキョンヒの提案だったが、ヨセプを家で一人きりにはできない。もう自力では歩けず、あれほどたくましかったふくらはぎの筋肉はすっかり萎縮《いしゅく》して、脚はかさぶたが張りついた細い棒きれのようだった。

ヨセプは眠っていなかった。三人の話し声も聞いていた。三人は台所でノアの学費の心配をしている。ノアが受験勉強をしていれば心配し、ついに受かったとなれば授業料の心配をする。これからはノアの給料なしでやりくりしていかなくてはならないうえ、大学の授業料を工面し、自分の医療費も捻出しなくてはならない。自分は死んだほうがありがたい存在だ。誰もが心のなかではそう思っている。若いころのヨセプは、家族を支えていけるようにと、それだけを願っていた。それがかなわなくなったいま、死んで家族の負担を軽くしてやることさえできない。最悪の事態が現実になった。自分は家族の未来を食いつぶしている。ここが昔の祖国なら、山に運んで捨ててくれと誰かに頼めただろう。そこで虎にでも食われて死んだだろう。しかしここは大阪だ。野生の獣などいない。いるのは法外な金を取るくせにヨセプを完全には治せない漢方医や医者だけで、おかげでヨセプは、痛みからほんのわずかに解放されるたびに死ぬのがいっそう怖くなった。しかも自分を憎み続けなくてはならない。

死を間近に感じるにつれて、死の恐怖を、その不可逆性に対する恐怖も感じるようになったことには驚いた。やり残したことがあまりにも多すぎる。あんなことはしなければよかったと思うことはそれ以上に多かった。両親を故郷に置いてくるのではなかった。弟を大阪に呼び寄せるのではなかった。長崎の仕事を引き受けるのではなかった。子供には恵まれずじまいだった。神はなぜ自分をこんな遠くに連れてきたのか。いま自分は苦しんでいる。しかし考えようによってはこの苦しみは何でもなかった。それよりも、多くの人に苦しみを与えてしまったことが耐えがたい。なぜ自分はまだ生きているのか、そのときはそう悪いものと思えなかった痛恨の選択の数々をなぜこうして思い出さなくてはならないのか。世の中の誰もが同じように感じるのだろうか。炎にのまれて以来、息をしても痛みがなくて頭が冴え渡る数少ない瞬間が訪れると、自分の人生を振り返って幸福を探したが、どこにも見つからなかった。彼は洗濯の行き届いた布団の上で、いま振り返れば明々白々な過去のあやまちについてつらつら考えた。もはや朝鮮や日本に対する怒りはない。何よりも、自分の愚かさに腹が立った。老いてなお感謝を知らずにいる自分をお許しくださいと神に祈った。

そして低い声で呼びかけた。「おまえ《ヨボ》」奥の部屋で眠っている子供たち、玄関脇の部屋で眠っているキム・チャンホを起こしてしまいたくない。キョンヒに声が届かなかったかもしれないと思って、そっと床を叩いた。

キョンヒが入口に顔を出すと、ソンジャとヤンジンも呼んでほしいとヨセプは頼んだ。

三人は布団の傍らに並んで座った。

「まずは俺の工具から売るといい」ヨセプは言った。「多少の価値はあるだろう。それで教科書代や引っ越し代くらいはまかなえるかもしれない。宝石も全部売ろう。少しは足しになるはずだ」

三人はうなずいた。三人分を合わせて、金の指輪があと二つあるだけではあったが。

「モーザスに言って、後藤さんからノアの授業料、下宿代や生活費に相当する分の給料を前借りしてもらおう。おまえたちとお義母さん、モーザスで働けば、借りた分は返せるはずだ。大学の長期休みには、ノアも仕事を選ばず短期のアルバイトをして貯蓄に励む。あいつはかならず早稲田に行かせなくてはならない。その資格がある。日本で朝鮮人は雇ってもらえないとしても、学位さえ取れば、祖国に帰って給料の高い仕事に就けるだろう。アメリカに移住してもいい。大学で英語も身につくだろうから。ノアの教育は投資だと考えよう」

もっと話したかった。家族を養えない無力さを、自分の治療のために経済的な負担をかけている情けなさを謝りたかった。だが、いますぐにはどちらも口にできなかった。

「主が支えてくださるわ」キョンヒが言った。「主はこれまでどんなときも支えてくださった。あなたの命を救ったとき、主は私たちの命をも救ったのよ」

「モーザスが帰ったら、話があると伝えてくれ。後藤さんにノアの学費分の前借りを頼んでくれと、俺から伝えておく」

　ソンジャはかすかに首を振った。

「自分の学費を弟に負担させるなんて、ノアがうんと言うはずがないわ。あらかじめそういう風に言われてるの」ソンジャはヨセプの顔を見ずに続けた。「それより、コ・ハンスが授業料や下宿代を出してくれると言ってきてる。モーザスが前借りできたとしても――」

「だめだ。それこそ思慮のない女にありがちな薄っぺらな発想だよ。あんな男の金は受け取るんじゃない。汚《けが》れた金だ」

「大きな声を出さないで」キョンヒが優しく言った。「お願いだから怒らないで」コ・ハンスの悪口をハンスの下で働いているキム・チャンホに聞かせたくない。「ノアは東京で仕事を探すつもりでいるし、ソンジャの言うとおり、モーザスに自分の学費を負担させたくないと言ってたわ。モーザスの前借りで払ったと知ったら、ノアは大学に行くのをやめてしまう」

「もっと早く死にたかった」ヨセプは言った。「こんな話を聞くくらいなら、死んだほうが気楽だった。早稲田みたいな大学に通いながら働くなど、とても無理だろう。あれほど一生懸命勉強したんだ、大学には行かせなくてはならない。ノアに金を貸してもらえないか、俺から後藤さんに頼んでみよう。ありがたく借りて大学に行けとノアを説得する」

「後藤さんが貸してくれるとはかぎらない。それに、そんな話をしたせいでモーザスの立場が悪くなるかもしれないわ。コ・ハンスにお金を出してもらいたくないのはわたしも同じだけど、ほかにどうしようもないでしょう。融資してもらった形にすればいい。利子をつけて返せばいいのよ。それならノアも引け目を感じずにすむ」

「コ・ハンスから金を受け取るくらいなら、後藤さんから借りたためにパチンコ業界でのモーザスの立場が悪くなるほうがずっとましだ」ヨセプはきっぱりと言った。「コ・ハンスという男は腐っている。ノアのためにと言い訳して一度金を受け取ったら、限度がなくなるぞ。あいつはノアを手なずけようとしている。おまえたちも気づいているだろう。しかし後藤さんなら単なる金の貸し借りですむ」

「でも、コ・ハンスのお金より、後藤さんがパチンコ店でもうけたお金のほうがきれいだというのはなぜ？　コ・ハンスは建設会社や飲食店を経営してるのよ。べつに後ろ暗い業種じゃないわ」キョンヒが言った。

「だまれ」

キョンヒは唇を噛んだ。聖書には、賢明な人物は言葉を慎まなければならないとある。言いたいからといってすべて口に出すべきではない。

ソンジャも口を閉ざした。これまでハンスから何かを受け取ろうとは思わなかったが、理屈で考えれば、赤の他人に迷惑をかけるより、金を出そうと向こうから言ってきている人物に頼るほうがましではないか。後藤はモーザスをかわいがってくれていて、モーザスもやる気になっている。働き出したばかりの息子に負い目を感じさせたくなかった。モーザスはいつか自分のパチンコ店を持ちたいと言うようになっている。それに、自分の学費をモーザスが借りるなど、ノアが許さないだろう。ヨセプがどう言い張ろうと、ノアがその案に納得するはずがない。

「キム・チャンホは？　彼には頼れないかしらね」ヤンジンが訊いた。

「あいつはコ・ハンスのところで働いている。さすがにそれだけの金は出せないだろうし、たとえ持っていたとしても、コ・ハンスからもらった金だ。これから返していくのはたいへんだろうが、後藤さんから借りるのが一番だ。法外な利子を要求することはないだろうし、ノアをどうこうしたりもしないだろう。モーザスの将来も心配ない」ヨセプは言った。「そろそろ休むよ」

三人の女たちは部屋を出てふすまを閉めた。

翌日、ハンスからノアに連絡があった。大阪にある事務所にソンジャとともに来てくれないかという。その日の夜、家族には伏せたまま、ソンジャとノアはハンスに会いに出かけた。事務所には受付係が二人いた。おそろいの黒いスーツに糊のきいた白いシャツを着ていて、そのうちの一人が、薄手の青い磁器の茶碗に注いだ茶を白色金の箔を張った漆塗りのお盆で運んできた。待合室には美しい生け花がいくつも飾られていた。ハンスの電話が終わるや、年長のほうの受付係が二人をハンスの事務室に案内した。鏡板張りの事務室は広々としていた。イギリスから取り寄せた大きなマホガニー材の机があり、房飾りのついた黒革の椅子にハンスが座っていた。

「おめでとう」ハンスは大型の椅子から立ち上がって言った。「来てくれて本当にうれしいよ。寿司でお祝いしよう。すぐ行けるかな」

「いえいえ、お気遣いなく。すぐおいとましますから」ソンジャは答えた。

ノアは母をちらりとうかがった。なぜ食事を断るのだろう。このあと何か予定があるわけでもない。ハンスとの面会がすんだらまっすぐ家に帰って、キョンヒおばさんが作る質素な料理を囲むだけだ。

「今日来てもらったのは、きみはたいへんなことを成し遂げたなとノアに伝えたかったからだよ。自分や家族のためだけじゃない。すべてのコリアンのためにだ。なんといっても大学に行くのだからね。しかも早稲田大学、日本の超一流大学だ。きみは偉大な人物が若いうちにすべきことをきちんとやっている――学問を究めようとしている。学校に通えなかったコリアンは多いのに、きみは勉強を続けてきた。受験に失敗してもあきらめなかった。褒美《ほうび》に値するがんばりだよ！ でかした。本当に誇りに思うよ」ハンスは満面の笑みでそう言った。

ノアははにかみながら微笑んだ。ここまで手放しで褒められたのは初めてだった。家族はみな喜んでくれたが、それ以上に学費の心配をしていた。ノアもお金が心配ではあったが、心のどこかでなんとかなるだろうと思っていた。高校を卒業してからずっと働いている。早稲田に入学後も働き続けるつもりだった。早稲田大学に入りさえすれば、あとは何だってできる気がしていた。きちんと授業に出て勉強する時間が取れるかぎり、どんな仕事だってかまわない。

「こちらからお尋ねするのも気が引けますけど、少し前に、ノアの学費を貸してもいいとおっしゃっていましたね」ソンジャは言った。「いまも変わりませんか」

「母《オンマ》さん、だめだって」ノアが気色ばんだ。「自分で働くよ。今日はそんな話をしに来たんじゃない。キムさんから、顔を見てお祝いを言いたいから来てもらいたいってコさんが言ってるって聞いた。それだけだよね」母の申し入れをノアは意外に思った。母は人から何かもらうのを嫌う。パン店で無料の試食品をつまむのさえいやがるくらいだ。

「ノア、わたしは融資をお願いしてるの。きっちり全額返すつもり。利子もつけて」ソンジャは言った。こんなタイミングでお金の話を持ち出すのはどうかとも思ったが、このほうがいいだろう。融資の条件について、ノアも初めから把握できる。誰からも不満の出ないやり方はないのだ。ならば率直に頼むしかない。「授業料は急いで納めなくてはならないの。もし貸していただけるなら、いまここで借用書を書いて、わたしの判子を押します。持ってきてるから」ソンジャは念を押すようにうなずいた。一瞬、不安がよぎった──もし断られたらどうしよう。

ハンスは笑い、何を言うかというように首を振った。

「借用書などいらんよ。それに学費や下宿代、生活費の心配ならいらない。必要な支払いは私がもうすませた。キム・チャンホからめでたい知らせを聞いてすぐ、大学に送金した。東京の知り合いに連絡して、学校の近くにいい部屋を探してもらった。来週にでも一緒に見にいこう。そのあと、きみとノアに今日ここに来てもらうよう伝えてくれとキム・チャンホに指示した。合格祝いの食事に誘うつもりでね。というわけで、さっそく行くぞ。寿司だ。うまい食事に値する快挙だからな」

ソンジャを見つめるハンスの目には、懇願するような光があった。息子の偉業をぜひとも祝わせてくれ。

「学費を支払った？　東京に部屋を見つけた？　わたしに確かめもしないで？　いけません、融資の形にしてもらわないと」ソンジャは言った。不安がいっそうふくらんだ。

「コさん、そこまで甘えるわけにはいきません。母の言うとおりです。お金はお返しします。東京で仕事を探しますから。学費を肩代わりするより、仕事を探すのを手伝っていただけませんか。学費くらい自分の力で稼ぎたいんです。自分でやれると思います」

「いかん。学生は勉学に専念しなさい。入試で何度も落ちたのは学力が足りなかったからではない。きみはとても優秀だ。ふつうの受験生と違って勉強する時間が足りなかっただけのことだろう。必要以上に時間がかかったのは、家庭教師がつかず、家計のために朝から晩まで働かなくてはならなかったせいだよ。日本人の中流家庭の平均的な受験生ならみな家庭教師がつくだろうに、きみにはそれがなかった。しかも戦争中は農家に疎開していて学校に通えなかった。だめだ。きみやお母さんが、人間の能力の原則がきみに適用されないふりを続けているのを遠くからただ見ているのはもうやめた。勉強家の人間は金の心配をすべきではない。もっと早くから強引にでも手を出すべきだったよ。学校を卒業するのに、ふつうよりよけいに時間がかかってもいいのか。早稲田を卒業するとき老人になっていたいか。だめだ、勉強に専念して、できるかぎり多くの知識を身につけなさい。年長の同胞の責務として、私にできることをさせてくれ」

　ノアは頭を下げた。

「いつもうちの家族によくしてくださって、本当にありがとうございます」

　ノアは無言で隣に座っている母を見た。モーザスのコートの端切れで作ったキャンバス地の鞄の持ち手を両手で握り締めていた。母を哀れに思った。母は誇り高い人間だ。きっと屈辱を感じているだろう。息子の学費を自分で出したいと思っていることはノアも知っていた。

「ノア、出たところに三枝《さえぐさ》がいるから、寿司屋に予約の電話をしてほしいと伝えてくれないか」ハンスが言った。

ノアはまた母を見た。椅子のふかふかしたクッションに沈みこんでいるように見えた。

「オンマ？」

ソンジャは目を上げ、すでにドアの前に立っている息子を見た。ハンスと食事に行きたがっているとわかった。その顔は凜々《りり》しく、輝くような表情を浮かべていた。息子はいまどれほどの安堵を感じているだろう。ノアはハンスを拒まなかった。話が出たときからもうお金をありがたく受け取るつもりになっていた。どうしても早稲田大学に行きたいから。ヨセプがソンジャを怒鳴りつける声がいまから聞こえるようだった――いまからでも断ってこい、愚かな女だ、いったい何を考えているのか。しかしノアは、我が長男の顔は、誇らしげだった。不可能に近いすばらしいことを成し遂げたのだ。その顔を見ていると、昨日に戻ること、早稲田に合格する前の状態に戻ることなど考えたくなくなる。まばゆく光り輝く未来が、お金がないというだけの理由で、伸ばした指先からさらわれかけていた昨日にはもう戻れない。ソンジャはうなずいた。ノアはそれをハンスと食事をするとの意味に正しく理解した。

ノアが出てドアが閉まり、ハンスと事務室に二人きりになったところで、ソンジャはもう一度言った。

「お金を借りる形にしたいの。借用書を作ってください。わたしが学費を払った証拠として、ノアに見せられるように」

「だめだ、ソンジャ。これは、これだけはやらせてくれ。あの子は私の息子だ。これを断るなら、あの子にすべて打ち明ける」

「本気なの」

「本気さ。あの子の学費を出すくらい、私にとって金銭的には何でもない。しかもあの子の父親として、これが私ができるすべてなんだよ」

「あなたはあの子の父親ではないわ」

「きみにはわからないのか」ハンスは言った。「あれは私の息子だ。私と同じ野心を持っている。私の能力を受け継いでいる。血を分けた息子を猪飼野のどぶで腐らせるわけにはいかない」

ソンジャは鞄を持って立ち上がった。ヨセプの言うとおりだった。しかし、いまさらなかったことにはできない。

「よし、行こうか。ノアが外で待っている。腹を空《す》かせているだろう」

ハンスはドアを開け、ソンジャを先に通した。

14

一九五九年十二月

　ある土曜の午前、ほかの家族が仕事に出たあと、キョンヒは教会に出かけた。アメリカから宣教師が訪問中だが、日本語はわかるものの朝鮮語を話せない。そこで教会の牧師は、日本語の得意なキョンヒに協力を依頼した。ヨセプを家で一人にするわけにいかず、ふだんなら外出することはないが、この日はチャンホがヨセプの付き添いを買って出てくれた。そう長時間の話ではないし、最後に一つだけキョンヒの役に立てるならと引き受けた。

　チャンホはヨセプの布団のそばの暖かい床に脚を組んで座り、ヨセプが医者から勧められたストレッチ運動をこなすのを手伝った。

「もう決めたのか」ヨセプが訊いた。

「ヨセプにいさん、僕はもうここにはいられない。帰る決心がつきました」

「そうか。明日発つんだな」

「朝一番に。列車で東京に行って、そこから新潟に向かいます。出航は来週です」

　ヨセプは何も言わなかった。痛みにわずかに顔をゆがませながら、右脚を天井に向けて持ち上げる。チャンホはヨセプのももの裏に右手を添えて支え、ゆっくりと脚を下ろさせた。次は左脚だ。

　ヨセプはさらに二回ずつこなし、大きく息をついた。

「俺が死ぬまで待ってれば、遺灰を持って帰って埋葬してもらったのにな。たぶんそうするのが一番だ。しかし、死んだらどうでもいいことなのかもしれない。俺はいまもまだ天国はあると信じている。こんな目に遭ってもまだイエスを信じているんだよ。きっとキョンヒと結婚したおかげだな。キョンヒの愛が俺を神のそばに導いてくれている。俺は善い人間じゃないが、救われたと思っているんだ。昔、親父に言われたよ。死んで天国に行ったら、体はもとどおりになるってね。ようやくこの体とさよならできるわけだ。いまから楽しみだよ。それに、そろそろ国に帰ろうかという気になっている」

　チャンホは右腕でヨセプの頭を支えた。ヨセプはゆっくりと両腕を頭上に持ち上げ、また下ろした。腕は脚よりもずっと力強かった。

「にいさん、そんな風に言っちゃだめです。まだそんな時期じゃない。こうしてちゃんと生きてるんだし、体の内側に力を感じますよ」

　チャンホはヨセプのやけどでただれていないほうの手を握った。骨のもろさが伝わってきた。よくこれだけの歳月を生き長らえたものだと思う。

「それに……待ってれば……俺が死ぬまで待っていれば、あいつと結婚できるんだぞ」ヨセプは言った。「だが、あいつを向こうに連れていくのはやめてくれ。頼む。それだけはやめてくれ」

「え？」チャンホはわけがわからず首を振った。

「俺は共産主義者を信用していない。共産主義者に支配されているあいだはあいつを国に帰らせたくない。だが、連中の支配は永遠に続くわけじゃないよな。日本はもうじきまた豊かな国に戻るだろうし、朝鮮がこのまま分断されたままというわけでもないだろう。おまえはまだまだ健康だ。日本で金を稼いで、俺の……」ヨセプは彼女の名を口にできなかった。

「あいつには苦労ばかりかけてきた。まだほんの子供だったころから俺を愛してくれた。俺は会った瞬間から確信してたよ、きっとこの女と結婚するんだろうって。初めからわかってたんだ。あんなにきれいな女はほかに見たことがなかったな。ほかの女を知りたいなんて考えたことがない。一度もだ。あいつがきれいだからというだけじゃないぞ。誠実な人間だからだ。あいつが俺のことで不満を口にするのは一度も聞いたことがない。俺はもう何年も夫らしいことをしてやれていない」ヨセプは溜め息をついた。口のなかが乾ききっていた。「おまえはあいつを好きなんだろう。俺はおまえを信用している。あんなやくざの下で働いている点だけは気に入らないが、選《え》り好みできるほど仕事があふれているわけじゃない。だからしかたないと思ってる。な、俺が死ぬのをもう少し待っていろ」そうやって話すにつれ、自分の考えは正しいとの確信は強まっていった。「ここで待っていろよ。俺はもう長くない。わかるんだ。それにおまえはここで必要とされている。おまえが帰ったところであの国を建て直すのは無理だ。それは誰にもできない」

「にいさん、弱気なことを言うにはまだ早すぎますよ」

「いや、俺はもういなくなるべきなんだよ。力を合わせて国を建て直そうというときに、自分の安寧ばかり優先していちゃいけない」

ヨセプの話を聞いているそばから、チャンホの胸に彼女と一緒になるという希望がふたたび芽生えた。それはとうに手放したはずの希望だった。

教会からの帰り道、キョンヒが家のすぐ近くの食料雑貨店の前を通りかかると、店の前のベンチにチャンホが座っていた。瓶入りのジュースを飲みながら新聞を読んでいる。チャンホはここの店主と顔なじみで、人通りの多い交差点に面しているのに、タールを塗ったキャンバス地の雨よけの陰になったベンチはいつも静かでいい。

「ただいま」キョンヒは声をかけた。チャンホに会えてうれしかった。「ヨセプはどう？ ずっと顔を突き合せていてうんざりしたでしょう。見ていてくれてありがとう。わたしが先に帰ってるから、あなたはここでゆっくりしてて」

「ヨセプなら大丈夫だよ。僕はちょっと出てきただけで。ヨセプはいま寝てるけど、起きたら新聞が読みたいと頼まれてね。きっと外に出て休憩してこいって気遣いだろう」

キョンヒはうなずき、急ぎ足で家に向かおうとした。

「おねえさんと話す機会があればいいなと思ってたんだ」

「そうなの。じゃあ家で話しましょうよ。夕飯の支度をしなくちゃ。きっとヨセプがおなかを空かせてる」

「待って。ちょっとここで話せないかな。ジュース、買ってこようか」

「いいのいいの。わたしは何もいらない」キョンヒは微笑んでベンチに座り、両手を膝で組んだ。紺色のウールのワンピースの上に冬の一番いいコートを着て、上等の革靴を履いていた。

チャンホはよけいな前置きを省き、ヨセプに言われたことをほぼそのままキョンヒに話した。勇気は要ったが、いま話さなくては二度とその機会はない。

「僕と一緒に来てくれないか。最初の帰国船の出航は来週だけど、もっとあとの船で行ってもいい。朝鮮には、国を建て直す体力のある国民がまだまだ足りないんだ。最新の家電がそろったアパートに住めるって話だし、なんといっても自分たちの国だ。日に三度、白米が食える。おにいさんの遺灰は一緒に持っていけばいいし、ご両親の墓参りもできる。祭祀《チェサ》だってきちんとやれるんだよ。国に帰ろう。僕の妻になってくれ」

驚愕のあまり、キョンヒは言葉を失った。ヨセプが自分をチャンホに差し出したと聞いても信じられないが、チャンホが自分に嘘をつくとも思えなかった。ヨセプはキョンヒを心配したあげくにそのような提案をしたのだろうということだけはかろうじて想像できた。教会での集まりが解散になったあと、キョンヒは牧師に頼んで、チャンホの旅行中の安全と平壌《ピョンヤン》での幸せを祈ってもらった。チャンホは神もキリスト教も信じていないが、それでも彼のために祈りたかったからだ。彼のために自分ができることをほかに思いつかなかった。しかし神が彼を見守っていてくれるのなら、心配はせずにすむ。

帰国するとチャンホから伝えられたのはわずか一週間前だった。彼がいない生活など想像できなかったが、それでもそうするのが一番だろうと思った。チャンホはまだ若い。しかも同胞のために偉大な国を築くことに使命を感じている。キョンヒは彼をりっぱだと思った。国に帰る必要に迫られているわけではないのに帰ろうというのだから。ここでよい仕事を持っていて、友人もいる。平壌は彼のふるさとでさえない。チャンホは南の慶尚道《キョンサンド》の出身だ。北の出身なのはキョンヒのほうだった。

「どう思う」チャンホが訊いた。

「だけど——帰りたいって言ってたでしょう。国に帰って誰かと結婚するのかと思ってた」

「ねえさんも気づいてただろう——僕の気持ちに。僕が、その——」

キョンヒは周囲を見回した。食料雑貨店の店主は奥の椅子に座っている。ラジオの音で、こちらの話し声は聞こえないだろう。数台の車や自転車が通り過ぎたが、土曜とあって数は少なかった。冷たい風がそっと吹きつけて、店の軒先に取りつけられた赤と白の風車をゆっくりと回していた。

「もし受け入れてもらえたら——」

「こんな話、いけないわ」キョンヒは静かに言った。彼を傷つけたくない。何年ものあいだ、彼の好意と優しさは彼女の心の支えになっていたが、同時に懊悩《おうのう》ももたらした。キョンヒのほうは彼をそういう目で見られなかったからだ。恋愛の対象として見るのは間違っている。「チャンホ、あなたには未来がある。若くていいひとを見つけて、子供を持たなくちゃ。夫とわたしが子供を持てなかったことを悲しく思わない日は一日たりともないわ。それは神が私に用意した計画なんだってことはわかってる。あなたは子供を持たなくちゃいけない。きっと素晴らしい夫と父親になると思う。待っていてなんて、わたしには言えない。それは罪深い行為だから」

「僕に待っていてもらいたくないからだろう。待ってくれと言ったら、僕はきっと待つとわかっているから」

キョンヒは唇を噛んだ。寒風が急に身に染みて、青いウールのミトンをはめた。

「夕飯の支度をしなくちゃ」

「僕は明日、出発する。待っていろとヨセプにいさんから言われた。ねえさんがそう望んだからじゃないの？　にいさんの許しがほしかったからじゃないのかな。もしそうなら、きみの神も許してくれるのでは」

「ヨセプに神の掟を変えることはできないわ。夫はいまも生きてる。わたしは彼の死を早めたりしたくない。あなたのことはとても好きよ、チャンホ。ずっとわたしの一番の親友でいてくれたわね。あなたがいなくなってしまったら寂しくてたまらないだろうけれど、あなたとわたしは夫と妻になる巡り合わせにはないと思うの。夫が生きているうちにそんな話をするだけでも間違ってる。どうかわかって」

「わからない。僕には理解できない。この先も理解できないだろうな。信仰ゆえにあえて犠牲になろうなんて」

「犠牲になるわけじゃないわ。それは違う。どうかわたしを許して。向こうに行ったら――」

チャンホはジュースの瓶をベンチにそっと置いて立ち上がった。

「僕はねえさんみたいにはなれない。僕はただの人間だ。聖人になんかなりたくない。僕はちっぽけな愛国者にすぎない」チャンホは家とは反対の方角に歩き出した。帰ったのは、真夜中になってから、家の全員が寝静まってからだった。

翌朝早く、ヨセプに水を飲ませようと台所に行ったキョンヒは、チャンホの部屋の入口が開けっぱなしになっているのに目を留めた。なかをのぞく。彼はいなかった。布団は丁寧にたたんである。もともと持ち物は少なかったが、本の山や、いつもその上にぽつんと置かれていた替えの眼鏡がないと、部屋はいっそう空っぽに見えた。一家で大阪駅まで見送りに行く約束だったのに、もっと早い列車で行ってしまったらしい。

キョンヒは部屋の入口で泣いた。やがてソンジャが来てそっと腕に触れた。ソンジャは寝間着の上に仕事用のエプロンを着けていた。

「夜中に出発したの。みんなによろしくってわたしにことづけて。飴を作ろうと思って起きたから、たまたま会ったのよ」

「どうして待ってくれなかったのかしら。みんなで駅まで見送りに行ったのに」

「大事《おおごと》にしたくないからって言ってた。行かなくちゃいけないんだって。朝ご飯を食べてもらおうとしたけど、途中で何か買うからって、それも断られた。食欲がないって言ってたわ」

「結婚したいって言われたの。ヨセプが死んだら。ヨセプがそうしてもかまわないって言ったそうなのよ」

「そんな」ソンジャは息をのんだ。

「だけど、そんなの間違ってるでしょう。もっと若いひとと一緒になるべきよ。子供だって持つ権利がある。わたしには子供を産んであげられない。月のものだってもうないのよ」

「子供よりお義姉さんが大事なのよ、きっと」

「だめよ。男性を二人もがっかりさせたくない」キョンヒは言った。「チャンホはすばらしい人だもの」

ソンジャは義姉の手を握った。

「本人にそう話した？」義姉の頬は涙で濡れていた。ソンジャはエプロンの端を持ち上げてその涙を拭った。

「ヨセプに水を持っていってあげなくちゃ」起きてきた理由をふいに思い出して、キョンヒは言った。

「お義姉さん、チャンホはきっと子供にこだわっていなかったと思うの。お義姉さんと一緒にいられるだけで幸せだったと思う。お義姉さんは地上の天使みたいな人だから」

「いいえ、わたしは身勝手な人間よ。ヨセプとは違う」

どういう意味か、ソンジャにはわからなかった。

「チャンホを引き留めるなんて身勝手な話よね。でも、わたしにはそれだけ大事な人なの。毎日、祈ったのよ。彼を手放す勇気をくださいって。神はわたしにチャンホをあきらめることをお望みだったはず。二人の男性から愛されるなんて、しかもそれについて何もせずにいるなんて、正しいこととは思えないもの」

ソンジャはうなずいた。だが、内心では納得がいかなかった。愛する相手は一生に一人でなくてはならないのだろうか。ソンジャの母は父だけを愛した。ソンジャの運命の相手はハンスか、それともイサクか。ハンスはソンジャを愛したのか、それとも利用しようとしただけだったのか。愛は犠牲と一体だとするなら、イサクはソンジャを真に愛したことになる。キョンヒは不平ひとつ漏らすことなく夫ヨセプに尽くしてきた。キョンヒほど心の優しい高貴な人はほかにいない。それでも複数の男性の愛を受け入れてはならないのはなぜか。望みのものが手に入らないとき、男には去るという選択肢があるのはなぜだろう。チャンホはあと少しだけ待てなかったのだろうか。彼に待ってもらえばよかったのにとソンジャは思うが、もし待たせたとしたら、それはキョンヒらしくない。チャンホは夫を決して裏切らない女を愛したのだ。いや、だからこそ愛したのだろう。そしてキョンヒは自分自身を裏切ることができない。

キョンヒは台所に向かい、ソンジャは少し遅れてついていった。台所の窓から射す朝日が視界を真っ白に飛ばしていたが、そのまばゆさが義姉の華奢《きゃしゃ》なシルエットを光で縁取っていた。

15

一九六〇年　東京

時間はかかったが、早稲田大学に通い始めて二年が過ぎて、ノアはようやく大学生活に馴染んだ。昔からよい習慣が身についた優秀な学生だったノアは、いくつかの挫折と少なからぬ試行錯誤をへて、英文学のレポートを難なく書いたり、大学レベルの試験で実力を発揮したりできるようになった。いまとなってはもう価値のない知識を詰めこみ、暗記することに時間を費やしていた高校までに比べると、大学生活は夢のようだった。与えられた課題を苦役とは感じなかった。ノアにとって大学生活は至福だった。目が悪くなりそうなくらいたくさん本や文献を読んだ。読み、書き、思考する時間はたっぷりあった。早稲田の教授陣はそれぞれの担当分野にただならぬ情熱を注いでいる。ノアにとっては文句のつけようのない環境だった。

ハンスは交通の便のよい場所に部屋を借り、小遣いも気前よく渡してくれていた。おかげで住むところやお金、食べるものの心配はしないですむ。ノアは倹約を心がけ、毎月いくらか実家に仕送りした。「学校に専念しなさい」とハンスは言った。「学べるだけ学びなさい。その頭を知識でいっぱいにしなさい――それが唯一、他人には奪えない力になるのだから」ハンスはいつも勉強という言葉を使わず、学べと言った。その二つはまったく別物だとノアも気づいた。

学ぶのは遊びに似ていて、労働ではない。

授業に必要な本はいくらでも買えた。書店で見つからなければ、大学の巨大な図書館に行けばいい。もったいないことに、ほかの学生は図書館をあまり活用していなかった。ノアは周囲の日本人学生の考えがよく理解できなかった。大学で学ぶことより学外の活動にばかり興味を持っているように見える。高校までの経験から、日本人がコリアンと積極的に関わりたがらないと身に染みて知っていたから、子供時代と同じように単独で行動することが多かった。早稲田にはほかにも在日コリアンの学生はいたが、みな政治にのめりこんでいるように思えて、ノアは彼らとも距離を置いた。月に一度、昼食をともにするとき、ハンスはこんなことを言った。左派は「不平家の集まり」で、右派は「馬鹿の集まり」。ノアはほとんどいつも一人きりでいたが、さみしいとは思わなかった。入学から二年がたったいまも早稲田大学で学べること、読書ができる静かな部屋に帰れることがうれしくてたまらなかった。まるで飢えた人のように知識をせっせと吸収し、優れた小説を読みあさった。ディケンズ、サッカレー、ハーディ、オースティン、トロロープを制覇したあと、イギリスから欧州大陸に渡り、バルザック、ゾラ、フロベールの作品をあらかた片づけ、トルストイと恋に落ちた。お気に入りはゲーテだった。『若きウェルテルの悩み』は五回は読んだだろう。

人には言えない望みがあるとすれば、これだ――遠い時代のヨーロッパ人になりたい。王や将軍でなくていい。そんな単純な夢を見る年代はとうに卒業した。それよりも、自然と書物に囲まれた素朴な生活を送ってみたかった。そう、子供が何人かいてもいいかもしれない。もっと年を重ねたら、他人に邪魔されずに静かに本を読んで暮らしたいと願うようになるだろう。

東京の新生活で、ノアはジャズ音楽に出会った。一人でバーに行き、オーナーが棚から選んでかけるレコードに聴き入る時間が気に入っている。チケットが高くて生演奏を聴く機会はないが、いつかまた自分で働くようになったらジャズクラブにも行けるだろう。バーでは席料として一杯だけ酒を注文し、それにはほとんど手をつけないまま過ごしたあと部屋に戻り、また本を読んだり、家族に手紙を書いたりしてから床に就いた。

数週間に一度、できるだけ安い切符を小遣いで買って列車に乗り、大阪に帰省した。毎月初めにハンスに連れられて寿司屋に行き、昼食を堪能した。ハンスは毎度、おまえには将来果たすべき使命があるのだと滔々《とうとう》と語った。その使命とは何なのか、二人のどちらも言葉にできずにいたが。東京での生活は満ち足りていた。ノアの胸は感謝の念でいっぱいだった。

その朝、ジョージ・エリオットのゼミの教室に向かってキャンパスを歩いていると、背後から呼び止められた。

「坂東くん、ねえ、坂東くん」女性の声だった。学内で指折りの美人、梅木《うめき》晶子《あきこ》だった。

ノアは立ち止まって待った。これまで晶子から話しかけられたことはなかった。正直なところ近づきがたい人だと思っていた。晶子は黒田《くろだ》教授に反論してばかりいる。黒田教授はイギリスで育ち、イギリスで教育を受けた、物腰の柔らかな女性だ。教授は態度こそ丁寧だが、晶子をあまりよく思っていないことは傍から見ていてもわかる。ほかの学生、とくに女子は晶子を煙たがっていた。教授に嫌われている学生には近づかないほうが無難だろうとノアは思っている。ゼミの教室で、ノアはいつも教授のすぐそばの席に座ったが、晶子は教室の一番後ろの高窓の下の席に座った。

「ああ、坂東くん。どう、元気？」晶子が言った。頬が紅潮し、息を切らしていた。何度もおしゃべりしたことがあるかのような気軽な調子だった。

「ええ、まあ。ありがとう。きみは元気？」

「エリオットの最後の傑作、坂東くんはどう思った」晶子が訊く。

「すばらしいと思ったよ。ジョージ・エリオットの作品はどれも完璧だね」

「何言ってるのよ。『アダム・ビード』なんて退屈そのものじゃない。読んでて死ぬかと思ったわよ。『サイラス・マーナー』はかろうじて最後まで読めたけど」

「たしかに、『アダム・ビード』は『ミドルマーチ』ほど波瀾万丈ではないし、完成度も高くないけど、勇敢な女性と正直な男性を生き生きと描いた作品としてはやはり――」

「ちょっと、勘弁してよ」晶子はうんざりしたように天を見上げ、ノアをまた見て笑った。

ノアも笑った。晶子の専攻は社会科学だと知っていた。ゼミの開講日に全員が自己紹介をさせられたからだ。

「ジョージ・エリオットの作品を全部読んだの？　それはすごいな」ノアは言った。エリオットを全部読んだ人は自分以外に知らなかった。

「何でも全部読んでるのはあなたじゃないの。そう聞くたびにうんざりするし、全部読んでるなんてどういうことよって腹が立つ。でも、尊敬もしてるのよ。ただ、読んだものを端から気に入っちゃうとしたら、それはどうかと思うの。だって、それぞれの作品についてじっくり考えていないだけかもしれないでしょ」晶子は真剣な顔でそう言った。ノアの感情を害するのではないかと気にしている様子は全くない。

「言われてみればそうだね」ノアは微笑んだ。大学の教授が選び、賞賛する作品が、ほかよりも——当の作家のほかの作品と比較しても——劣っている場合もありうるのだとは考えたことがなかった。ゼミの担当教授は『アダム・ビード』や『サイラス・マーナー』を絶賛していた。

「いつも教授のすぐそばに座るよね。教授は坂東くんに恋しちゃってると思うよ」

ノアは愕然として足を止めた。

「黒田教授は六十歳だよ。いや、七十歳かも」ノアは校舎の入口に近づき、ドアを開けて晶子を通した。

「ねえ、六十歳になったたっていうだけの理由で女がセックスから上がっちゃうとでも思うの。そんなことあるわけないでしょ。あの教授って、たぶん、うちの大学で一番〝夢見る乙女〟な人だよ。小説の読みすぎもいいところ。坂東くんは教授にぴったりの相手だよね。坂東くんとなら明日にでも結婚しそう。すごい年の差婚！　坂東くんの好きなジョージ・エリオットもずっと年下の男性と結婚したんだよね。新郎は新婚旅行中に自殺未遂を起こしたらしいけど」晶子は声を立てて笑った。階段を上って教室に向かっていた学生たちが振り返った。晶子とノアが話しているのを見て、みな不思議そうだった。ノアも、誰とも打ち解けない学生として、大学一の美女といわれる晶子と同じくらい有名だったからだ。

教室に入ると、晶子はいつもどおり一番後ろの席に、ノアは教授の隣の席についた。ノートを開いて万年筆を取り出し、水色の罫線《けいせん》が引かれた白いページを見つめた。晶子のことが頭を離れなかった。近くで見るとますますきれいだと思った。

黒田教授が講義を始めた。可愛らしい丸襟のついた黄緑色のセーターに茶色のツイードのスカートという服装だった。小さな足には、子供のお出かけ靴のような〝メリージェーン〟スタイルの靴を履いていた。背が低くて痩せているため、風が吹いたら紙や枯れ葉のように飛んでいってしまいそうだ。

黒田教授の講義の主眼は、『ダニエル・デロンダ』の自己中心的なヒロイン、グウェンドレン・ハーレスの心理を詳細に検討することだった。グウェンドレンは苦悩を経験し、ダニエルの善良さに触れて、成長する。女の一生は経済的地位と結婚相手によって決まると教授は強調した。そして予想に違わず『ミドルマーチ』の見栄張りで欲深いロザモンド・ヴィンシィとグウェンドレンを比較し、グウェンドレンは、ロザモンドとは対照的に、自己の本質を見抜いて運命の逆転を果たすのだと話した。そうやって講義時間の大部分をグウェンドレンの分析に費やしたあと、終了間際になってユダヤ系の登場人物マイラやダニエルに軽く触れ、シオニズムの背景やヴィクトリア朝時代の小説におけるユダヤ人の役割を説明した。

「ユダヤ人男性はしばしば飛び抜けて優秀な人々とされ、女性は美しくてもの悲しいとされます。この作品には、ユダヤ人社会に属さないため自分の出自を知らない男性が登場します。聖書の創世記の赤ん坊モーセにも通じますね。モーセは長じてから自分がエジプト人ではなくユダヤ人であると知ります――」教授はそう話しながらノアをちらりと見た。しかし、ノートを取っていたノアは気づかなかった。

「しかし、自分は確かにユダヤ人であると知って、ダニエルは、ユダヤ人である自分の母親と同じ才能ある歌手である貞節なマイラを素直に愛せるようになり、二人はユダヤ国家建設を目指して東に向かうのです」黒田教授はエリオットが用意した結末に感じ入ったように小さな溜め息をついた。

「つまり、恋愛は同じ民族の者同士でするべきだし、ユダヤ人のような人々は自分たちの国を作って、ほかの民族と離れて暮らすべきだとおっしゃりたいんですか」晶子が挙手もせずにいきなり質問した。挙手という形式だけの手続きは必要ないと考えているらしい。

「ジョージ・エリオットが主張しているのは、ユダヤ人であること、ユダヤ人国家を建設してそこで暮らしたいと考えることに、たいへん尊いものがあるということだと思いますね。エリオットは、ユダヤの人々がしばしば不当に虐《しいた》げられる現実を意識していました。ユダヤ人がユダヤ人国家建設を望むのは当然の権利です。大戦は、ユダヤ人に起きた痛ましいできごとを広く知らせ、二度と同じ悲劇を繰り返してはいけないと私たちに教えました。ユダヤ人は何一つ悪いことをしていないのに、ヨーロッパの人々は――」黒田教授は、自分の発言を誰かに聞かれたらと恐れているかのように、ふだん以上に声をひそめて話を続けた。「背景にはひじょうに複雑な事情があるわけですが、宗教の違いに基づく差別という問題を追究したエリオットは、同時代の人々のはるかに先を行っていました。そうでしょう?」

ゼミには九人の学生がいた。ノアも含めて全員がうなずいたが、晶子はいつもどおり不満げな顔をしていた。

「日本はドイツの同盟国でした」晶子は言った。

「それはこの議論とは関係ありませんよね、梅木さん」

教授はいらいらした様子で本を開いた。話題を変えたがっている。

「エリオットは間違っています」晶子は引き下がらなかった。「ユダヤ人には自分の国を建設する権利があるというのはそのとおりなんでしょうけど、マイラとダニエルがイギリスを離れなくてはならない理由がわかりません。尊いものがあるとか、迫害された人々のための偉大な国家とかいう要素は、不必要な外国人を排除するための口実ではないかと思います」

ノアは顔を上げなかった。いつのまにか晶子の発言を正確にノートに書き留め始めていて、それに忙しかったからだ。晶子の指摘は当たっているのかもしれないと思うと、心が大きく揺れた。自分はダニエルの勇気や善良さに感動しながら作品を読み通したが、そこに隠された政治的意図については深く考えていなかった。エリオットは外国人に深い敬意を払う一方で、イギリスから出ていってくれとほのめかした――そんなことがありうるだろうか。このゼミの学生はみな、過去の言動から晶子を快く思っていない。しかし、他人とは違う角度から物事を掘り下げ、受け入れがたい真実をずばりと指摘する晶子の勇気に、ノアはいたく感服した。もっとも立場が上の人物の意見がつねに正しいとされるような空気とは無縁の環境、大学という場にいられることは願ってもない幸運だと思う。しかし、教授に反論する晶子の意見に初めて真剣に耳を傾けたこのとき、これまで自分は自分の頭で考えていなかったのだとノアは悟った。大勢の前で権威に反論しようと考えたことも一度もなかった。

講義のあと、一人で帰宅する道でも晶子のことを考え続けた。簡単なことではないとしても、彼女ともっと話してみたいと思った。次の火曜日のゼミが始まる前、ノアは早めに教室に行って晶子の隣の席を確保した。黒田教授は彼の心変わりにも失望などしていないふりを装ったが、内心で傷ついていたことは間違いない。

16

一九六〇年四月　大阪

この四年で、モーザスは後藤が経営するパチンコ店六軒すべてでフロア長を経験した。後藤は立て続けに新しい店を開き、モーザスはそのたびに開店準備に奔走した。二十歳のモーザスは日々の営業と必要な修理に専念し、後藤は新店に適した場所を探したり、自分の帝国をいっそう成長させるためのアイデアをひねり出したりした。後藤のアイデアは、不思議なことにかならずといっていいほど良好な結果に結びついた。商売について後藤の勘はほぼ間違いなく当たり、その幸運はモーザスのたゆまない働きのおかげでもあるといつも言っていた。

四月のある朝早く、モーザスは開店したばかりのパラダイス六号店の店長室に行った。

「おはよう。車を待たせてある。外山さんのところに行くで。おまえに新しいスーツを作ってもらおう。ほら、急げ」後藤が言った。

「え、なんで？　スーツならもう来年いっぱい作らなくてもいいくらい持ってます。僕は大阪中で一番身なりのいいフロア長ですよ」モーザスは笑いながら言った。兄のノアと違って、モーザスは昔から着るものに頓着しない。従業員の見かけを気にする後藤が着ろとうるさいから、仕立てのいいスーツを着ているだけのことだった。後藤は従業員とは自分の分身であると考え、身だしなみにやかましい。

　仕事が山ほどたまっていることを思うと、外山さんのところに出かけるのは気が進まなかった。そんなことよりも、新聞社に電話して従業員募集の広告を依頼しておきたかった。パラダイス六号店では遅番のフロア係が足りていないし、来月にはパラダイス七号店の内装が仕上がる予定だから、七号店の従業員の募集もそろそろ考えなくてはならない。

「たしかに、フロア長にふさわしいスーツはあるな。そやけど、七号店の店長にふさわしいスーツはまだないやろう」

「え？　七号店の店長？　俺が？」モーザスは驚いて言った。「でも、もう緒方《おがた》さんに決まってたでしょう」

「辞めさせた」

「辞めた？　なんで？　俺もついに店長だってやる気になってましたけど」

「店の金をちょろまかしたんや」

「ええ？　まさか」

「ほんまや」後藤はうなずきながら言った。「現場を押さえた。前から疑ってはいたんやけどな、やっぱりそうやった」

「信じられへん」後藤から金を盗む心理がモーザスには理解できなかった。父親から盗むようなものではないか。「なんでまた」

「ギャンブルや。やばい筋から金を借りてたんや。盗んだ分は返すつもりでいたそうやが、額がふくれ上がって追いつかなくなった。よくある話や。ま、それはともかく、今朝、愛人のほうが謝罪に来た。妊娠してるそうやで。緒方のやつ、ようやく子供が生まれるってときに失業したわけや。どアホやで」

「気の毒に」モーザスはつぶやいた。緒方は男の子がほしいと毎日のように言っていた。女の子でもいいとも言った。子供とパチンコが好きでたまらない男なのだ。どれほど業界の経験があろうと、後藤の店の金をくすねて解雇されたとなると、緒方を雇おうというパチンコ店は大阪では見つからないだろう。この業界では後藤から盗むのは大罪だった。「本人は謝ってるんですか」

「当然や。子供みたいに泣いてな。大阪から出てけ、その面は二度と見たくないと言うてやったよ」

「そうですか」モーザスは言った。緒方に同情を感じた。モーザスにいつもよくしてくれた。母親が在日コリアンで、父親は日本人だが、熱くなりやすい性格だから、自分では完全なコリアンのつもりでいると話していた。「奥さんの様子は」後藤は緒方の妻と愛人の両方を知っているはずだ。

「元気や。女房も愛人も元気やで」後藤が答えた。「緒方をこの界隈に来させへんほうがいいぞと愛人にクギを刺しておいた。次は首にするだけじゃすまされへんからとな」

　モーザスはうなずいた。

「外山さんのところに行こう。憂鬱な気分にはもう飽きたわ。外山さんのところの女の子たちに会《お》うたら、気分もいっぺんに晴れるってもんや」後藤は言った。

　モーザスは後藤と一緒に店を出た。新しい給与額を聞くのはやめておいた。不思議なことに、後藤はお金の話を嫌うのだ。フロア長から店長になれば昇給するだろう。モーザスは母の菓子店のためにこつこつ貯金をしてきた。あと少しがんばれば駅前の小さな店を買う資金ができそうだ。ヨセプおじの健康は悪化する一方で、キョンヒおばは家にいるあいだも売り物の菓子を作れずにいる。屋台で菓子を売っているのは母と祖母の二人だけで、兄のノアは東京の早稲田大学の三年生だ。給料が上がれば家族の暮らしも少しは楽になるだろう。毎週土曜の夜、モーザスは誇らしい気持ちで給料袋を母に渡す。母は何度かモーザスの小遣いを増やそうとしたが、モーザスはバス代だけもらえれば充分だと断っている。食事は社員食堂ですませているし、仕事用の服は後藤が買ってくれるから、小遣いの使い道がない。モーザスは週七日働き、家には寝に帰るだけだった。あまりに夜遅くなったときは、社員寮の空き部屋で休んだ。

二人が外に出て、店のドアが閉まった。

「後藤さん、俺にやれるやろか。だって、みんな俺の言うことなんか聞くと思います？　緒方さんのときみたいに指示に従ってくれるかどうか」モーザスは言った。出世欲がないわけではない。早番または遅番のフロア長というだけで充分にやりがいがあった。能力も申し分ない。しかし店長となると責任重大だ。緒方はみなに慕われている。後藤が不在のときは、その代わりを務めた。もうすぐ三十五歳になる緒方は、野球選手のように背が高かった。

「光栄やし、ありがたい話やとは思うんですけど、ほかの店長を引っ張ってきたほうが――」

「何言うてんねん、モーザス。おまえならやれると思ってるからまかせると言うてるんや。おまえはほかの店長より頭が切れるし、問題が起きても自力でどうにかできるやろ。今度の店には社運がかかっとる。俺はほかの店を回って様子を確かめなあかん。そのあいだ、おまえがびしっと見といてくれ」

「そやけど、七号店は五十人くらいスタッフが必要ですよ。五十人なんて、どうやってそろえるんですか」

「いや、少なくともフロアに六十人、景品カウンターにきれいどころが二十人はいないと回らへん」

「ほんまに?」ふだんなら後藤の広げる大風呂敷を歓迎するところだが、今度ばかりは大げさすぎるように思えた。「そんな人数、どうやって――」

「おまえやったら集めるさ。おまえはいつだってやり遂げる。景品カウンターの女の子はおまえの好みで選んでええで。沖縄の子でもいいし、コリアン、日本人でもいい。愛嬌があって別嬪なら誰だってかまわんけど、客の腰が引けてしまうようなどぎつい女は勘弁や。店の運命を決めるのは女の子の質なんや」

「社員寮にそんな人数を収容――」

「心配性やな。まあ、そやからこそおまえは店長向きやと思うわけだが」後藤は満面の笑みを作った。

モーザスは少し考えてから、それは言えるかもしれないと思った。モーザスほど店のことを心配してばかりいる社員はほかにいない。

外山のサロンに向かう車中で、運転手と後藤はプロレスの話題で盛り上がったが、モーザスは無言で座っていた。頭のなかで、七号店の開店に備えて手配しておかなくてはならないことをリストにしていた。ほかの店舗からどの人員を引っ張ってこようかと考えているうち、もしかしたら店長の仕事をこなせる力量がすでに身についているのかもしれないとふと思って、一人微笑んだ。後藤の判断が間違っていることはまずない。モーザスに関してもやはり当たっているのだろう。モーザスは、東京の早稲田大学で英文学を勉強している兄、分厚い英語の小説を辞書なしで読みこなしてしまう兄ほど頭はよくない。ノアはれっきとした日本企業に就職を望んでいる。パチンコ店で働こうとは決して考えないだろう。母たちが菓子店を開いたら、モーザスも店を手伝うものとノアは思っている。日本人の大半と同じように、パチンコ店などまともな人間の働くところではないと考えているのだ。

車はずんぐりした煉瓦造りの建物の前で停まった。戦争前は織物工場だった建物だ。灰色の鉄扉に柿の大木が影を落としていた。後藤の会社の制服作りを一手に引き受けてきた外山は、資金を貯めて猪飼野の自宅兼サロンをここに移転した。息子たち、春樹と大介は三部屋ある奥の住居部分に住んでいて、建物のそれ以外のスペースはサロンとして使われていた。六人いるお針子が週に六日働いて注文をさばいている。評判は口から口へと伝わって、在阪コリアンが経営するほかの会社からも注文が入るようになり、いまでは関西一帯の焼肉店やパチンコ店の仕事も受けているが、後藤の注文が最優先であることは変わっていない。大勢の知り合いに外山を推薦したのは後藤なのだ。

後藤がチャイムを鳴らすと、外山自らがドアを開けた。お針子の一人が香り高いお茶と輸入物のビスケットを漆の盆で運んできた。外山はモーザスを鏡の前に立たせて採寸した。口にピンをくわえて、モーザスの長い腕の寸法を測る。

「痩せたんやないですか、モーザスさん」外山が言った。

「はい」モーザスは答えた。「もっと食べろって後藤さんにも言われます」

後藤はビスケットを咀嚼《そしゃく》し、二杯目の玄米茶で喉を潤しながらうなずいた。藍《あい》色の座布団を並べたスギ材のベンチに座り、安堵に包まれながら外山の仕事ぶりを眺めた。どんな問題でも解決されれば気分がいい。緒方は不正を働く人間だとわかった。だから解雇を言い渡した。そしてモーザスを昇進させた。

広々として風通しのよいサロンは少し前に壁を塗り直したばかりだが、板張りの床は古びて傷んでいる。毎日掃き掃除をしても、作業台の周辺には午前中に出た切りくずや糸くずが散らかっていた。天窓から外光が斜めに射しこみ、埃《ほこり》が舞う淡い光の柱が部屋を貫いていた。細長い作業場にミシンが六台並び、それぞれの前にお針子が座っている。みな後藤やモーザスを見ないようにしているが、最低でも年に一度はここを訪れる若い男性にどうしても視線が引き寄せられてしまう。モーザスは年齢とともに際立って魅力的な青年に成長していた。強い意志を感じさせる目もとや温かい笑みは父親譲りだ。笑うのが好きで、後藤がモーザスをとりわけかわいがっている理由の一つはそれだった。モーザスはいつもはつらつとしていて、暗い顔をすることがない。このサロンであつらえたフロア長の制服を着ているせいで、担当したお針子たちはその制服を通じてモーザスと特別なつながりがあるように感じていたが、そんなことは表立っては言えない。モーザスに恋人がいないことはみな知っていた。

「おっと、ニューフェースがいるようやな」後藤は腕組みをして言った。お針子たちの顔を一つずつ見つめて微笑み、立ち上がって彼女たちに近づくと、深々とお辞儀をした。奇妙な光景だった。後藤はこの街の名士なのだから。お針子たちは一斉《いっせい》に立ち上がって頭を下げた。後藤は首を振り、鼻に皺を寄せて滑稽な表情をしてみせ、女の子たちを笑わせた。

「座って、座って」後藤は促した。

後藤は体の動きで笑わせるコメディアンの才能の持ち主だった。たとえば肩をくねくねと動かしながら歩いて女性を笑わせる。でっぷりと太った短躯の後藤は、コミカルな動作が得意で、相手がどんなタイプの女性であろうととりあえず気を引こうとした。一度会ったらまず忘れられない。誰もが後藤に好かれたいと考える。ふざけてばかりいるから、後藤が七軒ものパチンコ店を所有する有能で裕福な経営者であることをつい忘れてしまう。しかし現実には、ひとこと発するだけで一人の男性を永遠に大阪から追い払えるような人物なのだ。

「エリコちゃん、レイコちゃん、ミドリちゃん、ハナコちゃん、モトコちゃん。そやったね?」後藤は五人の名前を完璧に覚えていた。最後に新顔のお針子の前で立ち止まった。

「後藤です」そう自己紹介した。「きれいな手をしてるね」

「裕美《ゆみ》です」新顔のお針子が応じた。仕事を邪魔されて少し不愉快そうだった。

モーザスの採寸をしていた外山が顔を上げ、新しいお針子の態度に眉をひそめた。裕美のミシンの縫い目はほかのお針子のそれよりまっすぐ整っているが、ときおりわざと人を遠ざけるようなところを見せる。昼食を一人で食べたり、休憩時間におしゃべりに加わらずに本を読んでいたり。裁縫の腕と本人の性格より、いまは後藤に丁重に接することのほうが優先だ。それをいったら、後藤のご機嫌取りをしてもらいたいくらいだった。外山にとって後藤は裏表のない素晴らしい人物だ。若いお針子たちと冗談を言い合いはしても、節度を欠いた発言は決してしない。男性客には珍しく、お針子を食事に誘うなど、下心をあらわにすることもなかった。裕美は二カ月ほど前からここで働いている。履歴書を見た外山は彼女が在日コリアンであると知っているが、裕美は通名で通していて、育った環境を話題にすることはなかった。外山は、きちんと仕事をこなしてくれるかぎり従業員の経歴は問題視しない。裕美はきれいな肌と豊かな胸をした美しい娘だった。着物向きの体型ではないが、男性が好みそうな曲線美を持っている。後藤が彼女に目を留めるのは当然だ。

「後藤さん、モーザスさんは七号店の店長になるんやってね」外山が言った。「お若いのに、大したもんやわ」

モーザスは下を向いてお針子たちの好奇と驚きの視線を避けた。ただ一人、裕美だけは知らぬ顔でミシンを動かしていた。

「そうなんです。ダークスーツを三着作ってやってください。よさそうな生地を見繕《みつくろ》うて。気のきいたネクタイも何本かほしい。ほかの社員と違う雰囲気のものがいい。品がようて、実際より年上に見えるようなネクタイ」

三面鏡の前に立っていたモーザスは、真剣な顔で仕事をしている裕美に目を留めた。きれいな子だった。幅の広い肩は薄く、首がすらりと長かった。洗剤の箱の白鳥のイラストを連想した。

採寸が終わり、後藤とモーザスは車に戻った。

「新顔の裕美ちゃん、別嬪やな。いいケツしてた」後藤が言った。

モーザスはうなずいた。

後藤が笑った。「おお、仕事一辺倒《いっぺんとう》の男がついに女に関心を示したか。あの子ならおまえにぴったりや」

翌週、モーザスは試着のためにふたたびサロンを訪れた。先客の相手をしていた外山は、モーザスのスーツを持ってくるよう裕美に頼んだ。

裕美は仮縫いまですんだスーツをモーザスに渡し、藍色のカーテンで仕切られた試着室を指さした。

「おおきに」モーザスは日本語で言った。

裕美はひとことも返さず、もう仕事に戻っていいと外山から言われるのを冷めた表情で待った。

モーザスが試着室から出ると、裕美は深紅のウールの針刺しを持って鏡の前で待っていた。外山はまだ部屋の反対奥で先客の相手をしていた。

裕美はモーザスの襟もとを見て首をかしげた。襟の手直しが必要だ。

「朴孟治《ぼくもうじ》です。お会いできて光栄です」

裕美は目を細めて襟を見つめ、針刺しから針を抜いて印をつけた。

「その針で刺さんといてくださいよ」モーザスは笑いながら言った。

裕美は背後に移動し、腰回りのフィット感を確かめた。

「僕とは口を利いてくれへんのや」

「おしゃべりするためにいるわけと違うから。サイズを確認するのが仕事やから」

「晩ご飯をご馳走したら、ちょっとは話す気になってもらえるやろか」モーザスは後藤さんが女性を誘うときに使っていた台詞《せりふ》を拝借した。自分では異性を誘ったことは一度もなかったが、いまやパラダイス七号店の店長だ。それなら少しは感心してもらえるかもしれない。

「お誘いありがとう、でもけっこうです」

「どのみち晩めしは食べるやろうに」これも後藤がよく使う誘い文句の一つだ。「仕事は七時半ごろ終わるんやったね。前にも仕上がった制服を受け取りに来たことがあるから知ってるけど」

「夜は学校に通ってるの。くだらへんことにつきあってる時間はありません」

「僕はくだらへんってわけ」

「そうです」

モーザスは裕美に微笑みかけた。こんな口の利き方をする相手は初めてだ。

「何の勉強してるん」

「英語」

「英語やったら少し話せるよ。勉強を手伝えるかもしれへん」

「嘘ばっかり」

「ハロー、ミス・ユミ。マイ・ネーム・イズ・モーザス・パク。ハウ・アー・ユー?」ノアの教科書と首っ引きで一緒に練習したフレーズを言った。「オクラホマ州タルサの気候はどうですか」英語で続ける。「雨はよく降りますか、あまり降りませんか。僕はハンバーガーが好きです。あなたはハンバーガーが好きですか。僕はパラダイスという店で働いています」

「どこで覚えたの。だって、高校も出てへんのでしょ」裕美が言った。

「へえ、そんなことまでよう知ってるな」モーザスはにやりとした。

「おしゃべりはおしまい」裕美は外山がこちらに来ようとしているのに気づいて言った。

「ミス・ユミ、ミスター・チャールズ・ディケンズの素晴らしい小説は好きですか。ディケンズは僕のお兄さんの一番好きな作家です。僕はディケンズの本はどれもとても長いと思います。ディケンズの本には挿絵が一つもありません」

裕美はかすかに微笑み、外山に一礼したあと、手直しが必要な箇所を指さした。二人に向かってまた一礼して、ミシンの前に戻った。

「ごめんなさいね、モーザスさん、お待たせしてしもうて。お元気ですか。後藤さんはいかが」

モーザスは丁寧に答えた。外山が針で印をつけ終えたところで、モーザスは向きを変えて大きなくしゃみをした。その勢いで背中を丸めた拍子に、丁寧にしつけを施してあった背中の縫い目がはじけた。

「うわ、すみません」モーザスは謝った。裕美のほうをうかがうと、笑いをこらえていた。

「明日か明後日、引き取りに来ましょうか。夜、閉まる前に来られると思うんですけど」

「そうやね、お願いします」外山は裂けた縫い目を点検しながら答えた。若い二人が互いを意識していることには気づいていない。「明日の夜までに仕上げておきます」

17

一九六一年十月

モーザスは、外山のサロンの向かいに立つ楓《かえで》の幹にもたれた。ここがいつもの待ち合わせ場所だ。週に三度、モーザスと裕美は仕事帰りに会っていた。教会の英語教室に裕美と一緒に通うようになって一年以上がたつ。英語を勉強したあとは裕美が借りている部屋に行き、そこで裕美が作った簡単な夕飯を食べる。そのあとモーザスはパラダイス七号店にまた戻ったが、その前に愛を交わすこともあった。モーザスは店で夜中まで働き、社員寮の自分の部屋に帰って寝た。

すでに十月に入り、夕暮れ時の風は夏の熱気を残していたが、木々の葉は黄金色《こがねいろ》を帯びて輝き始めている。ぼんやりかすんだ空を見上げると、大木の枝が金属のようにつややかなレース模様を描いていた。制服姿の労働者が家路を急ぎ、幼い子供たちが飛び出してきて父親を出迎えた。この一年ほどのあいだに、外山の新しいサロンがある通りの補修工事が進んで、川沿いの廃屋だった家にたくさんの家族が引っ越してきた。以前は人通りの少ない一角だった場所にある八百屋はにわかに繁盛し、隣接する土地を借りて義弟に乾物《かんぶつ》を売らせていた。新しくできたパン屋ではカステラを売り出していて、その甘い香りが通りまで漂っている。大阪中で評判を呼び、毎朝、パン屋の前に行列ができた。

外山のサロンのお針子たちの仕事はまだしばらく終わらないようだ。そこでモーザスは皺くちゃになった宿題を取り出して単語の暗記を始めた。学校に通っていたころ、自分の記憶力は大したものではないと思っていたが、英語の単語や熟語はすらすら覚えられるらしいとわかった。それは裕美を感心させるちょうどいい道具になった。現金や服、アクセサリーなどの贈り物をほしがるほかの女の子と違って、モーザスの恋人裕美は知識を吸収することにしか関心がない。教会の英語教室のジョン・メリーマン牧師に当てられてモーザスが正解すると、裕美はいかにも誇らしげな顔をした。裕美の夢はアメリカで暮らすことで、いつか夢が実現したときのために英語を勉強しておかなくてはならないと思い定めていた。

空は暗くなりかけてはいたが、どうにか読むことはできた。しかし一人の男性が近づいてきて、その影が紙の上に落ち、文字はまったく見分けられなくなった。かっちりとした仕事靴を履いた男性がすぐ目の前で立ち止まったのに気づいて、モーザスは顔を上げた。

「おまえが勉強なんかするとはな、モーザス。嘘だと言うてくれ」

「春樹やないか」モーザスは叫ぶように言った。「久しぶりやな、いつ以来やっけ」友人の手をがっちりと握った。「おまえは元気でいるかってしじゅうお母さんに聞いてたんやで。お母さん、いつもおまえのことを自慢しとるよ。いや、自慢っていうのは違うかもしれへんけどさ、おまえのお母さんらしい控えめな感じで話すし。いや、驚いたな、春樹、おまえが警察官かいな」モーザスは警察学校の制服を見て口笛を鳴らした。「それにその真面目くさった顔。急になんか悪いことしたくなってきた。俺とおまえの仲や、見逃してくれるよな」

春樹は微笑み、拳でモーザスの肩を軽く殴るふりをした。学校時代の旧友を前にしておもはゆい。モーザスと離れているのはつらかったが、モーザスに対する気持ちが抑えきれなくなって、あえて会わないようにしていた。そのあいだにほかの人に惹かれたこともあれば、行きずりの出会いもあった。最近では警察学校で同級の幸次《こうじ》という、やはりたくましくて冗談のうまい男子がいる。モーザスの場合と同じように、春樹は幸次と充分な距離を保つように心がけていた。公私の境には太い線を引いてきっちり分けるべきだとわきまえているからだ。

「なんでこんなところに？　学校の近くに住んでるんやないんか」

春樹はうなずいた。「今週は休みなんや」

「で？　いつおまわりになれるんや。いや、刑事《デカ》に、か」モーザスは含み笑いをしながらしゃちほこばったお辞儀をした。

「二年後」

楓の木陰にモーザスがいるのに気づいたとき、春樹は通りをそちら側に渡ろうとしてためらった。モーザスの姿を目にしただけで、胸がいっぱいになった。少年時代、つらい学校生活から救ってくれたモーザスを崇拝していた。モーザスが学校を辞めて後藤のところで働き始め、仕事が忙しくて会う暇がなくなったとき、春樹は胸に強烈なパンチを食らったような喪失感を味わった。モーザスがいなくなったとたん、高校の羊の皮をかぶったオオカミや魔女や人食い鬼がぞろぞろと群がってきて、春樹は聖域を探して逃げ回るはめになった。自習時間が来ると、美術教師のはからいで美術室にこもり、愛用のスケッチブックに鉛筆画を描いて過ごした。家庭の状況も変わらなかった。弟は決して年相応には成長せず、母親は目を開けていられなくなるまで仕事をした。警察学校という進路を勧めたのは、夫も兄弟もみな警察官だという美術教師だった。おもしろいもので、その助言は当を得ていた。規則と秩序が律する警察学校は春樹の性分に合っていた。春樹は指示どおりに動き、与えられた課題を万全にこなした。それに、知り合いのいないまったく新しい環境でゼロからやり直すほうが気が楽だった。

「で、そっちはなんでこんなところに突っ立ってるわけ」春樹は尋ねた。夕日は地平線にいまにものみこまれようとしていて、オレンジ色と赤に染まった空の美しさが心を震わせた。

「裕美を待ってるねん。おまえのお母さんのところで働いてる裕美や。ただし、つきあってることは誰にも話してへん。まあ、おまえのお母さんがとやかく言うとも思えへんけどな。俺はほら、そうひどい男でもないし」

「黙っとくよ」春樹は言った。モーザスはますます魅力的になったと思った。モーザスのなめらかな額、まっすぐな鼻、きれいにそろった真っ白な歯がうらやましいと昔から思っていたが、店長のスーツを着ていると、自分の足で立って生きている成熟した男に見える。こいつについていきたいと思った。

サロンの窓はまだ明るい。お針子たちは黒い頭を垂れて裁縫台に向かい、せっせと仕事をこなしている。モーザスは、布の上を飛び回る裕美の細い指を思い浮かべた。仕事に集中すると、裕美は周囲が目に入らなくなる。どんなことに対してもそうで、放っておくと何時間でも同じ作業を続ける。あんなに長時間よく静かにしていられるなとモーザスは思う。自分ならパチンコ店の騒々しさが恋しくなるだろう。大きくてやかましい店にある動くものすべてに愛着を持っている。長老教会の牧師だった父は、神には計画があると信じていたが、モーザスは、人生はパチンコに似ていると思っている。ハンドルを調節することはできても、自分ではコントロールできない不確定な要素があり、そのことも心得ておかなくてはならない。何もかもあらかじめ定められているように見えて、その実、運まかせの要素や期待が入りこむ余地が残されたこのゲームに客が夢中になる理由はモーザスにも理解できた。

「見えるか」モーザスは得意満面で指さした。「あそこや。奥から四番目の――」

「裕美さんやろ。知ってるよ、会《お》うたことがある。裁縫の腕がいい。すごくすてきな人やん。おまえツイとるやん」春樹が言った。「仕事はどうや？　もう大金持ちになったんか」

「今度、店に寄ってくれ。いまパラダイス七号店におるし。明日にでもさっそく来てくれや。裕美と一緒に英語教室に行く時間は別として、開店から閉店までだいたいずっとおる」

「行けたらな。実家に帰ってるときは弟を見てなあかん」

「ここんところ調子が悪いらしいな」

「僕もそれで帰ってきてるんや。おかんによると、いつもとちょっと様子が違うらしいねん。手間がかかるとかそういうわけやなくて、口数がどんどん減ってるらしい。医者は何もできひんって言ってる。施設に入れたほうがいいやろうって。似たような人と一緒のほうが暮らしやすいんじゃないかって意見なんやけど、それはどうかなって僕は思ってる。ほら、ああいう施設はさ――」春樹は歯を食いしばって息を吸いこんだ。「それ以前に、おかんが反対するやろう。大介はいいやつやから」春樹は静かに言った。母親が面倒を見きれなくなったとき、次は自分が大介の世話をしなくてはならないと物心ついたときから覚悟していた。春樹の妻になる女性は、大介や老いていくばかりの母をも引き受けてくれる人でなくてはならない。

「裕美はさ、大介はアメリカで暮らしたほうが幸せじゃないかって言うてたな。まあ、裕美にいわせると、この世の全員がアメリカに行ったほうが幸せなわけやけど。ふつうじゃない人間を受け入れない日本とは違うからって」

裕美には、アメリカやアメリカのものを無条件によしとするところがある。兄のノアと同じで、英語は世界でもっとも重要な言語で、アメリカは世界でもっとも優れた国だと思っているらしい。

「アメリカには優秀な医者がいるんやってさ」モーザスは肩をすくめた。

「それはほんまかもな」

春樹は微笑んだ。どこか遠いところ、知っている人が誰もいない土地で暮らせればいいのにと何度思ったことだろう。

待ち合わせ場所に向かって歩き出した裕美は、雇用主の息子に気づいたが、いまさら進行方向を変えるわけにもいかなくて、そのまま歩き続けた。

「春樹は知ってるやんな」モーザスはそういって裕美に微笑みかけた。「高校時代、唯一の友達がこいつやったんや。いまはなんと、犯罪と戦うおまわりさんやとさ」

裕美はうなずき、ぎこちない笑顔を作った。

「裕美さん。またお会いできてうれしいです。あなたのおかげで、友達にも何年ぶりかで会えました」

「警察学校がお休みで実家に戻ってるんですか、春樹さん」裕美は堅苦しく控えめな態度を崩さなかった。

春樹はうなずいた。それから、家で大介が待っているだろうからと言い訳した。それでも二人と別れる前に、次の日の朝、モーザスが勤めているパチンコ店に顔を出すと約束した。

英語教室は、真新しいコリアン系教会の大きな会議室で開かれる。教会は、焼肉店を経営する裕福な一家から多額の寄付を得て最近建てられたものだ。ジョン・メリーマン牧師は、名前こそ西洋風だが、赤ん坊のころアメリカ人宣教師に引き取られたコリアンで、英語が第一言語だった。たんぱく質とカルシウムが豊富でより健康的な食事で成長したおかげか、ジョンはコリアンや日本人よりはるかに背が高い。百八十センチ近い長身は、どこへ行っても天国の巨人が地上に降りたかのような騒ぎを引き起こした。日本語と朝鮮語に堪能だが、いずれもアメリカ風の訛《なまり》が強かった。体格のよさに加え、物腰も完全に西洋風だ。ジョンは知り合って間もない人をからかうのが好きで、何か面白いことを見つけると、ほかの人々より大きな声で笑った。辛抱強くて他人の顔色を的確に読み取る《ヌンチ》コリアンの妻が、夫は思ったことを口に出さずにいられない性格なのでとすかさず弁解するおかげでトラブルにならずにすんでいるが、それがなければ文化の違いをわきまえない言動で大勢を怒らせていただろう。長老派の牧師にしてはジョンは陽気すぎるように見えた。非の打ちどころのない信仰心と知性を備えた善良な人物だ。母親のシンシア・メリーマンは、タイヤメーカーを経営する富豪一家の娘で、ジョンをプリンストン大学とイェール大学の神学部に通わせた。その後ジョンはアジア諸国に戻って伝道活動を始め、養父母を喜ばせた。黄金色というよりオリーブ色がかって見える肌と、長いまつげに縁取られたインクのように真っ黒な目という取り合わせは美しく、多くの女性の心を奪い、彼のいる場に長く引き留めた。

　他人をなかなか認めない裕美も、生徒たちからジョン先生と慕われている彼に敬意を抱いた。裕美の目に彼は、コリアンがかならずしも娼婦でも酒のみでも泥棒でもない暮らしやすい世界で育ったコリアンを象徴する人物と映った。裕美の母親はアルコール依存症の娼婦で、金と酒のために誰とでも寝た。父親は酒を飲むと暴れるポン引きで、たびたび刑務所暮らしをした。半分しか血がつながらない姉は三人とも性的に節操がなく、家畜のようにつまらない人間と裕美には思えた。弟は子供のころに死んだ。それからまもなく、十四歳のとき、裕美は妹を連れて家を飛び出し、のちに妹が死ぬまで、織物工場でちょっとした仕事をしながら暮らした。裁縫の腕を磨いたのはこの時期だった。大阪で治安が最悪といわれる地域に住む家族とは完全に縁を切った。少しでも母と似た女性を見かけると、裕美は通りの反対側に渡るか、向きを変えて来た道を戻るかした。アメリカ映画を見て、いつかカリフォルニアに住んでハリウッドで衣装係の仕事をしようと心に決めた。北朝鮮に帰還したコリアンも何人か知っていたし、韓国に帰った人はもっとたくさん知っていたが、裕美はどちらの国にも愛着を抱けなかった。裕美にとってコリアンであることは、貧困や恥ずべき家族のように、振りほどくことのできない足かせのようなものだった。あんな国に帰る理由など何一つない。それでも、いつまでも日本にしがみつく気もなかった。日本は、こちらがどんなに愛しても自分を愛してくれない継母《ままはは》に似ていた。だから裕美はロサンゼルスの夢を見る。自信に満ちあふれ、大きすぎるほど大きな夢を抱くモーザスと知り合うまで、異性をベッドに迎え入れたことはなかったが、モーザスを好きになるにつれ、コリアンが下に見られたり無視されたりすることのないアメリカに二人で移住したいと思うようになった。日本で子供を産み、育てようとはまったく思えない。

英語教室は週三回開かれ、十五人の生徒が通ってきている。モーザスが現れるまで、裕美はジョン先生の一番優秀な生徒だった。モーザスは裕美に対してはるかに優位な立場にあった。ノアの自宅での単語暗記のパートナーとして、そのつもりはなかったのに英語の勉強を何年もしていたからだ。だが、裕美は気にしなかった。自分よりモーザスのほうが英語ができ、給料が高く、どんなときも自分に優しくしてくれることに救われたような気持ちでいた。

毎回、授業の始まりに、ジョンは教室内を歩き回りながら生徒一人ひとりに質問をした。

「モーゼス」ジョンは教師らしい声音《こわね》を使って英語で言った。「パチンコ店はどうですか。今日はたくさん儲かりましたか」

モーザスは笑った。「はい、ジョン先生。今日はたくさん儲かりました。明日はもっと儲けますよ。あなたにはお金が必要ですか」

「いや、必要ありませんよ、モーゼス。貧しい人の役に立つことを忘れないでください、モーゼス。世の中には貧しい人が大勢います」

「パチンコ屋のお金は僕のものじゃないんです、ジョン先生。僕のボスは金持ちですが、僕はまだ金持ちじゃありません。だけど将来はかならず金持ちなります」

「金持ちになります」

「そうだった。いつか金持ちになります、ジョン先生。男は金を持っていなくてはいけません」

ジョンは穏やかな笑みをモーザスに向けた。偶像崇拝的な考えを正したいところだったが、言葉をのみこんで裕美の前に進んだ。

「裕美、今日は制服を何着仕上げましたか」

裕美は微笑み、頬を紅潮させた。

「今日、わたしはベストを二着作りました、ジョン先生」

ジョンはまた次の生徒に質問をし、内気な生徒には、クラス全員に向かってだけでなく、互いに自由に話すようにと促した。在日コリアンには堂々とした態度で話せるようになってもらいたかった。誰からも見下されないようになってもらいたい。ニュージャージー州にあるプリンストン大学での生活はたいそう快適だったが、在日コリアンの貧しさに同情を感じ、大学を離れて日本にやってきた。養父母の愛情のもと、恵まれた環境で子供時代を過ごしたジョンは、祖国を永久に失ってしまったコリアンを以前から気の毒に思っていた。モーザスや裕美のような在日コリアンは朝鮮に行ったことがない。コリアンを帰国させる話は以前から何度も出ているものの、在日コリアンはみな、意識の上ではある意味すでに祖国を永久に失ってしまっている。ジョンの父母が養子にしたのは彼一人で、血のつながったきょうだいがどこかにいるのかどうかわからない。いまの父母のもとで満ち足りた生活を送ってきたため、自分のようには選ばれなかった大勢のコリアンに対して申し訳ないような気持ちもある。なぜ自分が選ばれたのか。それを知りたかった。もちろん、養子として引き取られても幸せになれなかった子供も大勢いるだろう。しかしジョンは、ほかの誰と比べても自分は恵まれていると自覚している。養母は彼について〝選ばれた〟という表現をいつも使った。

「わたしたちはあなたを選んだのよ、愛しいジョン。赤ん坊のときから、笑うと誰よりかわいらしい子だったから。孤児院の女性たちもみなあなたを抱っこしたがったものよ。あなたがとても甘え上手だったから」

英語教室で教えるのは牧師の仕事のうちではない。教室の生徒の大部分はこの教会の信者ではないが、ジョンが入信を勧めることはない。ジョンは英語の言葉の響き、アメリカ人の話す言葉の響きを愛している。大阪で暮らす貧しいコリアンにその言葉を授けたかった。日本語ではない別の言語を操れるようになってもらいたい。

教室の生徒たちと同様、ジョンもコリアンの父母のあいだに日本で生まれた。実の両親は、借りていた部屋に彼を残して姿を消した。ジョンは自分の正確な年齢を知らない。養父母はマルティン・ルターと同じ十一月十日を彼の誕生日に決めた。実の両親についてジョンが知っているのは、ある朝早く、借りていた部屋に彼を残し、家賃を支払わずに出ていったことだけだ。養母は、大家にはお金と雨風をしのぐ屋根があったが、実父母の行き先ではそのどちらも赤ん坊に与えられないと思ったからだろうと言っていた。彼を残していったのは二人の愛から出た行為なのだ——ジョンが実父母のことを尋ねるたびに養母はそうつけ加えた。それでも、実の両親の年齢に近いコリアンの女性や男性を見かけるたび、ジョンはもしやと思う。そう考えずにはいられなかった。いま自分はとても裕福だから、二人にお金をあげられたらいいのにとも思う。実の両親に会い、寒さをしのげる家と、腹を空《す》かせずにすむだけの食べものを贈りたい。

ジョンは後ろの席に座っていた甘い物好きの姉妹をからかっていた。モーザスは自分の膝を裕美の膝にそっとぶつけた。モーザスの脚は長い。その脚をほんの少し動かすだけで、裕美のきれいな脚を覆っているスカートの生地に触れた。本当は怒ってなどいなかったが、裕美はわずかにいらだったようなそぶりで彼の膝を押し返した。

ジョンは姉妹の妹のほうに、雨の日は何をするのかと質問し、妹は〝傘《アンブレラ》〟が英語で出てこなくてしどろもどろになった。モーザスは、そのやりとりに耳を傾けているつもりが、気づくといつのまにか裕美を見つめていた。裕美の優しげな横顔を眺めるのが好きだ。黒く悲しげな目と、高く張り出した頬骨が接する角度が美しい。

「モーゼス、そんな風に裕美を見つめてうっとりしているだけでは英語の勉強になりませんよ」ジョンが笑いながら言った。

裕美がまた顔を赤くした。「まじめにやって」裕美が日本語でモーザスにささやいた。

「でも、見ないでいられないんです、ジョン先生。裕美を愛してるから」モーザスはきっぱりと言った。ジョンがうれしそうに手を叩いた。

裕美はノートに目を落とした。

「きみたちは結婚する予定なの」ジョンが尋ねた。

裕美は唖然とした様子だったが、驚くようなことではない。ジョンは何を言い出すかわからない人なのだから。

「裕美は僕と結婚します」モーザスは言った。「かならず」

「ちょっと待ってよ」裕美が叫ぶ。

後ろの席に座った女性たちは大笑いして涙を拭っていた。教室の真ん中あたりの男性二人は、机を拳で叩いてはやし立てた。

「うれしいね」ジョンが言った。「モーゼスはたったいまプロポーズしたらしい。ちなみに〝プロポーズ〟は結婚を申しこむという意味ですよ」

「だって、きみは僕と結婚するんだよ、裕美ちゃん。きみは僕を愛してるし、僕はきみをものすごく愛してる。僕らは結婚するんだ。絶対だよ」モーザスは落ち着き払った調子の英語で言った。「僕はそのつもりでいる」

裕美はあきれたように天井を見上げた。アメリカに住むのが裕美の夢だと知っているのに、モーザスは大阪にとどまって数年後に自分のパチンコ店を開くつもりでいる。お金ができたら母親と伯母、伯父と祖母が暮らせる大きな家を買う予定だ。四人が朝鮮に帰りたいなら、それまでにたくさんお金を儲けて、四人に城を建ててやりたい。ロサンゼルスではそんな大金は稼げないとモーザスは言った。家族を置いていくなど考えられない。そういったモーザスの考えを裕美も知っていた。

「きみと僕は愛し合ってる。そうだろ、裕美ちゃん」モーザスは微笑んで彼女の手を取った。

生徒たちは野球の試合でも見ているかのように大きな拍手をし、足を踏み鳴らした。

裕美は下を向いた。恥ずかしかったが、モーザスに腹は立たなかった。モーザスには腹を立てたくても立てられない。モーザスは裕美が生まれて初めて持った友達だった。

「結婚式の計画を立てなくちゃいけないね」ジョンは言った。

18

一九六二年三月　東京

「弟さん、結婚したの」晶子は訊いた。目は期待に輝いていた。

「うん、結婚してね、もうじき子供も生まれる」ノアはほとんど抑揚のない調子で答えた。

「あなたの家族のこと、もっと知りたい。ねえ、教えてよ」晶子は甘えた声を出した。

ノアは立ち上がって服を着た。

晶子は質問をせずにいられない。社会科学者目指して勉強中なのだ。ふだんからデータを収集し続けている。恋人はなかでもお気に入りのパズルだった。しかし質問すればするほど、ノアは口を閉ざしてしまう。いつもの素っ気ない答えが返ってくると、晶子は「そうなの?」と聞き返す。ノアの人生を作るこまごまとした事実はどれも驚嘆すべきものであり、もっとよく観察したいとでもいうように。晶子にとってはノアに関するすべてが興味深かったが、ノアは興味の対象にされるのを愉快に思わなかった。ただ晶子と一緒にいたいだけだった。晶子が自分以外の誰かに関心を注いでいても気にならない。自分ではない誰かを分析してわかりやすく説明しようとする晶子の話を聞いているほうがずっとおもしろかった。

晶子がコリアンを恋人に選んだのはノアが初めてだった。ベッドのなかでは朝鮮語を話してほしいとせがんだ。

「〝きれい〟は何て言うの」ほんの数時間前にはそう訊かれた。

「イェープーダ」ゆっくりと発音する。その単純な響きが、晶子の前では奇妙に聞こえた。晶子は目を奪われるような美人だ。その美貌を言い表すのに、〝きれい〟ではまるで足りない。〝美しい《アルムダブタ》〟と言うべきだったのだろうが、ノアはそう言わなかった。〝愛〟に当たる朝鮮語を尋ねなかった晶子は、社会科学者として優れた資質を持っているといえそうだ。なぜなら、その語を口にする声にノアの内心のためらいが表れてしまうとわかりきっているからだ。

顕微鏡で観察する標本にされるのがいやで、ノアは家族の話題には触れない。キムチの呼び売りから始め、のちにはノアを学校に行かせるために菓子を売るようになった母。植民地時代に投獄され、劣悪な環境で命を落とした父。ノアがこれまで歩んできた道のそういった側面は、ノアにとってははるか遠い昔のできごとだった。過去を恥じてはいない。そういうことではないのだ。晶子の好奇心が気に入らなかった。晶子は日本人で、南麻布で育ったいいところのお嬢さんだ。父親は貿易会社の社長で、母親は会員制のクラブで東京在住の外国人とテニスを楽しむ社長夫人だ。晶子は荒っぽいセックスと外国の本、そしておしゃべりが好きだった。交際を求めたのは彼女のほうで、異性との交際経験がなかったノアは、晶子の本心を計りかねていた。「戻ってきてよ」晶子が甘ったれた声を出した。白いコットンのトップスを指でもてあそんでいる。

ノアはベッドに戻った。

授業の合間に愛を交わしたあと、二人はノアが借りている部屋で時間をつぶしていた。大学生の部屋にしては広々としたリビングルームには朝日が射しこむ四角い窓が二つあり、ダブルサイズのベッドと毛足の長いベージュ色のラグが床にじかに敷かれている。パイン材の大きな机には、書物が山を作っていた——ディケンズ、トルストイ、バルザック、ユゴー。緑色のガラスのシェードがついたしゃれた電気スタンドは灯っていない。自分がこれほど高級な部屋に住むことになるとは想像したこともないし、信じがたいほどの低家賃で借りられている幸運が信じがたかった。大家はハンスの友人で、真新しい高級な家具が最初からそろっていた。文学と英語を勉強する学生には理想的な部屋だ。ノアは着替えを詰めた父の古いスーツケース一つで越してきた。

東京で自宅住まいの学生でもこんなにいい部屋には住んでいないと晶子は言う。晶子は南麻布の高級マンションに家族と暮らしているが、自分の部屋はノアの部屋の半分くらいの広さしかなかった。授業の合間の空き時間はずっとノアの部屋で過ごしている。机の上や洗面所、クローゼットに、彼女の持ち物も並んでいた。男の子より女の子のほうが整理整頓が得意という通念は、晶子には当てはまらなかった。

晶子の懸命な努力にもかかわらず、ノアはすぐにはできそうになかった。気まずくなって、服をすべて着た。晶子も起きてお茶を淹れた。

この部屋に台所はないが、ハンスが買ってくれた電気式の湯沸かし器はあった。学生は勉強だけしていればいいとハンスは言う。「学べることはすべて学べ。全コリアンの代表のつもりで知識を吸収するんだ。早稲田のような学校に入れなかったすべてのコリアンを代表しているつもりで」授業料は、いつも各学期が始まる前にハンスが全額納めてくれた。お金の心配から解放されたノアは、これまで以上に熱心に勉強した。本を読み返し、手に入るかぎりの評論に目を通した。唯一の息抜きは、彼がすっかり惚れこんでしまったこの美しい女子学生と過ごすひとときだった。晶子は頭がよく、官能的で、創造性に富んでいる。

「どんな人なの」晶子が鉄の急須《きゅうす》に茶葉を入れながら訊いた。

「誰が」

「コ・ハンス。あなたの学費を出してくれてる人。十分後にその人と会いに出かけるんでしょう。わたしを一人でここに置いて。毎月一日はそうじゃないの」

ノアはそれを話していなかったが、当然のことながら晶子は察していて、ハンスに会いたがった。一緒に行ってもいいかとしつこいほど訊かれたが、ノアは勝手に連れていくのはハンスに失礼だろうと思って断っている。

「家族ぐるみの友人だ。前にも話したよね。母と祖母が日本に来る前から知ってる人だよ。釜山《プサン》からそう遠くない済州島《チェジュド》の出身だ。建設会社を経営してる」

「かっこいいの」

「え？」

「あなたみたいに格好いいのかって訊いてるの。コリアンの男性って本当にハンサムよね」

ノアは苦笑した。どう答えればいい？　コリアンの男全員がハンサムなわけではないが、コリアンの男全員が醜いわけでもないことは言うまでもない。どこにでもいる男たちだ。コリアンだけでなくほかの外国人についても、晶子は好意的に一般化したがる。手厳しい言葉を向けるのは裕福な日本人に対してだけだった。

晶子は茶碗を置き、戯れにノアをベッドに押し倒した。仰向けになったノアの上にまたがってブラウスを脱ぐ。白いコットンのブラジャーとパンティを着けていた。なんと美しいのかとノアは思った。玉虫色を帯びた艶やかな黒髪が彼女の顔の周りに落ちた。

「あなたに似てる?」晶子は体をこすりつけながら訊いた。

「似てない。全然似てないよ」ノアは息を吐き出し、腰のあたりにまたがっていた彼女をそっと押しのけた。自分の答えに困惑していた。「いや、どうかな。とても気前のいい人だ。前にも話したよね。男の子がいないし、お嬢さんたちは誰も大学に行きたがらなかった。だから僕の学費を出してくれてる。ちゃんと返すつもりだよ。うちの家族が苦しかったとき何度も助けてもらった。経済的に支えてくれてる人というだけのことだ」

「どうして返さなくちゃならないの。だって、すごいお金持ちなんでしょう」

「どうしてって言われても」ノアは箪笥《たんす》からソックスを出した。「理由なんてないよ。借りた金だ。だから返す」

「わたしと一緒にいたくない?」晶子はブラジャーを取り、シャンパングラスほどの大きさの胸をさらけ出した。

「僕を誘惑してるらしいな」ノアは言った。「でも、もう出かけないと遅刻する。また明日会おう」

たとえすぐに勃《た》ったとしても、もう一度セックスをしている時間は本当にないぞと自分に言い聞かせた。

「一緒に行ってもいいでしょ、ノア。その人に紹介してよ。いつになったら家族に紹介してもらえるの」

「コ・ハンスは家族じゃないし、いまは答えられない。僕だってきみの家族にまだ会っていないしね」

「パパやママには会わないほうがいいわよ。人種差別主義者だから」晶子は言った。「筋金入りの」

「そう」ノアは言った。「じゃまた明日。鍵をかけて出てね」


いつもの寿司店は、ノアの部屋から一キロ半ほどのところにあった。内壁をスギ材で張り替えたばかりで、新しい木材の清潔な香りがかすかに漂っていた。ハンスは毎月、この店の奥にある個室にノアを招いた。日本全国の漁村から届く抜群にうまい珍味が次から次へと運ばれてくるとき以外、誰の邪魔も入らない。

いつも大学の授業の様子を報告した。超一流の有名大学の授業がどんなものか、ハンスが知りたがったからだ。ハンスは大学はおろか中学校すら出ていない。本を読んで独学で朝鮮語と日本語の読み書きを習得し、金銭的な余裕ができると個人教師を雇って日本語と朝鮮語で使われる漢字《ハンチャ》を学び、むずかしい新聞記事も読みこなせるようになった。裕福な人物、権力のある人物、勇気のある人物も大勢知っているが、ハンスが誰よりも尊敬するのは教養があってきちんとした文章が書ける人物だ。大物ジャーナリストとの交際も求めた。時事問題について体系的に、多角的に考える能力を高く評価しているからだ。ハンスは愛国心や宗教、愛すら信じないが、教育には信を置いた。何よりも、人は一生涯学び続けなくてはならないと考えている。

どんなものについても無駄を嫌い、娘が三人とも進学せずにつまらない装身具や噂話に夢中になるのを見て、そんな育て方をした妻を軽蔑した。娘たちは健《すこ》やかな心と無限の能力を備えているのに、それをごみくずのように捨てるのを妻は止めなかったのだ。娘たちはもういないも同然だが、いまはノアがいる。ノアは英語——世界に出ていくのに必須の言語だ——をすらすら読んで書けるのだと思うと、胸が躍った。ノアから勧められた小説をハンスも読んだ。息子が知っていることを自分も知っておきたかった。

ノアの並々ならぬ学問の才能は、ぜひとも大切に育ててやらなくてはならない。大学卒業後にどんな道に進ませるか、ハンスは心を決めかねている。あまり押しつけがましいことを言わないよう気をつけていた。ノアには自分なりの展望があるだろう。優れた事業計画に資金を提供したくなるように、ノアの希望を後押ししてやりたいと思った。

二人はまっさらな畳に脚を組み、アカシア材のテーブルをはさんで座った。

「ウニをもっと食べなさい。板長《いたちょう》がゆうべ、わざわざ北海道まで買いつけにいったそうだ」ハンスは言った。自分がふだん食べつけている珍品を貧乏学生のノアが味わっているのを見るとうれしくなる。

ノアは感謝のしるしにうなずき、自分の皿に盛られた分を残さず食べた。こんな店での食事も、こういった料理も苦手だが、きちんとした日本人がどうふるまうか知っているし、それを寸分違わず真似できた。だから出された料理はありがたく食べた。それでも、簡単だが栄養のある食事を手早くすませるほうが好きだった。その点ではコリアンの労働者の大部分と変わらない。どれほどおいしかろうと、食べものは単なる燃料にすぎず、さっとかきこんでやるべきことに戻れるほうがいい。裕福な日本人は、食事に対するそういった考え方——量が多く、味が濃く、短時間で食べられるものを好む——を卑しさとほぼ同義と見なす。だからノアも、スポンサーの前では支配階級の日本人の真似をした。ハンスを失望させたくない。ただ、食べることに関心が薄いために、食事のために長時間座ったままでいるのは苦痛だった。晶子はノアのそういうところもからかったが、晶子と高級レストランに行く機会などないから、二人の関係に悪影響を及ぼすことはなかった。

ハンスと話すのは好きだが、酒ばかり飲んでほとんど食べない相手と向かい合っているのは退屈だった。ハンスはかなりの酒好きのようだ。それでも建設会社をりっぱに経営している。しかしノアには、量はどうあれ酒を飲むのがいいことだとは思えなかった。子供のころ、前夜の酒場のはしごがたたって路上で眠りこんだおとなを何人もまたいで登校した。猪飼野の不動産会社に経理係として勤めていたときも、家賃を滞納して貸家から追い出される家族をたくさん見た。いずれも給料日に軽く飲んでしまったのが問題の発端だった。冬になると、隅田川《すみだ》べりで暮らす酒飲みのコリアンの野宿者の凍死体が発見される。酔っていたせいで凍てつく寒さに気づかないのだ。ノアは酒を一滴も飲まない。ハンスは日本酒や韓国焼酎《ソジュ》をいくら飲んでも酔ったようには見えず、そこでノアは朝鮮の伝統にしたがって年長者の杯に酒を注ぎ続ける。何度も、何度でも。おかげで食事の時間はますます延びる。

織部焼《おりべ》の猪口《ちょこ》に日本酒を注いでいると、ふすまの向こうから仲居の声がして、ノアはぎくりとした。

「どうぞ」ハンスが応じた。

「失礼します、コさま」若い仲居が言った。化粧をしていない。藍の色無地の着物に薄茶色の帯を合わせていた。

「何かな」ハンスが言った。

ノアは、お行儀のよい子供のような外見と物腰の仲居に微笑んだ。

「若い女性のお客様がいらして、ぜひご挨拶したいと」

「へえ?」ハンスが聞く。「私にかね」

「はい」仲居がうなずく。

「わかった、案内してくれ」ハンスは言った。この寿司店をひいきにしていると知っている人間は少ない。上役の誰かの秘書が伝言を届けにきたのかもしれないが、それも奇妙だ。そういった使い走りはふつう、若い男にやらせる。ハンスの運転手とボディガードがこの店の前で張り番をしているから、不審な人物がハンスに接触しようとすれば彼らが止めるだろう。つまり、その二人が用向きを確認した上で通したことになる。

仲居がふすまを閉めた。まもなくふすまの向こうからまた声がした。

今回はノアが席を立ってふすまを開けた。脚を伸ばすちょうどいい機会になった。

「晶子」ノアはぽかんと口を開けた。

「こんにちは」仲居の傍《かたわ》らに立った晶子が言った。なかに通されるのを待っている。

「きみの友達かな、ノア」ハンスは日本人らしき美貌の女に微笑んだ。

「はい」

「よく来たね。さあ、座って。私に会いにきたのかね」

「ノアから、あとでこちらに寄って、いつもお世話になっている方にご挨拶するようにと言われたんです。断りきれなくて」晶子はにこやかに言った。

「そうなんです」ノアは言った。なぜ話を合わせるのか自分でもわからなかったが、ほかにどう説明していいかわからなかった。「あとで晶子が来るとお話ししておくべきでした。不意打ちのようになってしまってすみません」

「いやいや、気にしないでいいさ。ノアの友人に紹介してもらえるとは、光栄だよ。昼食を一緒にどうかな」

ハンスはまだ入口に控えていた仲居に視線を向けた。

「もう一人分、席を作ってください。ノアの友人の分の猪口も頼む」ハンスは言った。ノアが自分にガールフレンドを紹介しようとしていたとわかって、興味と喜びを感じた。彼女を温かくもてなしてやりたい。

晶子の前にもう一人分の食器が手早く並べられ、猪口が置かれた。英国産の透明な塩を振った牡蠣《かき》フライを板長みずから運んできた。ノアはハンスの猪口に酒を注ぎ、ハンスは晶子の猪口に酒を満たした。

「新しい友人に」ハンスは乾杯のしぐさで猪口を軽く持ち上げた。

19

若きカップルは寿司店を出てすぐのところに立って、ハンスが車に乗りこむのを待った。後部座席のハンスに向けて深々と頭を下げる。運転手は後部ドアを閉めたあと二人に一礼し、運転席に乗りこんだ。ハンスを乗せた車は次の約束の場所へと走り去った。

「ねえ、どうしてそんなに機嫌が悪いの」ハンスはもう見えなくなったあとも、晶子は育ちのよい日本人女子学生らしく微笑んでいた。「コさん、すてきな人ね。会えてよかった」

「嘘をついたな」ノアは震える声で言った。ひどいことを言ってしまいそうな予感がして何も言いたくなかったが、どうしても我慢できなかった。「僕は……僕はきみを誘ってなんかいない。なのに、コさんになんであんなことを言ったんだ？　せっかくの昼食が険悪な雰囲気になるところだった。うちの家族にとっては大事な人なんだぞ。僕の学費を出してくれてる人だ。ものすごく恩義のある人なんだ」

「だけど、何も起きなかったじゃないの。高級なお寿司屋さんで親戚とお昼ご飯を食べた、それだけのことでしょう。お寿司屋さんくらい、何十回も行ったことがあるわ。粗相だって何一つしなかった。それにコさんはわたしを気に入ってくれた」晶子はノアの剣幕に当惑していた。目上に気に入ってもらうのは昔から得意だった。

「まさか、わたしが恥ずかしかったわけ」晶子は笑いながら言った。ノアと口喧嘩ができてなぜかうれしかった。ふだんのノアは穏やかすぎ、口数が少なすぎて、何を考えているかわからないようなところがある。それに、ノアがいけないのだ。ノアを理解したくても理解しきれず、それで今日の昼食の場に押しかけるしかないという気になったのだ。ノアを怒らせようとしたわけではない。彼の友人とも会ってみたいと思うほど彼を好きなのだ。喜んでくれたっていいだろう。

「放っておいたらあなたは絶対に誘ってくれなかったでしょう。それなら押しかけてしまおうっていうわたしの判断は正しかったわ」晶子はノアの腕に手を置こうとしたが、ノアは身を引いた。

「晶子、どうして――どうしていつも自分が正しいと思うんだ？　どうしていつも優位に立たなくちゃ気がすまないんだ？　僕の個人的な知り合いにきみを紹介するタイミングをどうして僕が決めちゃいけない？　僕ならこんなことはしないよ。僕はきみのプライバシーを尊重する」ノアは言葉につかえながら言い、手で口を覆った。

晶子はわけがわからずにノアをただ見つめた。異性からノーと言われることに慣れていない。ノアの頬は赤く染まっていた。考えをうまく言葉にできずに口ごもっている。社会学の教科書のむずかしい一節を解き明かしてくれたり、統計学の宿題を手伝ってくれたりするノアと同一人物とは思えなかった。いつも優しくて賢いノアが逆上していた。

「何なのよ。自分がコリアンだってことが恥ずかしいの？」

「え？」ノアは一歩下がった。あたりを見回し、誰もこの口論を聞いていないことを確かめた。

「それはどういう意味だ」錯乱した相手を見るような視線を晶子に向けた。

晶子は気持ちを落ち着かせ、ゆっくりと話した。

「あなたがコリアンだってこと、わたしは少しも恥ずかしいと思っていないわ。あなたがコリアンだからこそすてきだと思ってるくらい。わたしはまったく気にしてないの。無知な人や、そうね、うちの両親みたいな人種差別主義者ならいやがるのかもしれないわね。でもわたしはあなたがコリアンだからこそ好きなのよ。コリアンは頭がよくて勤勉で、男性はそろって美形だから」晶子はしなを作って微笑みかけた。「怒ってるのね。ねえ、わたしの家族に会いたいなら、全員を紹介する機会を作ってもいいわ。あなたみたいなすてきなコリアンに会えるなんて、うちの家族は運がいいわよね。それがきっかけで考えが変わるかも――」

「やめろ」ノアは首を振った。「やめてくれ。もうやめてくれ」

晶子はノアに近づいた。通りかかった年配の女性が二人をちらりと見たが、晶子は完全に無視した。

「ノア、どうしてそんなに怒ってるの。わたしがあなたを最高の人だと思ってるのは知ってるわよね。部屋に帰ってしまいましょうよ」

ノアは愕然として晶子を見つめた。晶子は彼を別の誰か、現実にいもしない〝外人〟としてしか彼を見ていないのだ。ノア自身を見ていない。誰もが嫌うような相手とあえて交際する自分は特別な人間だと、この先もいまのまま信じ続けるのだろう。ノアの存在は、彼女にとって自分が善い人間、教養の高い人間、リベラルな人間である証明書なのだ。彼女といるとき、自分がコリアンだと意識することはなかった。彼女だけでなく、誰といるときでも、コリアンだとか日本人だとか、そんなことは考えたことがなかった。ただ自分らしくありたいだけだった

――それが何を意味するにせよ。ときには自分自身を忘れたくなることだってある。しかしそれは不可能なのだ。彼女といるかぎり、それは絶対に不可能だ。

「あとできみの荷物をまとめて、きみの家に送るよ。もう会いたくない。もう二度と会いにこないでくれ」

「ノア、何言ってるの」晶子の顔色が変わった。「コリアンは激《げき》しやすいっていうけど、初めて見たわ」そう言って笑った。

「きみと僕のことだよ。もう一緒にいられない」

「どうして」

「一緒にいられないからだ」ほかに言葉が浮かばない。それに、たったいまあらわになった残酷な事実を本人には伝えずにすませてやりたかった。きみは両親と何も違わないよと指摘したところで、彼女は信じないだろう。彼を――よかれ悪しかれ――コリアンとしてしか見られないのなら、それは彼を悪いコリアンとして見ているのと変わらない。彼女には、彼をひとりの人間として見ることができないのだ。だが、それこそが自分の望んでいることだといまははっきりわかった。自分はひとりの人間として見られたい。

「あの人、お父さんなのよね。違う?」晶子が言った。「あなたとそっくりだもの。お父さんは死んだって言ってたけど、嘘だったのね。わたしを紹介したくなかったのは、やくざのパパに会わせたくなかったから、自分の父親はやくざだって知られたくなかったからなんだわ。だってやくざとしか思えないわよね。あんなすごい車に、制服を着た運転手までついてるのよ。それに、あなたにあんな広い部屋を借りてる。わたしの父だってあんな部屋は借りられない。

貿易会社の社長なのに。ねえ、ノア、わたしはあなたのことをもっと知りたかっただけ。なのに怒るなんてひどいわ。お父さんの職業なんて気にしない。そんなことはどうだっていいし──あなたがコリアンだってことも気にならないの。ねえ、わからない?」

ノアは向きを変えて歩き出した。自分の名を叫ぶ彼女の声が聞こえなくなるまで歩いた。一定の落ち着いた速度で歩き続けた。自分が愛した相手が──そう、ノアは晶子を愛していた──思っていたのとはまったく違う人間だとわかって、ただ呆然としていた。彼女の本質に初めから気づいていたのかもしれないが、見えていなかった。見えなかった。駅に着き、ホーム行きの階段を慎重に降りた。転げ落ちてしまいそうな気がした。そのまま一番早い大阪行きの列車に乗った。


実家についたのは夕方になってからだった。キョンヒおばは玄関を開けるなりぎくりとした。ノアは取り乱した調子で母と話したいと言った。ヨセプおじは奥の部屋で眠っていて、母はリビングルームで縫い物をしていた。ノアはコートを脱がなかった。ソンジャが玄関に出てくると、ノアは外で話せないかと言った。

「どうしたの。何があったの」ソンジャは靴を履きながら訊いた。

ノアは答えなかった。外に出て母を待った。

先に立って商店街とは反対方向に歩き、寂れた一角に来たところで口を開いた。

「本当なの?」ノアは母に訊いた。「コ・ハンスのこと」

きちんと言葉にすることさえできなかったが、どうしても知りたかった。

「どうして僕の学費を払うのか、どうしていつもそばにいたのか。そういうことだったんだね――」ノアは言った。それがほかのどんな言い方をするより簡単だった。

歩きながら色褪せたウールのコートのボタンを留めていたソンジャは立ち止まり、息子の顔を見つめた。何を訊かれているのか察しがついた。ヨセプの言っていたとおりだった。ハンスに学費を頼ってはいけなかったのだ。しかしほかに方法が見つからなかった。ノアは毎日働き、給料を一円残らず貯金した。夜は勉強し、朝起きてくるといつも目が充血していた。そうやってついに早稲田大学の入試を突破した。

どうして断れただろう。学費を貸してくれるところはない。ほかの誰にも頼れなかった。ハンスがノアの人生に関わることに以前から不安を抱いてはいた。学費を肩代わりしてもらったせいで、ノアはハンスとの縁を切れなくなるのではないかと心配だった。しかし、お金を断ろうとは思わなかった。どうしてもできなかった。

ノアのような子供、勉強熱心な子供は、教養を身につけてりっぱな人物になりたいという希望をかなえるに値する。過去にノアを教えた教師たちは、ノアは理想的な生徒で、誰よりも頭がいいと口をそろえた。「祖国の誇りですね」と先生方は言い、イサクはそれを聞いてたいそう喜んだ。日本人がコリアンを人として価値の低い、不潔で危険で屈辱的な仕事しかできない民族と見ていることを知っていたからだ。ノアの優れた人格と勤勉さは全コリアンの励みになるだろう、ノアを見下せる者などいないだろうとイサクは言っていた。そして可能なかぎり多くの知識を身につけなさいと励まし、忠実な息子であるノアは一流を目指して全力を尽くした。イサクはノアを心の底から愛した。しかしいま、ソンジャは何も言えなかった。口のなかが乾ききっていた。頭に浮かぶのは、ノアに自分の氏《うじ》を与え、二人を守ったイサクがいかに度量の広い人物だったか、それだけだった。

「よくも」ノアは首を振った。「よくも裏切れたものだね」

イサクのことを言っているとわかった。ソンジャは説明しようとした。

「あなたのお父さんと知り合う前だったのよ。コ・ハンスに奥さんがいるなんて知らなかった。わたしはまだほんの子供だったから、彼が結婚してくれると信じたの。だけどそれはできなかった。彼はもう結婚していたから。あなたを身ごもったとき、あなたのお父さん、イサクは、実家の下宿屋に滞在していたの。事情を知ってもわたしと結婚してくれた。パク・イサクは、あなたを自分の息子として迎えたのよ。血のつながりなんて関係ない。あなたにもわかるわね。若いうちは、重大な間違いを犯してしまうこともある。信用してはいけないひとを信じてしまったりもするでしょう。だけどわたしは、あなたがわたしの息子として生まれてくれて感謝しているし、結婚してくれたあなたのお父さんにも――」

「わからないな」ノアはソンジャに軽蔑のまなざしを向けた。「そんな間違いをするなんて僕には理解できない。どうしてもっと前に話してくれなかったの。ほかに誰が知ってるの」ノアの声はしだいに冷ややかになった。

「他人に話すような問題ではないと思ったわ。聞いて、ノア。あなたの父親になることを選んだ人は、パク――」

ノアにはソンジャの言葉が聞こえていないかのようだった。

「ヨセプおじさんやキョンヒおばさんは――二人は知ってるの」誰も自分に話さなかったこと

が受け入れがたかった。

「その話は一度もしたことがないわ」

「モーザスは。あいつはパク・イサクの子供なの？　僕とは少しも似てないよね」

ソンジャはうなずいた。ノアは父親をパク・イサクと呼び捨てにした。初めてのことだった。

「じゃあ、半分しか血がつながっていない弟ってことか――」

「あなたのお父さんより先にコ・ハンスに出会ったのよ。パク・イサク――わたしのただ一人の夫を裏切ったりなんか一度もしてない。コ・ハンスはね、あなたのお父さんが監獄に入れられているときにわたしたちを探し出したの。お金がなくて困ってるんじゃないかと心配してくれたのよ」

ノアがいつか真実を知ってしまうのではないかと、いつも心のどこかで恐れていた。だが、そのときが来ても、ノアは理解してくれるだろうと信じていた。これほど頭がよい子、昔から聞き分けのよい子だったのだから。親を心配させるような子供ではなかった。しかし、いま目の前に立っている若者は、冷えきった金属のようだった。しかも、ソンジャが誰なのか思い出せないような視線を彼女に向けていた。

ノアは動きを止めた。めまいを感じて、深く息を吸いこみ、吐き出した。

「うちの家族を何かと助けてくれたのは、だからなんだな。疎開先を見つけてくれたのも、だからなんだ。いろんなものを持ってきてくれたのも」

「あなたが無事でいるか気にかけてくれていたからよ。あなたの力になろうとしてくれた。わたしは関係ないの。彼にとってわたしは遠い昔の知り合いの一人にすぎないのよ」

「やくざだって知ってたんだね。そうなんだろ」

「いいえ。いいえ、やくざだなんて知らないわ。どんな仕事をしているか知らないのよ。わたしが知っていたころは、海産物の仲買人で、大阪に住んでたわ。日本の会社の依頼で、朝鮮に魚の買いつけに来ていたの。実業家だった。いまは建設会社と飲食店を経営してるんだと思う。ほかにどんな仕事をしてるか知らない。ろくに話をしたこともないんだもの。それはあなただって知って――」

「やくざは日本で一番下劣な連中だ。ごろつきの集まり、常習の犯罪者だよ。商店主を脅して金を取ったり、薬物を売ったり、売春組織を管理したり。罪のない一般の人を傷つけたりもする。最底辺のコリアンはみんなそういった集団に属してる。僕はやくざに学費を出してもらってた。やくざからお金を受け取ってかまわないと思ったわけ？　僕の名前は汚《けが》された。この先一生、拭えない泥を塗られた。あんたはあんまり頭がよくないらしいな。汚れたものからきれいなものが作れるわけがないだろう。あんたのせいで、僕は汚れた」ノアは静かに言った。「ソンジャにではなく自分に言い聞かせているかのようだった。「子供のころからずっと、周りの日本人から言われ続けたよ。僕にはコリアンの血が流れてるって。コリアンは激しやすくて、暴力的で、ずるくて、嘘ばかりつく犯罪者だって。それにずっと耐えてきたんだ。パク・イサクみたいに正直で謙虚な人間になろうとしてきた。声を荒らげたことなんて一度だってない。でもこの血は、僕の血は、コリアンの血で、しかも今日、それがやくざの血でもあると知ってしまった。それは変えられない。何をしたって変えられない。僕なんか生まれなければよかったんだ。よくも僕の人生をだいなしにしてくれたね。よくもそう軽率なことができたものだよ。

愚かな母親に、犯罪者の父親。僕はおしまいだ」

ソンジャは驚愕の表情でノアを見つめた。まだ子供だったら、黙りなさい、言葉に気をつけなさいと叱っただろう。親の名誉を汚してはならないと言ったはずだ。だが、いまは言えない。やくざをかばっていいわけがない。犯罪組織の構成員はどこにでもいるだろう。彼らがろくなことをしていないのも知っている。だが、多くのコリアンが犯罪組織の下で働かなくてはならないのは、ほかに仕事がないからだ。役所や一流企業は、どれだけの学歴がある人物であってもコリアンは雇わない。それでも、誰しも働かないわけにはいかない。この近所にも犯罪組織に属している人は暮らしていて、その人たちのなかには、仕事に就かずにいる人たちよりずっと親切で尊敬に値する人がたくさんいる。しかしノアにそれを話しても意味がない。ノアは一生懸命勉強し、働いて、自力でこの通りから這い出ようとしたのだから。そしてノアは、自分と同じ努力をしない人々はあまり頭がよくないと思っている。ノアには理解できないだろう。彼女の息子には、努力をあきらめるしかなかった人々を思いやる気持ちがないのだ。

「ノア」ソンジャは言った。「わたしを許して。お母《オン》さん《マ》が悪かったわ。とにかくあなたを大学に行かせたかった、それだけなの。それを目標にどれだけがんばってきたか知ってるから。どんなに努力してきたか——」

「あんたのせいだ。あんたが僕の人生をぶち壊しにした。僕はもう自分が誰なのかわからなくなったよ」ノアは人差し指をソンジャに突きつけた。そして向きを変えると、駅の方角に戻っていった。

20

一九六二年四月　大阪

手紙が届くことはあまりなく、届いたときは、家族全員がヨセプの布団の周囲に集まって誰かが読み上げるのを聞いた。ヨセプは仰向けに横たわり、そば殻の枕に頭を預けていた。封筒の宛名書きが息子の筆跡であることはソンジャにも一目でわかった。読み書きはできないが、自分の名前だけは日本語と朝鮮語の両方で読んで書けるようになっている。手紙はいつもキョンヒが読み上げ、むずかしい漢字があったときだけヨセプの助けを借りる。ヨセプの視力はなおも低下して、好きな新聞も読めなくなっていた。そこで代わりにキョンヒが音読した。漢字の形を説明しただけで、ヨセプが文脈からその漢字を言い当てることもあった。キョンヒはいつもの明瞭で優しい声で手紙を読んだ。ソンジャの顔は不安で青ざめ、ヤンジンは孫息子は何を伝えようとして手紙をよこしたのかと考えながら薄手の便箋《びんせん》に目を凝らした。ヨセプは目を閉じていたが、眠ってはいなかった。

オンマへ

早稲田は退学し、アパートも引き払いました。別の街で仕事を見つけました。

僕の気持ちはわかってもらえないかもしれませんが、僕を探さないでください。じっくり考えて出した結論です。これが自分と折り合いをつけ、自分を見失わずに生きていく最善の方法です。人生をゼロからやり直したいのです。そのためにはこうするしかありません。

やり直しの出費がかさみましたが、もう少しゆとりができたら、少ない額かもしれないけどできるだけ頻繁に仕送りをします。自分の義務を放り出すつもりはありませんから。それと、借りた学費は自分でコ・ハンスに返します。僕を探さないよう彼にも伝えてください。彼を知りたいとは思いません。

ヨセプおじさん、キョンヒおばさん、おばあちゃん、それにモーザスにもよろしく。きちんとお別れを言えなくて申し訳ないですが、その家には二度と帰りません。僕のことはどうか心配しないで。こうするのが一番ですから。

あなたの息子、ノアより

ノアはこの短い手紙を朝鮮語ではなく簡単な日本語で書いてきた。朝鮮語を書くのは得意ではないからだろう。キョンヒが音読を終えても誰も口を開かなかった。ヤンジンは娘の膝をそっと叩き、夕飯の支度のために台所に立った。残されたキョンヒは、血の気を失って言葉もなく座っているソンジャの肩を抱いた。

ヨセプは大きく息を吐き出した。ノアを呼び戻す方法はないか。なさそうだとすぐに思った。この国であまりにも多くを失った。イサクが死んだとき、ヨセプはまず弟が遺した幼い子供たちのことを思い、二人の成長をかならず見届けようと心に誓った。ノアとモーザスは自分の子ではないが、そんなことは関係ない。二人を守る存在になろうと思った。戦争と事故のあと、死を覚悟して、二人の将来だけを楽しみに生きてきた。心というものは、愚かにも、希望を捨てることができない。生きるのはどうにも耐えがたいことに思えた。ヨセプは生者の世界とほぼ完全に切り離され、布団で寝たきりでいたが、それでも家族はあきらめなかった。人生は続いた。ヨセプの目にノアはまるでイサクそのものと映り、ノアの実の父親は別の人物――弟イサクとは天と地ほど異なる人物であることをつい忘れてしまう。しかし、哀れにもノアは、自分がその別の人間の血を引くことを知ってしまった。そして家族と離れようと決めた――罰として。ノアの怒りは理解できるが、ヨセプはせめてもう一度ノアと話したいと思った。人は許すことを学ばなくてはならないよと諭したかった。何が大事なのかを見きわめなくてはならないと。過ちを許さずに生きていくことは、息をして動きながらも死んでいるに等しいと。だが、ヨセプには布団から起き上がるだけの体力さえない。ましてや我が子同然に愛情を注いできた甥を探しにいくなどとても無理だった。

「北に行ったりはしてないのよね」キョンヒがヨセプに尋ねた。「そんなことはしないわよね」

ソンジャもヨセプを見た。

「ない。ありえない」ヨセプは首を左右に振った。枕がじゃりじゃりと音を立てた。

ソンジャは両手で目を覆った。北に行って戻ってきた者は一人としていない。しかし北に行ったのでないなら、希望はまだ残されている。キム・チャンホは一九五九年十二月に北に向けて発ち、それから二年以上が経過したが、手紙は二通届いたのみだった。キョンヒが彼の話をすることはほとんどなかったが、最初に思い浮かんだのが平壌《ピョンヤン》だったのは理屈に合っている。

「モーザスは。あの子にはどう話したら」キョンヒが訊いた。ノアの手紙を握り締め、空いたほうの手でソンジャの背中をそっとさすった。

「モーザスのほうから訊いてくるのを待とう。あの子はただでさえ忙しい。兄貴はどうしたと訊かれたら、わからないと言いなさい。どうしても隠しきれなくなったら、ノアは逃げ出してしまったと言えばいい」ヨセプは目を閉じたまま続けた。「大学の勉強についていけなくて東京から逃げ出したが、あれだけ何度も受験して大学に入ったことを考えると、恥ずかしくて実家には帰ってこられずにいると言うんだ。事実、そういうことだったとしてもおかしくはない」自分の言葉に吐き気を催し、ヨセプはそこで口をつぐんだ。

ソンジャはひとことも発せられないでいた。そんな嘘をついてもモーザスは納得しないだろう。かといって本当のことを話すわけにはいかない。本当のことを知ったらモーザスは兄を探そうとするだろう。それに、ハンスのことはモーザスには打ち明けられない。職場での責任が増し、モーザスは寝る間も惜しんで働いている。裕美は数週間前に流産を経験したばかりだ。モーザスの心配事をこれ以上増やしたくない。

ノアが大学から突然帰ってきてソンジャに詰め寄ったあの日以来、ソンジャは自分が東京に行ってノアと話し合おうかと毎日のように考えたが、行動に移せなかった。そのままひと月が過ぎて、手紙が届いた。ノアは何と言っていた？〝よくも僕の人生をだいなしにしてくれたね〟。あの子は早稲田を退学した。頭がまともに働かない。息さえできなかった。とにかくもう一度息子に会いたい、それしか考えられなかった。二度と会えないなら、死んだほうがましだ。

ヤンジンが濡れた手をエプロンで拭きながら台所から戻ってきて、夕飯の支度ができたと知らせた。ヤンジンとキョンヒがそろってソンジャを見つめた。

「何かおなかに入れたほうがいいわ」キョンヒが促す。

ソンジャは首を振った。「行かなくちゃ。あの子を探さなくちゃ」

キョンヒはソンジャの腕を押さえたが、ソンジャはその手を振り払って立ち上がった。

「行かせてやりなさい」ヤンジンが言った。

ハンスの家は、電車でわずか三十分の街にあった。無遠慮なくらい大きな家は、閑静な通りで目立っていた。白色砂岩の二階建ての屋敷のちょうど真ん中に、彫刻が入ったマホガニー材の見上げるばかりに高い両開きの玄関ドアがまるで巨人の口のように開いていて、その両側に一枚ガラスの大きな窓が二つ並んでいた。戦後、アメリカの外交官の住まいだった建物だ。厚手のカーテンが引かれていて、屋内の様子はうかがえない。娘時代のソンジャは彼が住んでいる家をあれこれ想像したものだが、これほどの豪邸とは一度たりとも想像しなかった。まるでお城だと思った。タクシーの運転手は、番地からいって確かにこの家だと請け合った。

輝くように真っ白なエプロンを着けたショートヘアの若い女中が呼び鈴に応じてドアをほんの少しだけ開けた。ご主人様は留守ですと日本語で言った。

「誰なの」年配の女性が応接間から出てきて女中の肩を軽く叩いた。女中が脇によけた。ドアが完全に開いて、豪華な玄関ホールが丸見えになった。

この女性が誰なのか、ソンジャにも見当がついた。

「コ・ハンスに会いたいです」ソンジャはできるだけ丁寧な日本語で言った。「お願いします」

「どなたなの」

「わたし、朴《ぼく》ソンジャといいます」

ハンスの妻の三枝子はうなずいた。この物乞いらしき女はきっとコリアンで、お金をせびりに来たのに違いない。戦後も日本に残ったコリアンの数ときたらおびただしく、ハンスが同胞に甘いのをいいことに臆面もなくつけこんでくる。夫の気前のよさには目をつぶっても、物乞いの厚かましさには閉口させられた。もう夜だ。こんな時間に物乞いをする女など、どうせろくな人間ではない。

三枝子は女中に向かって言った。「ほしいものを渡して帰ってもろうて。おなかが空いてるんやったら、台所に食べるものがあるわ」夫ならきっと施しをするだろう。三枝子の父も、貧しい人々には親切にしなさいといつも言っていた。

三枝子が奥へ戻っていき、女中は頭を下げた。

「違う。違います」ソンジャは日本語で言った。「お金、食べもの、いりません。コ・ハンスと話ししたい。お願いします」祈るように両手を組んだ。

三枝子がゆっくりとした足取りで玄関に戻って来た。コリアンのなかには、しつけのなっていない子供のように聞き分けがない者がいる。大きな声で恥も外聞《がいぶん》もなく騒ぐ。日本人の冷静さや穏やかさとは無縁だ。三枝子の娘たちは二つの民族の血を受け継いでいるが、幸いにも声を張り上げることはなく、だらしない習慣もなかった。三枝子の父は、ほかの朝鮮人とは違うといってハンスをかわいがり、あれこそ本物の男だ、おまえは一生不自由なく暮らせるだろうといって娘に結婚を勧めた。父の見る目は間違ってはいなかった。ハンスのもとで、組織はいっそう強大になり、資産を増やした。三枝子と娘たちはこの家の石壁の内側におびただしい数の分厚い円紙幣を隠しているほか、スイスにも莫大な資産を保有していた。生活に何の不自由もない。

「この家に住んでいるとなぜわかったの。なぜうちの主人を知ってるの」三枝子はソンジャに訊いた。

ソンジャは首を振った。何を訊かれているのか、完全には理解できなかった。〝主人〟という単語はわかる。ハンスの妻が日本人なのは明らかだった。年齢は六十代前半、灰色の髪は短い。とても美しい人だ。大きな黒い目、それを縁取る並外れて長いまつげ。すらりと伸びやかな体に、明るい緑色の着物を着ていた。口紅は梅干し色だ。まるで着物の広告のモデルだ。

「庭師を呼んできて。あの子は朝鮮語がわかるから」三枝子は左手を伸ばし、玄関先で待つようにと見知らぬ女に身振りで伝えた。ごわついた綿の服や、屋外で働いてシミだらけになった両手に目を留めた。さほど年齢がいっているようには見えない。目もとにいくらか色気を感じるが、もう若くないことは確かだろう。出産を経験して、胴回りがどっしりとしている。ハンスの商売女の一人にしては外見が平凡すぎた。三枝子の知るかぎり、ハンスが相手をする商売女はみな日本人のホステスで、なかには彼らの娘たちより若い女もいた。商売女は三枝子のいる自宅に押しかけるような愚かなことはしない。

裏庭で草取りをしていた若い庭師が走って玄関側にやってきた。

「お呼びですか、奥様」この家の女主人に頭を下げる。

「この人、朝鮮の人らしいわ」三枝子は言った。「主人がこの家に住んでいることをなんで知っているのか聞いてもらえる」

若者は女を見た。怯えきった表情をしている。綿の仕事着の上に明るい灰色のコートを羽織っていた。自分の母親よりも若い。

「奥さん《アジュモニ》」若者はソンジャの不安をあおらないよう気遣いながら言った。「どんなご用ですか」

ソンジャは若者に微笑んだ。次の瞬間、彼のまなざしに思いやりを感じて、ふいに涙があふれだした。女中や女主人の冷たく見下す視線とは大違いだった。「息子を探しています。こちらのご主人なら息子の居場所をご存じかもしれない。ご主人と」――涙で喉が詰まり、深呼吸した――「ご主人とお話ししたいの。どちらにいらっしゃるかしら」

「主人がここに住んでいるとなんで知っているのか聞いてちょうだい」ハンスの妻が低い声で繰り返す。

若者は追い詰められた様子をした女性を思いやるあまり、肝心なことを訊くのを忘れていた。

「奥様は、ご主人様がこの家に住んでいることをどうして知っているのかと訊いています。何か答えなくちゃいけません。わかりますか」若者はソンジャの顔をのぞきこむようにした。

「以前、こちらのご主人が経営していた飲食店でキム・チャンホに雇われて働いてたの。キム・チャンホが北に帰る前にこちらの住所を教えてくれました。ミスター・キムは知ってる？もう平壌に帰ってしまったけれど」

若者はうなずいた。分厚い眼鏡をかけた背の高い男なら覚えている。よく甘い物でも買えといって小遣いをくれたり、裏庭でサッカーの相手をしてくれたりした。キムは、赤十字の帰還船で一緒に北に帰らないかと若者を誘ったが、ご主人様は許さなかった。ご主人様はあれきりキムの話は一度もせず、誰かが彼の名前を出すと怒り出した。

ソンジャはこの若者がノアの居場所を教えてくれるのではないかと期待するような目で若者を見つめた。

「こちらのご主人なら、息子の行き先を知ってるかもしれない。どうしても息子を探したいの。ご主人がいまどちらにいらっしゃるか教えてもらえないかしら。いまこの家にいらっしゃるの？　わたしだとわかれば会ってくれるはずです」

若者は目を伏せて首を振った。このとき、ソンジャはふと目を上げてハンスの屋敷の内部の様子を見て取った。

若者の背後の洞窟のように広々とした玄関ホールは、天井が高くて壁が真っ白な古い鉄道駅の内部を思わせた。サクラ材の彫刻入りの階段を降りてくるハンスの姿を想像した。どうした、何があったと彼は訊くだろう。今度ばかりはソンジャも助けてと懇願するだろう。慈悲を請い、あらゆる手を尽くしてほしいと哀訴するだろう。ノアが見つかるまで、決して彼のそばを離れないだろう。

若者は女主人に向き直り、ソンジャの訴えを日本語にして伝えた。

ハンスの妻は、涙に暮れる女をじっと見つめた。

「主人は留守にしていると伝えてちょうだい。当面は帰らないと」三枝子は向きを変えて歩き出しながら続けた。「電車賃や食べるものに困ってるんやったら、勝手口に回ってもらって、そこで渡してやりなさい。それ以外のことはお断りして」

「アジュモニ、お金や食べものが必要ですか」若者が尋ねた。

「いいえ、違うの。こちらのご主人とお話ししたいだけなんです。お願い。お願い、助けて」ソンジャは言った。

　若者は肩をすくめた。ハンスの行き先は彼も知らないのだ。玄関ホールを照らすまぶしい電球の下、輝くように真っ白なエプロンを着けた女中は玄関脇に女番兵といった風情で立ち、貧しくて不潔な人々をしばらく邪魔しないでおいてやろうとでもいうように、どこか遠くを見つめていた。

「アジュモニ、申し訳ないんですけど、奥様から帰ってもらうように言われてしまいました。勝手口に回ってもらえませんか。家の裏側にあります。食べるものを渡せます。奥様は――」

「違うの。そういうことじゃないの」

　女中は、庭師の若者を外に残して玄関ドアを静かに閉めた。若者は正面玄関から出入りしたことがなく、そちらからなかに招き入れてもらえると期待してもいなかった。

　ソンジャは暗くなった通りを歩き出した。深い紺色をした空に半月が浮かんでいた。女主人は客間に戻って生け花雑誌をめくり、女中は食器室でやりかけの仕事を再開した。若者は玄関先に立って、幹線道路に向かって歩いていくソンジャの後ろ姿を目で追った。ご主人様はときおりこの家に帰ってくることがあるが、そういうときも泊まっていくことはほとんどないと教えてやりたかった。仕事で日本中を飛び回っているのだと。ご主人様と奥様は、互いにとても丁寧な態度で接するが、ふつうの夫と妻の関係には見えないと。金持ちはそんなものなのだろうと若者は思っていた。自分の父母とはまったく違う。父親は大工だったが、肝臓を壊して死んだ。働きづめの母親は、ろくに稼げない父親を溺愛していた。庭師の若者は、ご主人様が大阪のホテルに泊まることがあることは知っていた。女中頭とコックがご主人様の東京のマンションのことをよく話しているが、実際に行ったことがあるのは運転手の安田《やすだ》だけだ。若者はそういったことを深く考えたことがなかった。東京には行ったことがない。生まれ育った大阪と、いま家族が住んでいる名古屋しか知らない。ご主人様の行き先を確実に知っているのは、安田と、巨漢のボディガードの地井《ちい》くらいだろうが、その二人にご主人様の居場所を尋ねようと思ったことなど一度もなかった。ご主人様はたまに韓国や香港にも行っていると二人から聞いたことがある。

のろのろと駅に向かうコリアンの女性の小さな後ろ姿を除けば、通りに人影はなかった。庭師の若者は猛然と走ってその後ろ姿に追いついた。

「アジュモニ、アジュモニ。あなたの家はどこですか」

ソンジャは足を止めて振り返った。本当は何か知っているのだろうかと思った。

「猪飼野よ。商店街があるのは知ってる？」

若者はうなずき、背中を丸めて両手を膝に当てて息を整えた。それからソンジャの丸い顔を見上げた。

「商店街から三つ先の通りの大きな銭湯の近くに住んでるの。名前はパク・ソンジャ、通名は坂東宣子。母と義兄のパク・ヨセプ、義姉のチェ・キョンヒと一緒に暮らしてる。お菓子を売ってる人たちと言えば、商店街の人ならうちのことだとわかるはず。駅前の市場に母と屋台を出してお菓子を売ってるの。いつも市場にいるわ。コ・ハンスの居場所がわかったら探しにきてくれない？　もしコ・ハンス本人に会ったら、わたしが話したいと言ってたと伝えて」ソンジャはそう頼んだ。

「わかりました。探しにいきます。ただ、僕はご主人様とはめったに会わないんです」若者はそこで口をつぐんだ。ハンスがほとんど家に帰らないことを話してしまってはいけない気がした。ハンスの姿はもう何カ月も、いや、もしかしたら一年くらい見かけていない。「もしご主人様に会ったら、あなたが会いにきたと伝えます。奥様からも話すと思いますけど」

「これ」ソンジャは鞄からお金を出して渡そうとした。

「いやいや、やめてください。必要なものはもう持ってますから。気を遣わないでください」

若者はゴム底がすり切れかけたソンジャの靴を見た。彼の母親が市場に行くとき履いていた靴とそっくりだった。

「優しいのね」ソンジャは言った。また涙があふれた。ノアはソンジャの人生の喜びだった。人生に絶望しかけても、ノアがいれば生きる勇気を取り戻せた。

「僕の母さん《オンマ》は名古屋の市場で働いてます。野菜を売ってる知り合いのおばさんを手伝ってるんです」若者は唐突にそう打ち明けた。母や姉妹とは年明けに会ったきりだった。家族以外に朝鮮語で話す相手はコ・ハンス一人だけだ。

「お母さんもきっとあなたに会いたがってると思うわ」

ソンジャは力ない笑みを見せた。この若者に何か相通ずるものを感じた。彼の肩にそっと触れたあと、ソンジャは駅に向かって歩き出した。

第三部　パチンコ　一九六二－一九八九年

国民《ネーション》の定義を次のように提案しよう。国民とは想像の政治共同体である。それは本来的に限界のあるもの、かつ主権を有するものとして心に描かれる。

〝想像〟されたものであるのは、いかに小規模な国民であろうと、それに属する人々は同胞の大多数を知ることがなく、彼らに会うことも、彼らについて耳にすることとさえないが、それぞれの心に彼らとの交流のイメージが存在するからである……

〝限界のあるもの〟として想像されるのは、たとえ十億の人を有する大規模な国民であろうと、ときに変動しながらも範囲を限定する境界線を持ち、その境界線の向こうにはまた別の国民が存在しているからである……

〝主権を有するもの〟として想像されるのは、国民という概念が神から授かった階層的な王制の正当性が啓蒙運動と革命によって破壊された時代に生まれたものだからである……

最後に、〝共同体〟として想像されるのは、現実には国民のなかに不平等や搾取が広く存在するとしても、国民はつねに深く水平的な共属意識として思い描かれるからである。突き詰めれば、この共属意識ゆえに、過去二世紀のあいだ、何百万、何千万という人々が、そのように限定的な想像の産物のもとで殺し合ってきたというよりも、自らの命を捧げてきたのだ。

——ベネディクト・アンダーソン

1

一九六二年四月　長野

　長野駅前の喫茶店に長居するつもりはなかったが、行く当てがあるわけでもなかった。何の計画もない。それはノアらしくないことではあった。しかし、早稲田大学を退学してからの日々はただ漫然と過ぎていた。何かと親身になってくれた中学時代の朗らかな恩師、田村礼子《たむられいこ》先生は長野県の出身で、そのためか長野県には優しく心の広い日本人ばかりだとの先入観が当時からあった。田村先生の子供時代の話を思い出す。冬の荒れ模様の朝、登校しようと小さな家から出ると、降りしきる雪で街灯すらろくに見えなかったそうだ。大阪でもときおり雪は降るとはいえ、田村先生が話していたような吹雪になることはない。いつか恩師の故郷を訪ねてみたいと思っていた。ノアの心のなかで長野は、いつも降り積もったばかりの雪に覆われている。この日の朝、切符売場の窓口でどちらまでと訊かれて、「長野まで一枚」と答えた。ようやく長野に来た。もう安心だ。田村先生は、学校の遠足で有名な善光寺《ぜんこうじ》に行き、同級生と一緒に屋外で質素な弁当を食べたとも話していた。

　カウンターに近い小さなテーブル席に一人で座り、善光寺に行ってみようかと考えながら、紅茶を飲み、オムライスをつついた。キリスト教徒の家庭で育ったが、仏教徒、なかでも世俗を離れて僧になった人々に敬意を抱いている。神はどこにでもいらっしゃると教会で教えられた。では、神は寺や神社を避けて通るのだろうか。そういった場所に行けば神は腹を立てるのか、それとも何でもいいから何かを拝む人々に理解を示すだろうか。いつものことだが、イサクともっと話をすればよかったと後悔した。イサクのことを考えると悲しみが胸に広がり、実の父親であるハンスを思うと恥を感じた。コ・ハンスは、自分の努力以外の何ものをも信じない。神も、イエスも、ブッダも、天皇も信じない。

ずんぐり体型のウェイターがティーポットを持ってやってきた。

「いかがですか」ウェイターはノアのカップに紅茶を注ぎ足しながら尋ねた。「お料理はお口に合いませんでしたか。わけぎが多すぎましたかね。コックにいつも注意してるんですよ、さすがに多いだろうって──」

「オムライス、とてもおいしいです」ノアはそう答え、誰かと言葉を交わすのはそういえば久しぶりだと気づいた。ウェイターは大きな笑みを浮かべた。オタマジャクシの形をした小さな目と、並びの悪い歯をしている。耳が目立ち、耳たぶが分厚い。仏教徒がうらやましがる身体的特徴だ。大多数の日本人は、失礼に当たるとの理由から相手をじろじろ見ないようにするが、ウェイターはノアをしげしげと眺めた。

「しばらく長野にいらっしゃる予定ですか」ウェイターは、隣の空いた席の横に置かれたノアのスーツケースを一瞥した。

「え?」立ち入った質問に驚いて、ノアは聞き返した。

「すみません、よけいなお世話でしたね。おふくろからよく言われました。好奇心が過ぎるといつか厄介事になるよって。すみません。話し好きの田舎者なんです」ウェイターはそう言って笑った。「だけど、お客さん、初めて見る顔だから。今日は店ががら空きで居心地が悪いでしょう。ふだんはもっとお客さんがいるんですけどね。一家言持っていそうなりっぱな人ばかり。初めてのお客さんが来ると、ついあれこれ質問してしまうんですが、お客さんにすれば迷惑でしょうね」

「いえいえ。知りたいという気持ちは自然なものですから。僕にもわかります。こちらには観光で来ました。長野についてはいい話ばかり聞いているので、来てみたら住みたくなるかもしれないなと」ノアはそう言っておいて自分で驚いた。初対面の人物なのに、このウェイターはついあれこれ話してしまいたくなる雰囲気を持っていた。長野に住もうと考えたことはなかったが、それも悪くないかもしれない。一年くらい住んでみてもいいのではないか。東京にも大阪にも戻らない――それだけはすでに決めていた。

「引っ越す？　ここに住む？　本当に？　すばらしい。長野みたいな土地はほかにありませんよ」ウェイターは胸を張った。「うちは親戚一同、長野の出身です。先祖代々そうなんですよ。十八代になりますが、私は家族の誰よりぼんくらでしてね、このちっぽけな喫茶店も、トラブルに巻きこまれないようにっておふくろが買ってくれて」ウェイターは笑った。「仲間内じゃビンゴって呼ばれてます。アメリカのゲームの名前ですよ。前にやったことがあって」

「僕は宣男といいます」ノアは笑みを作った。「伴《ばん》宣男です」

「バンさん、バンさん」ビンゴは甲高い声で楽しげに言った。「昔、東京から来た背の低い子に惚れましてね。その子の名前が伴千恵《ちえ》だった。向こうは私に目もくれませんでしたが。そりゃそうです。きれいな女の子が私なんか選ぶはずがない。うちの女房は背は高いですが、美人じゃありません。それでも私を好いてくれてます」そう言ってまた笑う。「長野に住もうなんて、お客さん、実に賢い人だ。東京には一度しか行ったことがありませんが、また行きたいとは思いませんね。汚くて、何でもかんでも馬鹿高くて、みんなやたらに忙しそうで——」そこでふと口をつぐむ。「あっと、まさかお客さん、東京の人じゃないですよね」

「いいえ。出身は関西です」

「ああ、関西はいい。京都には二度行きました。私みたいな貧乏人には高すぎますが、本当にうまいうどんに目がなくてね、京都ならそこそこの値段でうまいうどんが出てきますでしょ。歯ごたえがしっかりしたうどんが好きなんですよ」

ノアは微笑んだ。このウェイターのおしゃべりは愉快だった。

「で、仕事は何してるんです?」ウェイターが訊いた。「男なら働かないと。これ、うちのおふくろの口癖です」ビンゴは右手で口を覆った。自分の無遠慮な質問にきまりが悪くなったが、自分でもおしゃべりを止められない。この一見《いちげん》の客は魅力的で謙虚な人物と見えた。それにビンゴは物静かな人に憧れている。「関西にいたときはおもしろい仕事をしてたんでしょう」ビンゴは毛がまばらな眉を吊り上げながら訊いた。

ノアはほとんど手をつけていない料理の皿を見つめた。

「経理の仕事をしていました。ほかに英語の読み書きもできます。小さな会社で経理の人間を探していたりしたら好都合なんですけど。あとは貿易会社で文書を翻訳するとか——」

「お客さんみたいな若い人なら、どこでも雇ってもらえますよ。ちょっと待ってくださいよ」ビンゴは丸い顔に真剣な表情を浮かべた。ちんまりとした顎を人差し指で叩く。「すごく頭がよさそうだし」

「それはどうかわかりませんけど、そう言ってもらえるとうれしいです」ノアは笑みを向けた。

「ふむ」ビンゴは眉間に皺を寄せた。「お客さんが選り好みするタイプだったらあれかもしれませんけど、いますぐ仕事が要るなら、パチンコ屋はよそから来た人でも雇ってくれますよ。最近だと事務職の求人は少ないけど」

「パチンコ？」ノアは内心の当惑を顔に出さないように努めた。コリアンだと思われたのだろうか。たいがいの日本人は、〝朴《ぼく》〟という朝鮮系の姓を聞くまでノアがコリアンだと気づかない。早稲田大学の学生証には通名の〝坂東宣男〟だけが記されている。さっきビンゴに自己紹介したとき、坂東の〝ドウ〟をとっさに省略した理由は自分でもよくわからなかったが、いまさら訂正はできなかった。「パチンコには詳しくないんです。一度も――」

「すみません、気を悪くしないでください。ただ、給料がいいって聞いたものですから。長野で一番大きなパチンコ屋の支配人は高野《たかの》さんっていうんですがね、りっぱな人ですよ。ふつうのパチンコ屋で働くのはどうかと思いますが、コスモス・パチンコを経営してる一家はこのあたりじゃ由緒ある名家でしてね。しじゅう台を入れ替えてますよ。ただ、あの会社は外国人を雇わない」

「え？」

「朝鮮や中国の人は雇わないんですよ。まあ、お客さんには関係ないか。日本人だから」ビンゴは何度もうなずいた。

「ええ、そうですね」ノアもうなずいた。

「高野さんは、優秀な人がいたら経理に雇いたいっていつも言ってます。給料もいいはずですよ。ただし、外国人はお断り」ビンゴはまたうなずいた。

「ええ、そうですよね」ノアはわかりますよというようにそう言った。相手と意見が合わなくても、とりあえずうなずいておいたほうが無難であることはだいぶ前に学んだ。うなずいておけば相手は安心して話し続ける。

「高野さんはうちの常連なんですよ。今朝も来てくれた。窓際の席でコーヒーを飲むのが日課で」ビンゴはその席を指さした。「ブラックで、砂糖は二つ。ミルクは入れない。今朝も言ってましたよ。ビンゴさん、慢性的な頭痛になっちゃったよ、優秀な働き手がなかなか見つからないもんだからって。このへんの愚か者は頭の代わりにかぼちゃを載っけてる、種は脳みそとは違うってね」ビンゴはおどけて苦悩する高野さんの真似をし、ぽっちゃりした手で頭を抱えた。

「そうだ、高野さんの会社に行ってみたら。私の紹介だって言えばいい」ビンゴは笑顔で言った。これこそビンゴが得意なこと――人のためを考えて橋渡し役を務めること――だ。これまで高校の同級生三人に結婚相手を紹介した。

ノアはうなずいて礼を言った。この日から何年かたってビンゴは、伴さんが長野に来て最初にできた友達はこの自分なのだと誰彼かまわず自慢することになる。

高野の事務所は、巨大なパチンコ店から二区画近く離れた別のビルにあった。煉瓦造りのビルの地味な外観からは、どんな業種の会社が入っているのかまず想像できないだろう。ノアもあやうく通りすぎてしまうところだったが、ビンゴがメモ用紙に地図を描いてくれたおかげで迷わずにすんだ。番地の表示板がある以外、看板などはいっさい掲げられていなかった。

支配人の高野日出夫《ひでお》は、りゅうとした身なりの三十代後半の日本人だった。洗練された印象のウールのダークスーツに紫色の縞柄のネクタイを合わせ、やはり紫色のチーフを胸ポケットに差していた。週に一度、近くの靴磨きの少年に頼んで、鏡のように光るまで靴を磨いてもらっている。内勤ではなく外回りのセールスマンかと思われるような粋な服装だった。デスクの奥に、ドアくらいの大きさがある黒い金庫が二つ並んでいた。広々とした支配人室の手前にそこそこの広さの部屋が六つ並び、大勢のワイシャツ姿の事務員が働いていた。ほとんどは若い世代の男性と、平凡な顔立ちをした女子社員だ。高野の形のいい鼻の先には小さないぼがあり、丸く黒い目は目尻が下がっている。話しているとき、柔和な目は豊かに表情を変え、相手の視線をまっすぐにとらえた。

「どうぞ、座って」高野は言った。「秘書から、事務職を探していると聞きましたが」

「僕は伴宣男といいます。駅前の喫茶店のビンゴさんから、こちらで従業員を探しているとうかがいました。つい最近、東京から来たばかりです」

「へえ。ビンゴさんの紹介か。しかしコーヒーを注ぐ係を募集しているわけではありませんよ」高野は大きなスチールデスクの奥から身を乗り出した。「つまりビンゴさんは、私の悩みをまともに聞いていなかったわけだな。こちらは親身に聞いていたつもりだが」

ノアは微笑んだ。この高野という支配人はおおらかな人物と見える。コリアンを毛嫌いしているようには思えない。今日、洗い立てのシャツにネクタイを締めてきてよかったとノアは思った。コ・ハンスはよく、男はつねにぱりっとした格好をしていなくてはならないと言っていた。とりわけコリアンにとって重要な忠告だ――身だしなみに気を遣い、どんな場面でも、そう、こちらが怒るのが当然と思える場面でさえ、コリアンは落ち着いた調子で穏やかに話をしなくてはならない。

「さて、ビンゴさんのご友人、あなたはどんな仕事ができますか」高野が言った。

ノアは背筋を伸ばした。「簿記の資格を持っていて、関西の不動産会社で経理の仕事をした経験があります。家賃を徴収したり、帳簿をつけたりといった仕事を何年かしたあと、大学に――」

「へえ？　大卒か。どこの大学かな」

「早稲田です」ノアは答えた。「文学部でしたが、中退しています。三年まで在籍していました」

「文学、ね」高野は首を振った。「勤務時間中に小説を読むような従業員ならお断りだ。頭が切れて、几帳面《きちょうめん》で、正直な帳簿係を探しているんですよ。毎朝、定時にきちんと出社する人物、二日酔いだったり、女の問題を抱えていたりしない人物を探している。能のない人間はいらない。そういう人間はすぐに首です」高野はそう言ったあと、首をかしげた。目の前の青年はきちんとした人物のようだ。ビンゴが紹介したわけも納得できる。

「はい、それは当然だと思います。僕はとても几帳面なほうですし、手紙を書くのも得意です」

「ほほう、謙遜《けんそん》するタイプと見えるね」

ノアは謝らなかった。「採用していただければ、最善を尽くします」

「名前はなんといったっけ?」

「伴宣男です」

「この地方の出身ではなさそうだね」

「ええ。出身は関西です」

「なぜ中退したのかな」

「母が死んで、卒業までの学費を支払えなくなったからです。学費を貯めて、いつかまた大学に通い直せればと思っています」

「お父さんは」

「死んでいます」

高野は、よそ者から両親ともにもう亡くなったと言われてもまず信用しないが、たとえ嘘だとしても頓着はしない。

「いつか文学部に戻って勉強を続けるつもりでいるのに、うちで仕事を教えて私に何の得がある? きみが大学を卒業するのをなぜ私が手伝わなくてはならない? うちは長く働いてくれる帳簿係を探しているんだ。すぐに辞めたりしないと約束できるかい。初任給は高くないが、生活していくには充分な額だ。そもそも文学など勉強してどうしようというんだね。文学で飯は食えないぞ。私は高校も卒業していないが、きみをいつでも雇えるし、いつでもクビにできる立場にある。きみの世代は愚かだ」

ノアは答えなかった。家族はみな、ノアは企業に就職したいのだろうと思っているが、それは少し違う。ノアは高校の英語教師になる夢を密かに抱いていた。早稲田大学を卒業すれば、私立校に教師として雇ってもらえるかもしれないと期待していた。公立校はコリアンを採用しないが、いつか法律が変わることもあるだろう。日本への帰化さえ検討した。少なくとも個人教師のような立場でなら働けるに違いない。

「いまは大学の授業料が払えないし、仕事が必要なわけだね。そうでなければいまここに来ていないだろうから。どこに住むつもりだ」

「今日長野に来たばかりなんです。下宿屋を探そうと思っていました」

「店の裏の社員寮で寝泊まりするといい。初めは相部屋だよ。部屋は禁煙、異性を連れてくるのも禁止だ。朝昼晩と食堂で食べられる。異性について参考までに言うと、近くにそのためのホテルがある。勤務時間外に何をしようと私は関知しないが、仕事を最優先してくれ。私はきわめて寛大な支配人だが、使えないとわかれば即刻解雇する。そこまでの給料は支払わない」

弟のモーザスも従業員にこんな口を利くのだろうか。学校から放り出されたも同然のモーザスと同じように、自分もパチンコ屋で働くのかと思うと、ショックだった。

「さっそく今日から働いてもらおうか。すぐ隣の事務室に池田《いけだ》さんという人がいる。ごま塩頭の男性だ。池田さんの指示に従ってくれ。うちの経理課長だ。今日から一カ月を試用期間とする。何ごともなければ、充分な給料を払う。食費と住居費は必要ないわけだから、すぐに金が貯まるぞ」

「ありがとうございます」

「実家はどこだね」

「関西です」ノアは答えた。

「ああ、それはさっき聞いた。関西のどこだ」

「京都です」

「ご両親はどんな仕事をしている」

「二人とも死にました」ノアは答えた。これ以上聞かないでくれと祈った。

「ああ、それもさっき聞いた。亡くなる前は何をしていた」

「父はうどん店で働いていました」

「へえ」高野は怪訝そうな顔をした。「うどん屋の店員の息子が早稲田に？　本当か」

ノアは黙っていた。もう少しましな嘘がつける人間ならよかったのにと思った。

「外国人じゃないだろうな。はっきり答えてくれ」

ノアはその質問に驚いた風を装った。「違います。日本人です」

「わかった。いいよ」高野は言った。「さあ、行った行った。池田さんの指示に従ってくれ」


パチンコ店の寮には六十名の従業員が住んでいた。初日の夜、ノアは一番小さな部屋の一つで眠った。相部屋の年長の従業員は、壊れたモーターのようないびきをかいた。一週間ほどすると、日課ができた。夜のうちに銭湯に行っておき、朝は起床したらさっと顔を洗うだけですませ、食堂に行って白飯、鯖《さば》、緑茶の朝食をとる。丁寧に仕事をして、まもなく池田の信頼を勝ち取った。池田は、ノアほど有能な帳簿係はほかに知らないと言った。試用期間のひと月が過ぎ、ノアは正式採用された。何年かたってから、高野は会った瞬間からノアを気に入っていたと知らされた。正式採用後に給料が上がった。寮のもっといい部屋をあてがわれたのは年末になってからだった。ノアを贔屓《ひいき》しているのではとほかの従業員に思われるのを高野が恐れたからだ。伴宣男はコリアンではないかと高野は疑っていたが、不問に付した。ほかの誰も気づいていないなら、何ら問題はない。

2

一九六五年四月　大阪

裕美は三年で二度の流産を経験したあと、ふたたび妊娠した。過去二度の妊娠中は、夫のモーザスの反対を押し切ってずっと仕事を続けた。いつも物静かで思慮深い雇用主外山さんは、今回こそ家で仕事をしなさいと何度も説得を試みたが、裕美は譲らなかった。

「そやけどな、裕美ちゃん、この時期はあまり忙しくないし、体を休めたほうがええよ」外山さんからしじゅうそう言われて、裕美が空がまだ明るいうちから帰宅する日もたまにあった。

春もそろそろ終わりという時期のある日の午後だった。ホテルから依頼された制服用のボウタイを仕上げたところで、裕美は下腹部に刺すような痛みを感じた。このときばかりは外山さんも裕美の抗議の言葉に耳を貸さず、お針子の一人にモーザスを呼びに行かせた。迎えにきたモーザスは、猪飼野のいつもの病院ではなく、外山さんがよい評判を聞いていた大阪の有名な産科医院に裕美を連れていった。

「難しい話と違いますよ、朴さん。あなた、血圧がすごく高いんです。血圧が高い人は、妊娠に抵抗してしまうんです」産科医は穏やかに言った。

そのまま診察台から離れてデスクに戻った。診察室は壁を塗り替えたばかりのようで、塗料の匂いがかすかに残っていた。女性器の図解を除き、診察室にあるものはすべて白かステンレスの銀色をしていた。

裕美はいま医師から言われたことをじっくり考えた。本当だろうか。過去二度の流産は、自分の体が抵抗したのが原因だったのか。

「以前の流産については心配しなくていいでしょう。もちろん悲しい話ではありますが、流産は自然の知恵の表れともいえますから。母体によくない影響を及ぼすなら、出産しないほうがいい。流産したなら、妊娠は可能だということ、つまりおそらく不妊症ではないということです。今回の妊娠に関しては、胎児にさほどの危険はなさそうですよ。心配なのは母体だけです。出産までの残りの期間は絶対安静で過ごしてください」

「そやけど仕事が」裕美は青ざめた。

医師はだめですよと首を振った。

「裕美」モーザスは言った。「お医者さんの言うことを聞かへんと」

「仕事は減らすから。夕方早めに上がらせてもらうから。外山さんにいつもそうしなさいって言われてるし」

「あのね、朴さん、妊娠高血圧腎症で命を落とすお母さんもいるんですよ。主治医として、仕事は禁止します。私の言うことが聞けないなら、出産まで一緒にがんばってあげられませんね」

高名な産科医は裕美から目をそらし、デスクの書類に気を取られているふりをした。この患者がよその病院に替えることはないとの自信があった。主治医を替えるとしたら愚かだ。医師は食事の注意点を紙に書き出した。甘い物は控えること、白米を食べすぎないこと。体重をあまり増やしすぎてはいけない。むくみやすくなり、また赤ん坊が大きくなりすぎて、自然分娩《ぶんべん》で出産できなくなる。

「何か異変を感じたら、何時でもかまいませんから連絡してください。かならずですよ。予定日より早く分娩する必要が生じた場合、必要な手を打っておかなくてはなりませんから。いいですか朴さん、我慢する必要はないんです。我慢は子供が生まれてからいくらでもできます。第一子の出産前のお母さんは、少しくらいわがままを言っても許されるんですよ」医師は二人に向かって微笑んだ。「おなかが空いてもう我慢できないと思ったら、駄々をこねりゃいいんです。夜中に枕がもう一つ必要になったら、持ってきてもらえばいいんですよ」

モーザスはうなずいた。医師のユーモアと有無を言わさぬ口調がありがたかった。裕美と意地を張り合って勝てるくらいの人物でなければ、有能な医師にはなれないだろう。これまでモーザスは、大事な問題に関して裕美の意見に反対する理由はとくにないと考え、いつも反対せずにきたが、もしかしたら、どうせ裕美は聞く耳を持たないだろうとあきらめて自分の意見を引っこめていただけかもしれない。

帰宅するとさっそく裕美は横になった。乱れた黒髪が小さい枕に扇のように広がった。モーザスは裕美の隣に脚を組んで座った。コップ一杯の水も、食べるものもほしがらない裕美に、何と声をかけていいかわからなかった。裕美の目標は、いつも笑ってしまうほど現実離れしている。よくもまああれこれ夢を描けるものだとあきれることもあった。裕美がモーザスの前で泣いたり、何かができそうにないと不満を言ったりしたことは一度もない。裕美にとっては、仕事にも英語教室にも行かれずに一人きりで家に閉じこもっているのは苦痛だろう。

「英語の本、持ってこよか」モーザスは尋ねた。

「いらん」裕美はモーザスのほうを見ずに言った。「お店に戻らなあかんのやろ。わたしなら平気やから。心配せんと行って」

「何かほしいものはないの。何でも言うて」

「なんでアメリカに行くのはあかんの。向こうに行ったら楽に暮らせるのに」

「行政書士の先生に言われたやろ。移住は無理やって」

「メリーマン先生に頼んだら保証人になってくれるんとちがう」

「引き受けてくれると思うか。俺は伝道師になる気なんかないし、おまえかてそれは同じやろ。そもそも神を信じてもないんやから。それに、アメリカで俺がありつけるような仕事やと、日本と同じようには金を稼げへんよ。また学校に行こうって気もあらへんし。俺は大学に行くようなタイプやない。頭を使うのは苦手なんや。裕美が二人分考えてくれると思って頼りにしてるねん。あ、そうか、もうじき三人分に増えるんやったな」モーザスはそう言って笑った。裕美も笑ってくれるだろうと期待した。

「裕美、俺は近いうちに横浜に自分の店を開く。うまくいけば大卒の男の二十倍くらい金を稼げる。考えてみろよ。ほしいものは何だって買《こ》うてやれる。もし失敗しても、後藤さんのところでまた働かせてもろうて、それなりの生活はさせてやれる」

「お金やったら、わたしかて稼げる」

「そやったな、わかってるよ。おまえが自立した人やってことはちゃんとわかってる。そやけどな、おまえ一人じゃ手が届かないものを買ってあげるのも俺の楽しみなんや。横浜はきっと裕美向きや。国際的な街やから。アメリカ人が大勢住んでる。赤ん坊が生まれて、先生の許可がもらえたら、一度行ってみようや。きれいなホテルに泊まって、どんなところか見てみるといい。それに、英語の勉強もしやすいで。個人教師を探してもいいし、学校に通うほうがよかったらそれでもいい」モーザスは言った。ふだんノアのことは考えまいとしている。考えると悲しくてたまらなくなるからだ。それでも、早稲田を退学して何の説明もなく姿を消してしまった兄を思わずにいられない。

「わたしたち、日本人から嫌われてるやん。この子を日本で育てるなんて無理やわ」裕美が言った。

「たしかに、日本人のなかには俺たちをよく思ってない人もいる。そやけど、赤ん坊は俺たちと日本で暮らすんだよ。俺の娘は俺たちと同じように暮らすんや」モーザスは、最初の妊娠のときから女の子だと固く信じていた。生まれてくるのは裕美にそっくりな女の子に決まっている。

モーザスは裕美の額を優しくなでた。裕美の額は小さくて青白く、日に焼けたモーザスの手が巨人のそれに見えた。まだ若いのに、裕美は年寄りのように厳《いか》めしい顔をすることがあり、どれほど困難な仕事であろうと途中であきらめない。しかし悲しいことがあると、落胆した子供のように心細げでさみしげな顔をする。モーザスは、感情を一つ残らず映し出すその顔を愛していた。裕美は口を閉ざすことはできても、内面の動きを他人から隠すことはできない。

「ほかに何がしたい」モーザスは答えを求めて裕美の表情を探った。「アメリカに移住する以外に」アメリカに何があると裕美は信じているのか、モーザスにはいまだ理解できない。ノアはもしかしたらアメリカに行ったのだろうかと思うこともあった。在日コリアンの多くが美化している魔法の国アメリカに。「裕美、それ以外に何がしたい」

裕美は肩をすくめた。「赤ちゃんが生まれるまで家に閉じこめられるなんていやや。怠け者みたいにだらだらするのはいややねん」

「おまえが怠け者？　ありえへんわ」モーザスは笑った。「赤ん坊が生まれたら――もうじきやな――朝から晩まで娘のあとを追いかけ回すことになる。きみと娘は、大阪で一番速く動き回る女性コンビになるんや。それを家に閉じこめておこうなんて、まず無理やろう」

「モーザス、おなかのなかで動いてるのを感じる。今回は流産せえへんかった」

「そうや。先生も言うてたやろう、赤ん坊は元気やって。きっときみそっくりなべビーちゃんやで。最高の家を用意したる。きみは最高のお母さんになるんや」

裕美は微笑んだ。最高のお母さんになる自信はなかったが、そうなりたいと思った。

「母さんに連絡しておいたで。今夜から来てくれる」

裕美は不安げに眉間に皺を寄せた。

「母さんのことは好きやろ」

「好きや」裕美は答えた。それは嘘ではなかった。ただ、尊敬できる義母に恵まれたと思ってはいるが、まだ他人行儀な間柄だった。ソンジャは世の中の息子を持つ母親とは違っている。押しつけがましいことはいっさい口にしない。もとより本心をなかなか打ち明けない性格だが、ノアがいなくなってその傾向はますます強くなった。モーザスと裕美は初め、自分たちが借りる家で一緒に暮らそうとソンジャと祖母ヤンジンを誘ったが、新婚なのだから年寄りのお節介《せっかい》など気にせずに暮らしなさいといって断られた。

「お義母さんは、おばあちゃんやキョンヒおばさんと一緒のほうがいいんやろうなと思った」

「まあな、でもそれとは別に、俺たちの力になりたいって思ってくれてるんや。一人で来るって言うてたわ。ずっと同居するわけやない。おばあちゃんは向こうに残ってキョンヒおばさんの店の手伝いをする。母さんがうちに来てくれてるあいだ、代わりにおばさんの店を手伝ってくれる人を俺が探すわ」


絶対安静で二週間、裕美はこのままでは頭がどうかしてしまいそうだと思った。モーザスがテレビを買ってくれたが、放映されている番組にはまるで興味が持てず、かといって本を読もうにも胸焼けがひどくてその気になれない。手首や足首はぱんぱんにむくみ、親指を手首にそっと当てただけでくぼんだ痕がくっきりと残った。おなかの子が動いたり、たまにしゃっくりをしたりといったことがなければ、裕美はとうにベッドから起きて玄関から逃げ出していただろう。義母は手伝いに来て以来、主寝室の隣のもっと大きな部屋を使ってくれとモーザスに何度言われても、台所の隣に用意した小さな部屋に寝泊まりしていた。食事の支度や掃除はすべて義母がやってくれた。モーザスの帰りが夜中の何時になろうと、かならず食事を用意して待っている。

朝になり、ソンジャが朝食のお盆を持って裕美の部屋のドアをノックした。

「どうぞ入ってください、お義母さん《オモニム》」裕美は言った。裕美の母親は白米を炊くことも、お茶を淹《い》れることもできなかった。対照的にモーザスのお母さんは、料理で一家の生計を立てている。

清潔な白い布をかけたお盆には、いつものようにおいしそうな料理が並んでいる。ソンジャは義理の娘に微笑んだ。

ふだんならおいしい食事をよく味わって食べる裕美は、申し訳ない気持ちでいっぱいになった。最近ではおなかに収めておけるのはおかゆだけだった。

「お義母さんにあれこれやってもらっておいて、自分は一日寝てるだけなんて、申し訳なくて」裕美は言った。義母がしばらく部屋にいておしゃべりにつきあってくれたらいいと思った。

「お義母さん、朝ご飯は？」

「いただきましたよ。あなたはずっと働きづめで来たでしょう。でもいまは休むのが仕事だと思ってちょうだい。妊娠や出産は簡単な仕事ではないもの。わたしの母は、わたしを産む前に六度も流産したそうなの」ソンジャは言った。「母は自分も一緒に来てあなたの世話をしたかったようだけれど、家に残るように頼んだのよ」

「六度も流産したんですか。わたしはまだ二度だけ」

「二度だって充分たいへんな経験よ」ソンジャは言った。「さあ、朝ご飯を食べて。お母さんも赤ちゃんも栄養を取らなくちゃ」

裕美は少し体を起こした。「モーザスは今日、横浜に行くとかで朝早くから出かけました」

ソンジャはうなずいた。朝一番の列車に乗るというモーザスにも朝食を用意した。

「じゃあ、そのときモーザスに会ったんですね」裕美はお盆に並んだ料理を眺めた。「おいしそう」

裕美が少しでも食べてくれますようにとソンジャは祈った。また流産してしまうのではないかと心配でならないが、それを顔に出してはいけないと思った。母が流産した回数など言わなければよかった。教会では、不用意な発言は罪ですと戒《いまし》められる。口数は少なければ少ないほどいいのだ。

「本当に親身になってくれて、ありがとうございます」

ソンジャは首を振った。

「これくらい当然よ。あなただって自分の子供たちに同じようにするはず」ソンジャは言った。

露天市場で見るたいがいのおばちゃん《アジュンマ》は黒髪にちりちりのパーマをかけているが、ソンジャは白髪染めをせず、男性のようなショートカットにしている。成熟した体はがっしりしていて、痩せぎすでも太りぎみでもない。長年、屋外で働いてきたため、丸い顔は日に焼けて浅い皺が何本も刻まれていた。尼僧《にそう》のように化粧はいっさいせず、基礎化粧品すら使わない。人生のどこかの時点で、見かけにこだわるのはもうやめよう、清潔であればそれでよしとしようと決めたかのようだった。かつて外見に固執した罪滅ぼしと思われそうだが、ソンジャが見た目に執着したことは一度もなかった。

「モーザスから、わたしの母の話は聞いてますか」裕美はスプーンを取った。

「お酒を出す店で働いていたことは聞いたわ」ソンジャは答えた。

「売春をしてたんです。父はポン引きでした。正式な夫婦ではなかったの」

ソンジャはうなずき、お盆の上の手つかずの料理を見つめた。裕美の家族についてモーザスから聞いたとき想像したとおりだった。占領と戦争はすべての人を苦しめた。

「いい人だったでしょうね。あなたを心から愛してくれたはず」

そうに違いないとソンジャは思っている。自分はハンスを愛し、のちにイサクを愛した。しかし息子たち、ノアやモーザスに抱いている愛情は、二人の男性に対して抱いた以上のものだ。子に対する愛は、生と死を分ける。ノアがいなくなって、ソンジャは自分の半分が死んだように感じた。どんな母親であれ、それは同じだろう。

「母はいい人間じゃありません。子供を殴るような人です。お酒が飲めて、お金さえ稼げれば、ほかはどうでもいい人でした。兄が死んで、妹と一緒に家を出ていなければ、母はわたしたちにも仕事をさせたと思います。自分と同じ仕事をね。母が思いやりを示してくれたことなんか一度もない」裕美は言った。誰かに打ち明けるのは初めてだった。

「妹さんは亡くなったとモーザスから聞いたわ」

裕美はうなずいた。妹を連れて家を出たあと、閉鎖された縫製工場にもぐりこんで暮らした。冬が来て、二人とも高熱を出した。妹は眠っているあいだに死んだ。裕美はその亡骸によりそってほぼまる一日眠った。自分も死んでしまいたいと思った。

ソンジャは椅子をベッドのそばに引き寄せた。

「裕美ちゃん。つらい思いをしてきたのね」

生まれたのは女の子ではなかった。ソロモンと名づけられた赤ん坊は、体重四千グラム超と、高名な主治医が想定していた以上に大きな男の子だった。三十時間を超える難産で、主治医はやむなく同僚の医師を呼んで夜間の応援を頼んだ。赤ん坊は健康で元気だった。ひと月ほどで裕美の体は回復し、ソロモンを連れて裁縫の仕事に復帰した。一歳のお祝い《トルジャンチ》の選び取り《トルジャビ》でソロモンは、筆や糸、餅などが並んだなかから円の新札を選んで握り締めた。この子は一生お金には困らないというしるしだ。

3

一九六八年十一月　横浜

警察の人が来て事務室で待っていますとフロア長から報告を受けたとき、モーザスはパチンコ台の認定の件だろうと思った。いつも年度のこの時期に来る。事務室に戻ると、近隣の署の見覚えのある若い警察官が二人いた。モーザスは二人に椅子を勧めたが、警察官は立ったまま頭を下げたきり、すぐには口を開かなかった。入口にとどまっていたフロア長もモーザスの視線を避けた。さっきは忙しくて気づかなかったが、フロア長は沈痛な面持ちだった。

「実は」二人のうち背の低いほうの警察官が切り出した。「ご家族が病院に運ばれまして。本当なら署長が来るべきところですが――」

「病院に？」モーザスはデスクの奥から出て、出口に向かおうとした。

「今朝、奥さんと息子さんがタクシーにはねられました。息子さんの学校の一つ手前の大通りで。二日酔いの居眠り運転でした」

「二人は無事ですか」

「息子さんは足首を骨折しました。それ以外は元気です」

「家内は」

「救急車で病院に運ばれる途中で息を引き取りました」

モーザスはコートを着るのも忘れて事務室を飛び出した。


葬儀は大阪で執り行われた。この日のできごとの一部はモーザスの記憶に鮮明に焼きつけられ、それ以外は記憶からすっぽり抜け落ちた。葬儀のあいだずっとソロモンの小さな手を握り締めていた。離したら息子が消えてしまうのではと怖かった。三歳半のソロモンは松葉杖にすがりながら、ママに最後のお別れを告げに来た人々に挨拶するんだといって聞かなかった。座りなさいと言われ続けて一時間後、ようやく椅子に腰を下ろしはしたが、父親の傍らを離れようとしなかった。現場に居合わせた数人が、タクシーが暴走を始めたのに気づいて裕美はソロモンを歩道に押し戻したのだと話した。葬儀にはモーザスの幼なじみ外山春樹が来ていて、差し迫った場面でそういう行動が取れた裕美はよほど反射神経がよかったのだろうと言った。

弔問客《ちようもん》は数百名に上《のぼ》った。モーザスの仕事の関係の人々も駆けつけたし、かつて父が牧師を務めていた教会――祖母やキョンヒおばがいまも通っている教会の信者も来た。モーザスはその全員に挨拶したかったが、言葉がまともに出なかった。朝鮮語も日本語も忘れたかのようだった。裕美を失って、自分ももう生きていたくないと思った。しかしそんなことは口に出せない。裕美は恋人だったが、それ以上に、頼りがいのある友人でもあった。裕美の代わりが見つかるとは思えなかった。本人にもっと早くそれを伝えなかった自分はひどい人間だと思った。裕美とともに長い人生を歩むつもりでいたのに、まさかほんの数年で終わってしまうとは。客からおもしろい話を聞いたとき、これから誰と一緒に笑えばいいのだろう。松葉杖をついた息子がおとなと握手を交わし、その場にいた誰よりりっぱにふるまっているのを見て誇らしくなったと、誰に話せばいいのだ？　喪服を着た小さな男の子を見て弔問客が涙ぐむと、ソロモンは言った。「泣いちゃだめだよ」声を上げて泣きだした女性を見れば「ママはカリフォルニアにいるんだよ」と言って慰めた。女性は困惑顔をしたが、ソロモンもモーザスもその意味を説明しなかった。

結局、カリフォルニアには連れていってやれなかった。行くつもりではいた。手間を惜しまなければ在日コリアンもパスポートが取れるようになったのに、モーザスは申請しなかった。在日コリアンの大半は海外渡航ができない。日本のパスポートがあれば問題なく再入国できるが、そのためには帰化しなくてはならない。しかし帰化はそう簡単に認められないし、帰化を希望している知り合いはモーザスのまわりにはいなかった。外国に行きたいなら、在日本大韓民国民団を通じて韓国のパスポートを取る手はあるが、大韓民国籍に抵抗を覚える人が多かった。最貧国の一つであり、しかも独裁政権下にあるからだ。北朝鮮籍ではどこへも行かれないが、北朝鮮への渡航を許される場合はある。北に帰国したほぼ全員が苦しい生活を強いられている現実はあっても、南より北の国籍を持つ在日コリアンのほうが依然として多かった。少なくとも北朝鮮政府は、在日コリアン向けの学校にいまも資金提供しているのだからと誰もが言う。それでも、モーザスは自分が生まれた国を離れようとは思わなかった。日本を離れてどこへ行くというのだ？　日本は自分たちを煙たがっているかもしれないが、だから何だ？

裕美の記憶が心を埋め尽くしていた。弔問客から声をかけられても、耳に聞こえるのは、教科書を広げて英語のフレーズを練習している裕美の声だった。アメリカに移住する気はないと数えきれないほど言ったが、裕美はカリフォルニアに住む夢を決してあきらめなかった。最近はニューヨークもいいと言い始めていた。

「モーザス、ニューヨークやサンフランシスコで暮らせたらどんなにすてきやろうって思わへん？」裕美はたまにそんなことを言い、東海岸と西海岸、どちらがいいか俺には決められないなと応じるのがそういうときのモーザスの役割だった。

「向こうに行けば、日本人と違《ちご》うても誰も気にせえへん」裕美はよくそう言っていた。ハロー、マイ・ネーム・イズ・ユミ・パク。ディス・イズ・マイ・サン、ソロモン。ヒー・イズ・スリー・イヤーズ・オールド。ハウ・アー・ユー？　いつだったたか、カリフォルニアって何とソロモンに訊かれて、裕美はこう答えた。「天国よ」

弔問客が大方いなくなったころ、モーザスとソロモンは葬儀場の後ろの席に腰を下ろした。モーザスは息子の背中を軽く叩いた。ソロモンは父親の右腕に抱き寄せられてもたれかかった。

「おまえは自慢の息子だよ」モーザスは日本語で言った。

「パパは自慢のパパだよ」

「何か食べるか」

ソロモンは首を振り、近づいてきた老人を見上げた。

「モーザス、大丈夫か」老人は朝鮮語で尋ねた。壮健な印象の紳士で、年齢は六十代後半か七十代前半、襟の折り返しの細い仕立てのよさそうな黒いスーツに黒いネクタイを締めていた。

見覚えのある顔だったが、どこで会ったのだったたか。モーザスはとっさに答えられなかった。失礼にならないよう笑みを向けたものの、誰かと話をする気分ではなかった。きっと店の客か、銀行員だろう。モーザスの頭はまるで働いていていなかった。

「私だよ。コ・ハンスだ。そんなに年を食ったかな」ハンスはにやりと笑った。「おまえの顔は昔と変わっていないが、りっぱなおとなになったな。息子か」ハンスはソロモンの頭をなでた。今日は一日、会う人はほとんどみなソロモンの艶《つや》やかな栗色の髪をなでた。

モーザスははじかれたように立ち上がった。

「ああ。もちろん覚えてます。お久しぶりです。以前、母が探してましたけど、連絡がつかなかったと言ってました。ノアの居場所を知らないか、聞きたかったようです。行方不明なんです」

「あれからずいぶんになる」ハンスはモーザスの手を握った。「ノアから連絡は」

「あったとも言えるし、ないとも言えますね。毎月、母に仕送りはしてくるんですが、住所は絶対に明かさない。かなりの金額を送ってくるんですよ。だから生活に困っていることはなさそうです。でも、どこにいるのか知りたくて――」

ハンスはうなずいた。「私にも金を送ってきたよ。借りた分を返すと言ってな。返したかったが、送り先がわからなかった。きみのお母さんに預けて、あの子のために取っておいてもらおうかと考えた」

「いまも大阪に?」モーザスは訊いた。

「いやいや。いまは東京だ。娘の近くに住んでいる」

モーザスはうなずいた。膝の力が抜けそうな感覚があって、また座りたくなった。そこにハンスの運転手が現れて、ハンスはそのうち電話するよと約束して去った。

「お邪魔して申し訳ありません、兄貴。外でちょっと問題が起きまして。若い女性が来て、緊急の用件だと言っています」

ハンスはうなずき、運転手とともに葬儀場を出た。

車に近づいていくと、ハンスの新しい愛人、乃利子《のりこ》が車内から手招きしているのが見えた。ロングヘアの美しい娘は、ハンスがドアを開けるのを見て手を叩いた。ピンク色のパール入りのマニキュアが指先で光を跳ね返した。

「おじさまが来た！」乃利子はうれしそうに叫んだ。

「何の用だ」ハンスは尋ねた。「私は忙しい」

「用はないの。退屈で、おじさまに会いたくなっただけ」乃利子は答えた。「お買い物に連れていって。いいでしょ？　おじさまが車に戻ってくるの、ずっといい子で待ってたんだから。あの運転手、話してもつまらないし。銀座のお友達が教えてくれたの。今週、フランスからかわいいバッグが届いたって」

ハンスは車のドアを閉めた。防弾ガラスのウィンドウが外光を遮断した。メルセデスのセダンの車内灯が灯って、乃利子の卵形の顔を照らした。

「買い物に行きたくて私を呼び出したのか」

「そうよ、おじさま」乃利子は甘ったるい声で言い、膝に置いた小さくてきれいな手を子猫の手のように伸ばした。裕福なクライアントはみな、乃利子の得意なわがままな姪っ子の筋書きを喜ぶ。男は若い女に物を買い与えたがる。乃利子の真っ白なコットンのパンティを脱がせたいなら、〝おじさま〟は乃利子にねだられるままフランス製の贅沢品を毎月買い与え続けなくてはならない。コ・ハンスは、乃利子が勤めているクラブの最上顧客だ。クラブのママから、コ・ハンスは新しい愛人に贅沢をさせるのを好むと聞いている。今日は二度目のランチ・デートだ。前回は食事の前にクリスチャン・ディオールのハンドバッグを買ってもらった。美人コンテストの出場経験もある十八歳の乃利子は、車で待たされるのに慣れていない。今日は一番高かったピーチ色のシルクジョーゼットのワンピースに同じ色のハイヒールを合わせ、ママから借りた本物のパールのネックレスをしていた。

「きみは高校を出ているのか」ハンスは訊いた。

「ううん、おじさま。だって勉強は苦手なんだもの」乃利子はにっこりと微笑んだ。

「そうだろうな。おまえは頭が悪い。頭の悪い女は我慢ならん」

ハンスは乃利子の顔を殴った。ピンク色の唇から血がほとばしり出た。

「おじさま、おじさま」乃利子は叫び、ハンスが握り締めた大きな拳を払いのけようとした。ハンスは繰り返し拳を振るった。乃利子の頭が車の窓枠に激しく叩きつけられる。まもなく乃利子は悲鳴を漏らさなくなった。顔もピーチ色のワンピースも血で染まっていた。パールのネックレスに赤いしずくが散った。運転手は、ハンスが暴行をやめるまで、運転席で凍りついていた。

「私を事務所で降ろしてくれ。そのあとこの女を店のママのところへ連れていけ。ママにこう伝えるんだ。どれほど美しかろうと、常識のかけらもない女には我慢できないとな。私は葬式に出ているところだったんだ。この無神経な女がいるかぎり、あの店にはもう行かん」

「申し訳ありません。緊急の用件だと言うものですから。いますぐ兄貴と話をさせてくれ、さもないと大きな声を出してやると言うんです。だからほかにどうしようもなくて」

「売春婦になど、葬式を抜け出すほどの価値はない。具合が悪いなら病院へ連れていけ。そうでないなら、悲鳴でも何でも好きなだけ上げさえておけばいいんだよ。大きな声を出されたところで何でもないだろう、この愚か者め」

乃利子はまだ息をしていた。朦朧《もうろう》とした状態で、踏みつぶされたチョウのように広い後部座席の隅にぐったりともたれかかっていた。

運転手は怯えきっていた。自分にも同じ運命が待っているのかもしれない。酒場の女の言うことなど聞いてやるのではなかった。組織の若頭には、まだ若くて下っ端だったころ、コ・ハンスのアパートの玄関で客の靴をきちんとそろえなかったというだけの理由で左薬指の先をなくした者もいた。

「申し訳ありませんでした、兄貴。本当に申し訳ありません。どうかお許しください」

「もういい。事務所に戻れ」ハンスは目を閉じ、革張りのヘッドレストに頭を預けた。

ハンスを降ろしたあと、運転手は乃利子を勤め先のクラブに送っていった。ママは真っ青な顔で乃利子を病院に連れていった。形成手術が行われたが、乃利子の鼻は元の美しさを二度と取り戻せず、もはや店には出せなくなった。損を取り戻すため、乃利子は性風俗店に売られた。そこで年齢的に無理が来るまで全裸で男性客の体を洗い、性的サービスをすることになる。熱い風呂で働き続ければ、おっぱいや尻は五年ともたずに張りを失って垂れるだろう。そうなったらまた新しい仕事を探さなくてはならない。

週に六日、ソンジャは孫息子の学校の送り迎えをした。ソロモンが通っているのはインターナショナルスクールの幼稚部で、授業はすべて英語で行われる。ソロモンは学校では英語を話し、家では日本語で会話をした。朝鮮語で話しかけるソンジャには朝鮮語まじりの日本語で答えた。ソロモンは学校が大好きだった。モーザスは忙しいのは息子にとっていいことだと思っている。ソロモンは朗らかな子供で、学校の先生や年長者の言うことを素直に聞いた。どこへ行こうと、母親を亡くしていることはあらかじめ伝わっていて、おとなたちはクッションになってソロモンを守ろうとした。教師や友達の母親は、ソロモンに危険がないよう見守った。天国に行けばママと再会できるとソロモンは信じていた。また、母親がいまも自分を見ていると思っていた。夢に出てくるんだよとソロモンは話した。僕を抱き締められなくてさみしいって言うんだよ。

夜、祖母と父と息子はそろって食卓を囲んだ。夕飯後にモーザスが店に戻らなくてはならないときでも、その習慣は変わらなかった。モーザスの幼なじみの外山春樹が大阪から遊びにきたことも二度あったし、一度は三人で大阪の親戚に会いにいったりもした。ヨセプおじの体力では旅行は無理だった。

その日も、ソンジャは学校が終わるころ幼稚部の前でソロモンを待っていた。ほかにも、にこやかなフィリピン人のベビーシッターや西洋人の母親が子供の迎えに来ていた。おしゃべりはできなかったが、ソンジャは彼女たちに笑顔で会釈をした。いつもどおり、ソロモンは一番に校門から現れた。先生に大きな声でさよならと言って校舎から飛び出してくると、まず祖母を抱き締め、それからほかの子供たちと一緒に角の駄菓子屋に走っていった。ソンジャはそのあとをあわてて追いかけた。ハンスが車のなかから見ていることに気づいていなかった。

ソンジャは黒いウールのコートを着ていた。上等の品物ではないが、かといってみすぼらしくもない。いかにも既製品といった風だった。外見はかなり老けていて、ハンスは気の毒に思った。五十歳を過ぎたばかりなのに、それよりずっと年を取って見える。少女時代のソンジャは、生き生きとした表情と引き締まった体つきをしていて、とても魅力的だった。あのころの豊満さや生命力を思い出して、ハンスは高ぶりを感じた。長年にわたって屋外で働き続けてきたソンジャの顔は日に焼けて黒ずみ、両手は薄茶色のシミだらけになっている。昔なめらかだった額には浅い断層が刻まれていた。長い三つ編みに結っていた艶やかな黒髪は短く切りそろえられ、ほとんど灰色に変わっていた。腰回りにだいぶ肉がついた。ハンスはかつての少女の豊かな乳房やきれいなピンク色の乳首を思い描いた。一緒に過ごす時間はいつも数時間と短く、会うときは何度でも愛を交わしたいとハンスは望んだ。成熟した女、若い女、すでにたくさんの女と経験していたが、ソンジャの純真さと信頼は、どんな行為もいとわない扇情的な商売女を相手にする以上にハンスを高ぶらせた。

川底の小石のように硬質な輝きを帯びた彼女の美しい目はいまも変わらず、かすかな光を放っていた。若さと活力を蘇らせてくれる若い女を年長の男が愛するように、ハンスは彼女に情熱的な愛を注いだ。どの女より彼女を愛していたのは確かだ。ソンジャはもう美しくはないが、それでもハンスは彼女をほしいと思った。森の奥で彼女を抱いた日々を思い出すと、それだけで股間のものが屹立《きつりつ》し、一人で車に乗っているときなら、珍しく勃起したことを喜びながら自慰をしただろう。

一日に何度か彼女を思い出しては、いまごろ何をしているだろうと考えた。元気でいるだろうか。自分を思い出すことはあるだろうか。死んだ父を思い出すのと同じ頻度で彼女のことを考えた。ノアの居場所を知りたくて彼女が自分と話をしたがっているとわかったとき、彼からは連絡しなかった。何の情報もなく、ソンジャを失望させたくなかったからだ。あらゆる手段を駆使してノアの消息を追ったものの、手がかり一つ見つけられなかった。ノアは完全に消えてしまった。日本全国の死亡記事を日々確認させていなかったら、ノアは死んだとあきらめていたかもしれない。先日の葬儀に参列して、ノアはいまも母親に仕送りをしているらしいとわかった。ハンスは胸をなで下ろした。ノアは生きていて、日本のどこかで暮らしているのだ。まずはノアを見つけるのが先決で、それからソンジャに連絡しようと考えていたが、裕美の葬儀に出て、自分に残された時間はもうわずかであることを改めて意識した。そして先月、主治医から前立腺がんの宣告を受けた。

ソンジャが車の真横に差しかかるのを見計らって、ハンスはウィンドウを下ろした。

「ソンジャ。おいソンジャ」

彼女がはっと息をのんだ。

ここで待っていてくれと運転手に告げ、ハンスはドアを開けて車を降りた。

「とにかく話を聞いてくれ。裕美の葬儀に行ったが、遅くなってしまってね。モーザスから、きみはもう帰ったと聞いた。いまモーザスと同居しているんだろう」

ソンジャは道ばたに立ったまま彼を凝視した。この人は年を取らないのだろうか。十一年ぶりだとは信じられなかった。最後に会ったのはノアと事務所を訪ねた日、ノアの早稲田合格を祝って高級な寿司店に行った日だ。ノアがいなくなって六年になる。ソンジャはソロモンが駆けていった方角をちらりと見た。ソロモンはさっきほかの生徒と一緒に駄菓子屋に入っていった。きっと漫画を立ち読みしたり、どのお菓子を買おうか迷ったりしているだろう。ソンジャはハンスには答えずに駄菓子屋のほうに歩き出した。葬儀にハンスが来たことはモーザスから聞いていた。モーザスはノアの消息を尋ねたが、ハンスは何も答えなかったという。

「短時間でいいから話をしてくれないか。坊やの心配はいらない。店のなかだ。ガラス越しに見えるだろう」ソロモンはほかの少年たちと一緒に漫画本が並んだ回転式のラックを見ている。

「わたしが探していると伝えてって奥さんに頼んだのよ。庭師の男の子にも。奥さんはともかく、庭師の子は伝言を渡してくれたはず。あなたと初めて会ったときから、あなたの負担にならないようにしてきたつもりよ。何か頼んだことだって一度もない。なのに、あなたの家を訪ねてから六年がたったわ。六年よ」

ハンスは口を開いたが、ソンジャが先を制した。

「あの子がどこにいるか知ってるの」

「いや」

ソンジャは駄菓子屋に向かって歩き出した。

ハンスは彼女の腕に触れたが、ソンジャは掌で彼を押しのけた。反動でハンスは一歩うしろによろめいた。車の横で待機していた運転手とボディガードがハンスに駆け寄ろうとしたが、ハンスは手を振って追い払った。

「心配いらん」二人に向かって唇の動きだけで伝えた。

「車に戻ったらどう」ソンジャが言った。「後ろ暗い生活に帰ればいいのよ」

「ソンジャ――」

「どうしていまさらわたしにかまうの。わたしの人生をだいなしにしたのはあなただとわからないの。放っておいてよ。ノアはもういないの。わたしとあなたのあいだにはもう何もない」

涙に濡れた目がまばたきをし、ランタンのように明るく輝いた。年老いた顔の奥からあのころの若々しい顔が光を放った。

「きみとソロモンを車で送らせてくれないか。喫茶店にでも行こう。話がある」

ソンジャは目を伏せ、四角いコンクリートタイルを敷き詰めた路面を見つめた。あふれる涙を止められなかった。

「あの子に会いたい。あの子にいったい何をしたの」

「なぜ私のせいにする？　私はただ大学に行かせてやろうとしただけだ」

ソンジャはすすり泣いた。「あなたをあの子に会わせたのが間違いだった。あなたは自分のことしか考えない。後先考えずにほしいものは何だって強引に手に入れる。あなたとなんか出会わなければよかった」

通りすがりの人々が何ごとかとこちらを見たが、ハンスのひとにらみで誰もが目をそらした。

ソロモンはまだ店のなかにいる。

「あなたほど始末に負えない人はいないわ。自分の思いどおりになるまで絶対にあきらめない」

「ソンジャ。私はまもなく死ぬんだ」

4

ソロモンは『鉄腕アトム』と『ウルトラマン』の漫画を抱えて大型セダンの後部座席に乗っていた。左右にソンジャとハンスが座っている。

「坊やはいくつ」ハンスが尋ねた。

ソロモンは指を三本立てた。

「三つか。漫画、いますぐ読むのかい」ハンスは買ったばかりの漫画本を指さした。「もう字が読めるのかな」

ソロモンは首を振った。「今日の夜、トトが来るまで待つの。トトに読んでもらうんだ」ソロモンは赤い通園鞄を開いて漫画本をしまった。

「トトって?」ハンスが訊く。

「パパの友達。子供のころから知ってるんだって。日本のおまわりさん。本物だよ。人殺しや泥棒を捕まえてるんだ。ぼく、生まれたときから知ってるの」

「へえ。生まれたときからの知り合いか」ハンスは微笑んだ。

ソロモンはまじめくさった顔でうなずいた。

「おばあちゃん、晩ご飯、トトに何作るの」ソロモンが尋ねた。

「お魚のジョンと鶏のチョリム」ソンジャは答えた（ジョンは魚や肉などに小麦粉をはたいて焼いた料理、チョリムは魚や肉や野菜の煮込み料理）。モーザスの幼なじみ、外山春樹は今夜到着し、この週末は滞在する予定だった。ソンジャはその間《かん》のすべての食事の献立をあらかじめ決めていた。

「だけど、トトの好物はプルコギ（牛肉と野菜を甘口のたれで炒めた料理）でしょ」

「プルコギは明日の晩ご飯に作りましょう。トトは日曜の午後までいてくれるのよ」

ソロモンは心配そうな顔をした。

子供の表情をじっと観察していたハンスは言った。「鶏のチョリムはおじさんも大好きだ。あれはちゃんとした家庭でしか食べられない料理だよ。プルコギはレストランでも食べられるが、チョリムを作れるのはおばあちゃんだけ――」

「ねえ、トトに会いたい？　ぼくの一番仲良しのおとななんだよ」

ソンジャは首を振ったが、ハンスは気づかないふりをした。

「おじさんもな、きみのお父さんのことをきみと同じくらいの年齢だったころから知ってるんだ。ぜひきみの家で食事をごちそうになりたいよ。招待ありがとう、ソロモン」

ソンジャは玄関でコートを脱ぎ、ソロモンのコートも脱がせた。ソロモンは『鉄腕アトム』を見ると言い、右手を高く上げ、左腕を体の脇にぴたりとつけたアトムのポーズでリビングに走っていった。ソンジャはキッチンに向かい、ハンスも彼女についてきた。

ソンジャは小さなかごにえび煎餅を入れ、冷蔵庫からヨーグルト飲料を出して、ウルトラマンのイラスト入りの丸盆に並べた。

「ソロモン」リビングに向かって呼びかける。

ソロモンが走ってきてお盆を受け取り、慎重に歩いてテレビの前に戻った。

ハンスは西洋式の朝食テーブルについた。

「いい家だ」

ソンジャは答えなかった。

寝室が三つある新築の家は、横浜の外国人向け住宅地の一角に建っている。言うまでもなくハンスはこの前を車で通ったことがあった。これまでもソンジャが転居するたびに新しい家の外観だけは確かめていた。戦争中の疎開先だった農家は別として、なかに入ったのは初めてだ。アメリカ映画のセットのような内装だった。クッションの効いたソファ、木のダイニングテーブル、クリスタルのシャンデリア、革張りの肘かけ椅子。床に敷いた布団ではなく、ベッドで眠るのだろう。朝鮮のものであれ、日本のものであれ、家のなかに古びた品物は一つとしてなかった。広々としたキッチンの窓は隣家の石庭に面していた。

ソンジャはハンスと話す気はないらしいが、怒っているようには見えなかった。ハンスに背を向けてガスレンジの前に立っている。らくだ色のセーターと茶のウールのスラックスに包まれた体の輪郭が見て取れた。彼女を初めて見かけたとき、韓服《ハンボク》の上衣の下に押しこめられた豊かな胸に目が行った。大きな胸とたっぷりした尻をした女が昔から好みだった。ソンジャの全裸は見たことがない。愛を交わすのは野外と決まっていて、ソンジャはいつもチマを穿いたままだった。ハンスの妻は美人と評判だが、胸も腰も尻も貧相だ。体に触れられるのを嫌がるため、妻との性生活は気が滅入った。ベッドに入る前に風呂で体を流さなければならなかったし、妻は夜中の何時であろうと終わるなり長湯した。娘ばかり三人生まれたところで、ハンスは息子を持つのをあきらめた。ハンスに何人もの愛人がいると知っても、敬愛する義父でさえ口を出さなかった。

自分の朝鮮の妻になるのを拒んだソンジャは愚かだとハンスは思っていた。日本に家庭があるからどうだというのか。ソンジャとノアに何不自由ない生活をさせてやったのに。ほかにも子供が生まれただろう。ソンジャは露天市場や飲食店の厨房で働いたりせずにすんだだろう。反面、大した女だと敬服してもいた。いまどきの若い女たちは彼の金をあっさり受け取る。東京では、フランス製の香水ひと瓶、あるいはイタリア製の靴一足で、若い女を買えるのだ。

ハンスがくつろいだ気分で昔に思いをはせる一方、ソンジャは自宅の朝食テーブルに彼がいることに少しばかり動揺していた。彼と出会った瞬間から、その存在から逃れられずに生きてきた。彼のことなど思い出したくないのに、頭のどこかにいつも彼がいた。ノアがいなくなってからは、父と息子の二人ともに絶えずつきまとわれているかのようだった。そしていま、ハンスが自宅のキッチンにいて、ソンジャが振り返るのを辛抱強く待っている。夕食を食べていく気だ。知り合ってこれだけの歳月がたつのに、食事をともにしたことは一度しかない。なぜ来たのだろう。いつ帰るのだろう。彼はいつだって現れたかと思うとまた消えるのだ。お茶を淹れるお湯が沸くのを待ちながら、ソンジャは考えた。振り向いたら彼はもういないかもしれない。そうだったとして、何だというのだ?

ソンジャは外国産のバタークッキーが入った青い缶を開け、何枚か皿に取り分けた。ティーポットにお湯を注ぎ、多めの茶葉を振り入れた。お茶を買うゆとりがなかったころ、買いたくても品物がなかったころが、まるで昨日のことのように思えた。

「毎月一日にノアから現金が届くの。元気でいると書いた短い手紙がいつも同封されてるわ。消印の地名は毎回かならず違ってる」ソンジャは言った。

「ノアの行方はさんざん捜した。よほど見つかりたくないようだね。いまも捜し続けている。あの子は私の息子でもあるんだよ、ソンジャ」

〝なぜ私のせいにする？〟さっき、ハンスはそう言った。ソンジャはハンスにお茶を注ぎ、失礼と断ってキッチンを出た。


洗面所の鏡に映った自分に幻滅した。ソンジャは五十二歳だ。義姉のキョンヒは、シミや皺を気にして帽子や手袋で肌を守っていたおかげで、十四歳も年上なのにソンジャより若々しく見える。ソンジャはショートカットにした灰色の髪に触れた。もともと美人ではなく、いまもそれは変わらない。この先、男性に求められることは二度とないだろう。ソンジャの人生のその部分は、モーザスの父親で終わった。皺だらけの平凡な顔、贅肉のついた腰回りや太もも。顔と両手は、貧しい労働者の女のそれだった。いま財布にいくら入っていようと、いまより魅力的になる手段はない。はるか遠いあのころ、自分の命よりもハンスを求めた。別れたあとも彼が戻ってきて自分を探し、いつまでもそばに置いてくれないかと願った。

ハンスは七十歳になるが、ほとんど変わっていなかった。それどころか、以前より顔立ちがよくなっているくらいだった。いまも豊かな白髪をきちんと切りそろえ、香りのよいオイルをつけて整えている。上等なウールのスーツとハンドメイドの靴を身につけたハンスは、洗練されたセールスマンのよう、あるいはダンディなおじいちゃんといった風で、やくざの親分と見抜く人はまずいないだろう。ソンジャはこのまま洗面所に閉じこもっていたいと思った。ソロモンを迎えに出かける前はろくに鏡も確かめなかった。見るに堪《た》えない、みっともないとまではいかないが、女の人生のなかの、その場にいてもいなくても誰も気づかないような段階にあまりに早く達してしまった。

　蛇口をひねって冷水を出し、顔を洗った。いくつもの波乱はあったが、それでもまだ彼に少しでもいいから求められたいと思った。そしてそんな風に思う自分に戸惑った。ソンジャの人生には二人の男性が関わった。一人もいないよりましだろう、二人もいれば充分なはずだと自分を納得させた。ハンドタオルで顔の水気を拭って、洗面所の明かりを消した。

　キッチンに戻ると、ハンスはクッキーを食べていた。

「ここは暮らしやすいか」

　ソンジャはうなずいた。

「あの坊や。行儀がいいね」

「モーザスがいつも注意してるから」

「モーザスは何時ごろ帰る?」

「そろそろ帰ってくるわ。夕飯の支度をしないと」

「料理を手伝おう」ハンスはジャケットを脱ぐふりをした。

　ソンジャは笑った。

「ようやく笑ったね。笑顔の作り方を忘れたかと思っていたよ」

二人とも相手から目をそらした。

「死ぬというのは本当なの」ソンジャは尋ねた。

「前立腺がんと診断された。名医の治療を受けている。そのせいで死にはしないだろう。少なくとも、いますぐ死ぬことはなさそうだ」

「さっきのは嘘だったのね」

「嘘ではないさ、ソンジャ。人はみないつか死ぬ」

嘘には腹が立ったが、同時に安堵した。一度は愛した相手だ。この世から消えてしまうなんて考えたくもない。


玄関が開いて、ソロモンが甲高《かんだか》い歓声を上げた。赤いセーターの袖を急いでまくりあげ、左腕を上げてL字形にし、右の手刀をそこに当てて中心のずれた十字を作る。そのポーズのまま、「ざあー」という効果音を口で真似する。スペシウム光線だ。

春樹が床に倒れた。うめき声を漏らしたあと、爆発の芝居をした。

「怪獣を倒したぞ!」ソロモンが叫び、春樹の上に飛び乗った。

「お久しぶりです」モーザスがハンスに言った。「こちらは幼なじみの外山春樹です」

「初めまして。外山です」

ソロモンがまたスペシウム光線のポーズを取る。

「どうか見逃してくれ、ウルトラマン。怪獣トトはおばあちゃんに挨拶がしたい」

「ようこそ」ソンジャが言った。

「お世話になります」

ソロモンがソンジャと春樹のあいだにすっくと立った。

「怪獣トト！」

「はい」春樹が大きな声で言った。

「昨日、パパに新しい『ウルトラマン』を買ってもらったんだ」

「いいな、いいな」春樹がうらやましそうに言う。

「見せてあげるよ。こっち来て！」ソロモンは春樹の手を引っ張った。春樹は大げさな身振りで抵抗しながらソロモンの部屋に消えた。

ハンスはソンジャの周辺の人物全員について調査していた。外山春樹刑事に関しても何もかも知っている。大阪の制服メーカーの女性経営者の長男で、父親はおらず、知的障害を持つ弟が一人いる。春樹は同性愛者だが、母親の会社に勤めている年上の女性と婚約中だった。まだ若いのに、仕事ぶりは高く評価されていた。

夕食のテーブルでの会話は、明るくくつろいだ雰囲気で交わされた。

「トトも横浜に来ればいいのに。この家に一緒に住めば」ソロモンが春樹に言った。

「いいね。楽しそうだ。毎日ウルトラマンごっこができるぞ。だけど、ソロちゃん、トトのお母さんやきょうだいは大阪に住んでるんだ。となると、向こうで家族と一緒に暮らしたほうがよさそうだ」

「そうなんだ」ソロモンは溜め息をついた。「きょうだいがいるの、知らなかったよ。お兄ちゃん、それとも弟？」

「弟だ」

「会ってみたいな」ソロモンは言った。「仲よしになれるかも」

「そうだね。でも、弟はすごく恥ずかしがり屋なんだ」

ソロモンはうなずいた。

「おばあちゃんも同じだよ、あんまり話さないの」

ソンジャは首を振り、モーザスは口もとをゆるめた。

「弟も一緒にうちに来ればいいのにな」ソロモンは小さな声で言った。

春樹はうなずいた。ソロモンが生まれるまで、子供がほしいと思ったことはなかった。障害のある弟がいるためか、他人に責任を持つことについて幼いころから臆病だった。

「トトの婚約者のあやめは大阪より東京が好きだって言ってるから、あやめは喜ぶかもしれないな」

「結婚したら、二人でこのうちに引っ越してくれれば」ソロモンが言った。

モーザスは笑った。「それもいいな」

ハンスが背筋を伸ばした。

「警察幹部に知り合いがいる。異動を願い出る気になったら、まず私に知らせてくれないか」

ハンスは口添えできそうだと考えてそう申し出ると、名刺を取り出して春樹に渡した。春樹は両手で受け取って小さく会釈した。

モーザスが眉を吊り上げた。

ソンジャはあいかわらず無言のままハンスを観察していた。といっても、できもしないくせにと思ったわけではなかった。ハンスはただ者ではない。ソンジャには想像も理解も及ばぬことをやってのける人物だ。

5

一九六九年一月　長野

ファイルキャビネットやスチールデスクが作る迷路が、コスモス・パチンコの事務職員の仕事場だ。総務の岩村理佐《いわむらりさ》は、オフィス家具の藪の奥に目を凝らすとようやく見つかる。一般的な感覚からいえば顔立ちも体つきも魅力的な女性だが、どことなくとっつきにくい雰囲気があって、打ち解けて話しかけるのはためらわれた。周囲の注意や視線を集めないよう、内外から自分を照らす明かりの出力を絞っているかのようだった。服装はきまじめな印象だ。白いブラウス、安くて手間がかからないポリエステル素材の黒いスカート、高齢の女性が履くような黒革の靴。冬になると、二枚持っている灰色のウールのカーディガンのどちらかをケープのように肩に羽織る。安物の銀色の腕時計が唯一の装飾品で、急ぎの用事があるわけでもないだろうに、理佐はしじゅうその腕時計をちらりと確かめた。指示がなくても仕事は一人で進められる。部下の課員が何を必要とするかつねに的確に予想し、催促されるまでもなく日々の業務を確実にこなした。

ノアが伴宣男を名乗る日本人として長野で暮らし始めてそろそろ七年がたとうとしていた。コスモス・パチンコの社長の下でまじめに働き、世間をはばかりながらこぢんまりとした生活を続けている。社員として周囲に信頼され、社長もよけいな詮索をしてこない。ただ、冬のボーナスを手渡すついでに新年の訓示を垂れるとき、早く結婚しなさいという忠告は欠かさなかった。その年齢と地位の男なら家庭を持ち、子供を育てるべきだと諭した。ノアを採用した高野がコスモス・パチンコ・チェーンの展開のために名古屋に異動して、ノアが支配人に抜擢された。それ以降もノアは社員寮で暮らし、三度の食事も社員食堂でとった。早稲田の学費分はすでにハンスに返済し終えたが、毎月の母親への仕送りはいまも続けている。自分には必要最小限しかお金を使わなかった。

理佐が十四歳くらいだったころ、地元のクリニックに医師として勤務していた父親が、インフルエンザ流行期に患者二名に不適切な薬を処方し、二人を死なせてしまった。まもなく父は自ら命を絶って、一家は無一文で汚名とともに残された。理佐の結婚の望みは事実上絶たれた。肉親に自殺者がいると、精神的な病を代々受け継いでいると思われ敬遠されるからだ。しかも父親は命で償うしかないようなことをしでかしたのだと世間は解釈した。親戚は葬儀にも参列せず、理佐や母親との交際を絶った。理佐の母親はその痛手から最後まで立ち直れず、完全に家に引きこもって、すぐ近所まで出ることさえなくなった。理佐が中学を卒業すると、父親の患者の一人だった高野が彼女を事務職に雇った。

理佐本人を意識する前に、ノアは理佐の手書きの文字の美しさに目を留めた。彼女が書く漢数字の〝二〟と恋に落ちたといってもいいすぎではない。目に見えない四角のなかに平行に引かれた二本の線は、実にのびのびとしていた。請求書のなかの何の変哲もない記述でさえ、理佐が書いたものであれば、ノアは仕事の手をいったん止めて読み直した。書かれた文言そのものを確かめるためではなく、その優雅な文字を書いた手に宿る躍動感を味わうためだった。

ある冬の夜、ノアが食事に誘うと、理佐は驚いた様子で「え、わたし？」と聞き返した。女子社員のあいだで伴宣男はよく噂に上《のぼ》っていたが、何年たってもノアの態度に変化がなかったため、女子社員はとうに関心を失っていた。二度食事をしただけで――もしかしたら一度めで――理佐はノアと恋に落ち、ともに極端なほど内向的な若いカップルは、その冬のうちに結婚した。

結婚初夜、理佐は怯えた。「痛い？」

「痛かったらやめるから言って。きみを傷つけるくらいなら自分を傷つけるほうがましだ」

二人とも、どれほど長い歳月ひとりぼっちで過ごしてきたか、真の愛情が訪れて孤独を追い払って初めて実感した。

理佐は妊娠を機に仕事を辞めて家庭に入り、成功したパチンコ・チェーンのファイル室を取り仕切っていたときと同じ手腕を発揮して家事を切り盛りした。最初に生まれたのは双子の女の子だった。その一年後、男の子が、そのさらに一年後、また女の子が生まれた。

毎月、ノアは出張で二日間だけ家を空けたが、それ以外は決まった日課どおりに毎日を過ごし、週に六日のコスモスでの勤務と愛情あふれる家庭とを両立させた。珍しいことに、警察を接待するときであれ、パチンコメーカーの営業マンから接待を受けるときであれ、ノアは酒を一滴も飲まず、ナイトクラブに繰り出すこともなかった。ノアは正直で几帳面で、税金からパチンコ台認定の手続きまであらゆる仕事をこなせた。しかも欲張りではなかった。コスモスの経営者は女性がテーブルについて接待する店を徹底して避けるノアを高く買っていた。理佐も喜んだのは言うまでもない。上昇志向の強い水商売の女に入れあげた夫が妻を顧みなくなる例はいくらでもある。

日本人の母親らしく、理佐は学校の活動に積極的に参加するなど四人の子供たちの健康と安全のためにできることはすべてやった。こまごまとした用事を山ほどこなしていたため、家族以外と交際する時間はないに等しかった。理佐はかつて父の死によって、中流層に属するふつうの人々という部族からはじき出されたが、自分の部族をみごとに築き上げたのだ。

結婚生活は安定していて、あっというまに八年が過ぎた。夫婦喧嘩は一度もなかった。理佐を慈《いつく》しむ気持ちは、大学時代の恋人に抱いた愛とは違っていたが、それはいいことだとノアは思っていた。あのときのように、他人に弱点をさらすようなことは二度とするまいと決めていた。新しい家族には注意深く接した。妻や子供たちを第二のチャンスと考えて大切にする一方で、いまの生活を、生まれ変わって与えられた第二の人生とはとらえていなかった。コリアンとしての過去は、暗く重い石として自分の内に隠した。事実を知られるのではないかと日々怯えていた。唯一、英語の小説を読むことだけは以前と変わらず続けていた。結婚後は社員食堂で食事を取ることはなくなった。安食堂に行って一人で食事をする贅沢を自分に許した。自分の本来の姿を確かめるかのように、毎日の昼休みに三十分、ディケンズやトロロープ、ゲーテの作品を読み返した。

双子の娘が七歳になった年の春の日曜に、家族で松本城にピクニックに出かけた。理佐がこの遠出を計画したのは、ますます自分の殻に引きこもるようになった母親を励ますためだった。

子供たちは有頂天だった。帰り道にアイスクリームを買ってもらえる約束だったからだ。

医師の妻だった母親は、もともと有能な女性ではなかった。それどころか、一人では何もできない場面が多かった。子供のような美しさをいまも保っていた。透き通るように白く柔らかな頬、血色のよい唇、黒く染めた髪。ベージュ色のシンプルなスモックやカーディガンを一番上のボタンだけを留めて着た。顔にはいつも、もらった誕生日プレゼントにがっかりした子供のような表情を浮かべていた。とはいえ、決して世間知らずではない。なんといっても医師の妻だったのだ。それまで温めていた社会的な野心が夫の自殺によってくじかれたあとも、一人娘に託した希望はあきらめなかった。パチンコ業界で働いているだけでも世間体が悪かったのに、娘はよりによって同じ卑しい業界で働く男性と結婚して、下層階級から這い上がる道を完全に閉ざした。伴宣男を初めて紹介されたとき、天涯孤独と聞いて、何かかんばしくない過去があるようだと察した。間違いなく外国人だろう。うさんくさい人物だと思った。しかし、宣男の立ち居振る舞いには憂《うれ》いが見え隠れし、それが愛しい亡夫を思い出させた。だから、誰かが真実を掘り起こすことがあれば話は別だが、自分は彼の過去に目をつぶっていようと決めた。

松本城前にちらほら人が集まり出した。地元では人気の有名ガイドが、現存するなかで日本最古の城について解説を始めようとしていた。もじゃもじゃした白い眉毛をして少し腰が曲がった高齢のガイドは、持参したイーゼルにポスター大の写真や図解をセットした。ノアの三番目の子供は、弁当のおにぎりを半分も食べたかどうかだったが、いきなり席を立ったかと思うと、ガイドめがけて一直線に走っていった。理佐は空《から》になった弁当箱を片づけているところで、光一《こういち》を見ていてもらえないかとノアに頼んだ。六歳の光一は小柄で、並外れて形の整った顔と頭をしていた。まったく人見知りをせず、誰にでも話しかける。一度など、買い物に出かけた青果店で、先週お母さんはなすを焦がしたんだよと店主に明かした。おとなはみな光一のおしゃべりをおもしろがった。

「すみません、すみません」光一はそう叫びながら、城の歴史から話を始めたガイドの声に耳を澄ます人々をかき分けて前に出ようとした。

みなが道を空けて幼い男の子を前に行かせた。ガイドは光一に微笑みかけて説明を続けた。光一はほんの少し口を開けて話に聞き入った。父親のノアは集団の後ろのほうから見守った。

ガイドがイーゼルの写真をめくった。古びた白黒写真のなかの松本城は、いまにも倒れてしまいそうなくらい大きく傾いていた。有名な写真を見て、人々がお義理に驚きの声を漏らす。初めて目にした観光客や子供たちは、食い入るように写真を見た。

「荘厳な城がこんなに傾いてしまったのを見て、人々は多田加助《ただかすけ》の呪いを思い出したのです」ガイドはまぶたの垂れた目を大きく見開いた。

近くに住むおとなたちは、そうそうというようにうなずいた。十七世紀の松本で、過酷な年貢増徴に反発して貞享《じょうきょう》騒動を主導し、まだ若かった息子二人を含めたほかの二十七名とともに処刑された名主《なぬし》、多田加助を知らない長野県人はいない。

「呪いってなあに」光一が尋ねた。

ノアは眉をひそめた。知りたいからといって、質問して相手の話をさえぎってはいけないと何度も言い聞かせているのに。

「呪いかね」ガイドは劇的な効果を狙って間を置いた。

「呪いはおそろしい、とてもおそろしいものです。しかも義憤のこめられた呪いは最悪です。多田加助は、この城に住んでいた者たちから理不尽な要求を突きつけられた長野の善良な農民を救おうとしただけなのに、不当に処刑されてしまいました。命が尽きる瞬間、多田加助は強欲な水野《みずの》氏に呪いをかけました」ガイドは話しているうちに興奮してきたようだった。

光一は別の質問をしたかったが、双子の姉がいつのまにか横に来ていて、光一の右肘をつねった。一人でしゃべりすぎないよう弟に教えなくてはならない。一家は総出で光一のおしゃべりを警戒していた。

「多田加助の処刑から二百年後、藩主一族は加助の霊を慰めて呪いを解こうとあらゆる手を尽くしました。その甲斐あってか、傾いていた城はふたたびまっすぐになったのです」ガイドは芝居がかったしぐさで両腕を上げ、背後の城を指し示した。聴衆が笑った。

光一は傾いた城を写したポスター大の写真を見つめた。「でも、どうやって？　どうやって呪いを解いたの」光一はこらえきれずに訊いた。

姉の梅子《うめこ》が弟の足を踏んだが、光一は無視した。

「霊を慰めようと、藩主は多田加助を信念に殉じた者と認め、戒名を贈りました。木像も安置されました。どれだけ隠そうと、いつかは真実を認めなくてはならないのです」

光一はまた口を開きかけたが、今回はノアが来て息子をそっと抱き上げ、理佐のところに連れて戻った。理佐は母親と並んでベンチに座っていた。幼稚園に通う年齢なのに、光一はあいかわらず抱っこされるのが好きだった。集まっていた人々が微笑んだ。

「パパ、おもしろいお話だったね」

「そうだね」ノアは答えた。息子を抱くたびに弟のモーザスを思い出す。モーザスは丸い頭をノアの肩に預けたまま、いつしか眠りこんだものだ。

「ぼくも誰かに呪いをかけられるかな」光一が言った。

「え？　誰に呪いをかけたいの」

「梅子。わざと足を踏んだから」

「それはひどいな。だけど、呪いをかけるほどのことじゃないだろう」

「でも、呪いはあとで取り消せる」

「取り消すのはそう簡単じゃないぞ、光一。それに、自分が呪いをかけられたらどう思う？」

「そうか」光一は真剣な面持ちで考えていたが、母親の理佐を見つけてぱっと顔を輝かせた。この世の誰よりもママが好きなのだ。理佐はおばあちゃんとおしゃべりしながらセーターを編んでいた。ピクニックバッグは足もとに置いてある。

伴一家は松本城公園内を見て回った。子供たちが退屈したところで、ノアは約束どおりアイスクリームを食べに連れていった。

6

一九七四年七月　横浜

外山春樹は母の制服サロンで主任を務めるあやめと結婚した。母がそう望んだからだ。結果的には賢明な決断だった。母が胃がんと診断されて工房を監督できなくなり、また春樹の弟の大介の世話もできなくなったとき、あやめがすんなりとその二つを引き継いだ。それからの二年間、あやめは工房を巧みに切り盛りし、義母の看病をし、大介の面倒を見た。母が闘病の末に亡くなると、春樹は疲れきった妻にサロンをどうしたいかと尋ねた。あやめからは意外な答えが返ってきた。

「売却して横浜に引っ越しましょうよ。もう大阪で暮らすのはいや。実を言うと、サロンの仕事はそもそも好きじゃなかったの。お義母さんをがっかりさせたくなかったから続けただけ。もうお金の心配はいらないわけでしょう。自由な時間ができたら、お菓子作りを習いにいきたいわ。大介はケーキが大好きだから。わたしは専業主婦になって、大介の世話をする」

どう理解していいものか春樹は戸惑ったが、妻の提案を拒もうとは思わなかった。

会社を売却した資金と相続した財産で、春樹は横浜の古い墓地の近くに3LDKのマンションを購入した。マンションにはオーブンが二つついていてあやめを喜ばせた。モーザスに電話を一本かけただけで県警本部長に話が伝わり、春樹は大阪時代と同じ仕事に就けることになった。春樹がついに横浜に引っ越してきて、モーザスとソロモンは大喜びした。しかし、一家が横浜に到着したあとも、ソロモンは新居を訪問して春樹の弟に会うことはできなかった。大介は子供が苦手で怯えてしまうからだ。

大介はまもなく三十歳になろうとしていたが、精神的には五、六歳の子供と変わらなかった。大きな音や大勢の人、まぶしい光が苦手で、外出もままならない。母の病気と死は大介に大きな衝撃を与えたが、母のサロンで長年働いていたあやめは、大介を落ち着かせるすべを心得ていた。新居に移るとすぐ、大介のために判で押したような日課を定めた。横浜には外国人が多く住んでいるため、アメリカ人の特殊教育の教師を見つけ、週五日、マンションに通って大介を教えてもらうことにした。大介は普通の学校に通ったり、仕事に就いたり、一人暮らしをしたりするのは無理だが、もう少し自立した生活は可能だろうし、周囲は大介に多くを期待しないにしても、いま以上の知識を身につけるべきだとあやめは考えていた。春樹はあやめの思慮深さをありがたく思った。問題を次々と解決し、新しいことをいくつも引き受けて文句一つ言わない妻の手腕には感服するしかない。あやめは春樹より五歳年上で、きわめて保守的な仏教徒の家の長女だ。自制心があって我慢強いのはきっと、厳格な家庭で育ったからだろう。あやめちゃんはあなたを愛しているのよと母に繰り返し言われたが、春樹はその愛に値しない。

大介は午後の早い時間に昼寝をし、遅めの昼食をとってから、三時間にわたってイーディス先生の教えを受けた。学科、ゲーム、お話の時間。この三時間のあいだにあやめは銭湯に行き、夕飯の買い物をすませた。七月の横浜の暑さは大阪ほどではなく、あやめは入浴のあと近くを散歩しようと思い立った。せっかく洗い清めた体が街の埃と湿気でまた汚れてしまうが、一人きりになれる時間はありがたかった。イーディス先生が帰るまでまだ一時間以上ある。そこで墓地に隣接する緑豊かな公園を突っ切る道をたどった。夕暮れにはまだ遠く、日中の光が空を青白く輝かせていた。鮮やかな緑色の葉をつけた木の下を歩いていると、すがすがしい気分になって心がはずんだ。夕飯に大介が好きな焼き鳥を買って帰ろうと思った。マンションのすぐ近くに、年配の夫婦が営んでいる焼き鳥店がある。

常緑樹が鬱蒼と茂った一角を通り過ぎようとしたとき、木々の葉がこすれるかすかな音がした。あやめは子供のころから鳥が大好きだった。子供はたいがい大きくて真っ黒なカラスを怖がるものだが、あやめはカラスも好きだった。密集した木立にそろそろと歩み寄った。音の源に近づくにつれ、整った顔立ちをした男性が大きな木の幹にもたれているのが見えてきた。目を閉じている。スラックスは膝まで引き下ろされ、別の男性がその前にひざまずいて、立っている男性の腰の高さに顔を埋めていた。あやめは息を殺し、音を立てないよう元の小道に戻った。男性たちには気づかれずにすんだ。自分に危険が迫っているわけでもないのに、足の運びが自然と速くなった。心臓は胸を破って飛び出していきそうなくらい激しく打っていた。サンダル履きの足を乾いた芝がつつく。あやめはついに走り出した。公園と道路の境界線まで来て、ほかの歩行者が見えたところでようやく速度をゆるめた。

墓地の前の通りは混雑していたが、あやめの様子に目を留めた通行人はいなかった。あやめは額の汗を拭った。夫から最後に求められたのはいつだったか。結婚を決めたのは義母に勧められたからで、短い交際期間、春樹は思いやりと気遣いを示した。結婚したときあやめは処女ではなかった。それ以前に二人の男性と関係を持ったものの、どちらからも結婚を拒まれた。もう一人、織物の販売会社の男性から何カ月も関係を迫られたが、その男性は既婚者だとわかり、あやめはラブホテルに行こうという誘いを断った。ほかの二人と関係を持ったのは結婚する手段としてであって、三人目の男性の誘いに応じる意味はなかった。ほかの男性と違って、春樹はラブホテルに行こうと一度も言わなかった。自分の母親の会社で働いている相手だから、気まずくて言い出せなかったのだろうとあやめは解釈していた。春樹の潔癖さや折り目正しさに感服せずにいられない。

結婚後に初めて性的関係を結んだ。二人とも子供がほしいと思っていた結婚直後、春樹は定期的にあやめを抱いた。いつも短時間でスムーズに終わった。妊娠に適した時期ではなくてあやめの気が乗らないときは、それを尊重した。二年たっても子宝に恵まれずに検査を受けて、あやめの不妊症が判明した。それからは大介があやめの事実上の息子になったかに思われた。二人が愛を交わすことはなくなった。あやめはもともと自分から誘うタイプではなく、春樹もそういった交流を彼女に求めなかった。

あやめは大介の日課に合わせて早めに床《とこ》に入った。春樹は起床も就寝も遅かった。眠る時間がずれているため、ベッドでの接触は自然と減った。あやめはもともとセックスへの関心が薄かったが、一般的にいって男性にはセックスが必要であることや、自分の妻と定期的に交わる夫であるほうが好ましいことを知らないわけではなかった。春樹との性交渉が少なくなったのは自分のせいだとあやめは思っている。自分のほうが年上だ。肌が黄ばみ始めた顔は平凡で丸く、体は痩せすぎていて、脚や腕はひょろ長い。少しでも肉をつけたくて、とくに甘いお菓子などをできるだけたくさん食べるようにしているのに、何をしても体重はさっぱり増えなかった。思春期には、おまえの胸は床板より平らだときょうだいにからかわれた。その気になれば、いまでも女子中学生のサイズの服だって着られるだろう。実用性と習慣から、自分で何枚も縫った黒っぽい色のジャンパースカートのどれかを毎日着ていた。中くらいの丈のジャンパースカートを、あらゆる生地、あらゆる色でそろえている。夏は麻やシアサッカー地のものを着た。

大介のお気に入りの焼き鳥店にさしかかったところで洗面具を入れた網バッグから財布を出し、店番のおばあちゃんに手羽と砂肝、ねぎまを頼んだ。もうもうと煙を立てる焼き台の奥でおばあちゃんが品物を包んでくれるのを待っているあいだに、あやめは木に寄りかかっていた男性のことを、彼の恍惚《こうこつ》とした表情を思い出した。春樹は同じ行為をあやめに望んでいるだろうか。他人の性行為を目の当たりにしたのは初めてだが。男と女がどんなことをするのか知らないわけではなかった。D・H・ローレンスの小説を読んだことがある。三十七歳にして初めて、これまで無縁だった行為についてもっと知りたくなった。だが、春樹は尻込みするだろうか。

あやめは小さな文字盤のついた華奢なデザインの腕時計を確かめた。誕生日に義母からもらった腕時計だった。家に帰らなくてはならない時刻までまだ四十分ある。あやめは向きを変えた。

あの常緑樹が鬱蒼と茂った一角に戻ると、さっき見た男性はいなくなっていたが、代わりにカップルが少なくとも五組いた。奥の人目につきにくいところに男女が何組か横たわり、下半身裸の男性二人は低い声で何かささやきながら互いを愛撫していた。茶色い包装紙を何枚も重ねた上で行為に及んでいるカップルもいて、動きに合わせてガサガサと大きな音が鳴った。背の高い女性があやめの視線に気づいたものの、あわてた様子はなかった。それどころか目を閉じて、傍らの男性に小ぶりな乳房を愛撫されながらあえぎ声を上げた。他人に見られるのを喜んでいるかのようだった。それに気づいたあやめは大胆になって、さらに近づいた。カップルが漏らすくぐもった声は、夕暮れ時の鳥の声のようだった。あやめは大介が腹を空《す》かせて待っていることを思い出した。

三日後、銭湯でゆっくり風呂に浸かったあと、あやめは墓地の向こうの公園にまっすぐ向かった。前回も見かけた男女がいた。ほかにも何組かいたが、あやめに連れがいないことを誰も気にしていないようだった。ここにいる全員が秘密を共有している。そのなかにいると安心できた。帰ろうとしたところで、きれいな顔立ちをした若い女性が近づいてきた。

「どうしてこんな早い時間に来るの。夜遅いほうがもっといいのに」

あやめはどう答えていいかわからなかったが、黙っているのは失礼だろうと思った。

「それはどういう意味ですか」

「もっと遅い時間のほうが大勢いるのよ。あなたもしたいならね」彼女は笑った。「したいんでしょ?」

あやめは首を振った。

「いえ……いいえ」

「お金持ってるなら、わたしがしてあげてもいいけど。女同士でするほうが好きなの」

あやめは息をのんだ。女性はぽっちゃりしていたが、そこがとても魅力的で、頬の血色が美しい。腕は透き通るように白く、イタリアの絵画の女性たちのように肉感的だった。茶色の薄いジョーゼットのブラウスに紺色のプリント柄のスカートを穿いて、おしゃれなOLといった雰囲気だ。彼女はあやめの左手を取って自分のブラウスの下に引き入れた。大きな乳首の柔らかなふくらみが触れた。

「あなたの、首から肩にかけてのこの骨がすごくすてき。とてもかわいい人ね。今度会いにきて。夜はいつもここにいるから。今日は待ち合わせがあって、早く来たのよ。でも彼は遅れてるみたい。ふだんはあの植え込みのあたりにいるから」女性はくすっと笑った。「口でするのが好きなの。わかる？」いちご色の舌で唇を湿らせた。「おもちゃを用意しておいてあげるわ」そう言っていつもの場所だという植え込みのそばに戻っていった。

呆然としたままうなずき、あやめは家に帰った。左手は燃えるように熱かった。その手で鎖骨をなぞった。その骨を意識したことはこれまでなかった。


それから三カ月、あやめは以前の道順に戻し、銭湯のあとはまっすぐ商店街に行って買い物をすませた。大介に合わせた日課を忠実に守り、銭湯で湯に浸かっているときもあの女性のことは思い出さないようにした。あやめは無知ではない。まだ少女だったころから、世の中の人々が奇妙な行為をすることを知っていた。あやめを途方に暮れさせたのは何かといえば、これほど年齢を重ねたいまになって好奇心をかき立てられたものの、あれこれ訊ける相手がいないということだった。夫は何一つ変わらないように思えた。仕事熱心で礼儀正しく、めったに家にいない。大介には愛情を注ぐ。仕事が休みの日には、在日コリアンの友達のモーザスとその息子のソロモンに会いに出かけるか、大介と公園に散歩に行ったり銭湯に連れていったりして、あやめに息抜きの時間を与えるかのどちらかだ。いつもの焼肉店に三人で出かけることもたまにあった。店主は奥の個室を使わせてくれ、大介は大喜びで肉をグリルで焼いて食べた。夜、大介が寝てしまうと、あやめはもうすることがなくなって、レシピ本や雑誌を眺めたり、レース編みをしたりする。

どれほど考えまいとしても、銭湯にいるあいだだけではすまなくなった。朝から晩まであの女性のことを考えてしまう。黄金色のスポンジケーキを焼いているときも、家具の埃をただ払っているだけのときも、彼女が頭から離れない。茶色のブラウスの女性がとても健康的で楽しそうだったことを思い出すと、あやめは混乱した。不道徳な親に育てられて身を持ち崩す女を描いた映画から想像するイメージとはまるで違った。あの若い女性は、デパートに並んでいるおいしそうな高級メロンのようだった。

十一月最後の土曜の夜、大介はふだんより早く寝入った。春樹は、人がいなくて邪魔が入りにくい土曜にたまった書類仕事を片づけたいといって仕事に出ていた。あやめはリビングルームでイギリスの焼き菓子作りのコツを紹介する本を開いたが、どうにも集中できなかった。本を閉じ、その日はすでに一度、銭湯に行っていたが、もう一度行こうと決めた。あやめが玄関を閉めたとき、大介は小さないびきをかいていた。

銭湯で熱いお湯に浸かった。自分の顔に見え隠れしている欲望を誰かに気づかれないかと不安だった。抱いてほしいと夫にせがむ勇気はあるだろうか。指先がふやけるまで浴槽でぐずぐずしてから、服を着て髪をとかした。銭湯を出ると街灯がまぶしく、暗闇の底から黒い舗装がぬらりと光を跳ね返した。あやめは墓地に向かって歩き出した。

寒いのにもかかわらず、数えきれないほどのカップルがいた。互いにほかのカップルの行為中の姿、互いに愛撫する姿を見ている。大きな木の下で、裸の肉体がからみ合っていた。何人もの男性が並び、それぞれの前に膝をついた男性の頭が前後に動いている。男性たちの表情を見ていると、ぞくぞくした。この場で春樹の腕に抱き寄せられたい、激しく突き上げられたいと思った。夕暮れの空は光を失いかけていた。ひしゃげた月が雲の陰から少しだけのぞき、冬の星が弱々しく瞬《またた》いている。あやめはさまざまな組み合わせの男女のあいだを縫って歩いた。見上げるばかりの樫《かし》の大木のそばで、二人の男性が抱き合って愛を交わしていた。背の高いほう、年下の相手の頭を両腕で抱えた男性は、あやめが夫に作ったものにそっくりなグレーのスーツを着ていた。あやめは目を凝らした。男性は目をきつく閉じ、白い綿のアンダーシャツ姿で息を荒くしている若い男性を抱き締めていた。あやめは茂みの反対側まで下がって身を隠した。そこで息を止め、愛の行為を続けている夫を見つめた。そうだ。やはり夫だ。

春樹と白いアンダーシャツ姿の男性は、行為が終わると無言のままそれぞれ身なりを整え、会釈もさよならのひとこともないまま別の方角へ歩き出した。春樹が若者にお金を渡すところは見なかったが、事前に渡したのかもしれない。この世界のしきたりをあやめは知らなかった。金銭のやりとりがあったのだとして、何か変わるだろうか。

あやめは古木の根に腰を下ろした。すぐそこでカップルが息をはずませて励んでいる。あやめは自分の指先を見た。さっきまでふやけていたが、もう元どおりになめらかになっていた。夫が遠くに行ってしまうまでここで待つしかない。だが、夫のほうが先に家に着いたら、自分は銭湯に行っていたと嘘をつかなくてはならないだろう。

「こんばんは」

彼女の今夜のブラウスの色は白だった。白い生地が暗がりでちらちらと光を放ち、彼女を天使のように見せていた。

「お金、持ってきた？」

彼女はあやめの目の高さに合わせてしゃがみ、まるで授乳しようとしているかのように胸をあやめの顔に近づけた。ブラウスの前を開き、アンダーワイヤ入りのブラジャーの布のカップから乳房を引き出した。

彼女は美しかった。自分にはなぜこういう美しさや魅力がないのだろうとあやめは思った。自分のこのしぼんだ体にはなぜ、子供を授かる力も、愛される力も備わっていないのだろう。

「後払いでもかまわない」彼女はあやめの網バッグを一瞥した。「いい子にお風呂に入ってきれいにしてきたのね。ママのところにいらっしゃい。さあ、吸ってみて。吸われるのが好きなの。あとであなたにも同じようにしてあげるわ。あら、ベビーちゃん、どうしてそんな顔してるの、怖いの？　とても気持ちいいのに」彼女はあやめの右手を取って自分のスカートの下に引き入れた。あやめが別の女性のそこに触れるのはこれが初めてだった。茂みは柔らかだった。

「大丈夫？」彼女は地面に膝をつき、あやめの左手を取って薬指を口に含みながらあやめの膝に体を預けた。あやめの湿った髪の香りを嗅ぐ。「このシャンプー、飲んじゃいたいくらい。

あなたってすごくいいにおいなのね。ベビーちゃん、愛し合ったら幸せな気分になれるわ。天国に行ったみたいに幸せになれる」

あやめは彼女の温かな体に自分の体を重ねた。

口を開こうとしたとき、彼女があやめの網バッグを引き寄せた。

「お金はここにあるの？　たくさんもらわなくちゃ。ママはね、かわいいベビーのためにきれいになりたいから、いろいろ買わなくちゃならないのよ」

あやめはぎくりとして彼女を押しのけた。彼女が背中から地面に落ちた。

「汚らわしい。不潔だわ」あやめは立ち上がった。

「何さ、鶏ガラみたいな年増のくせに！」彼女が叫んだ。彼女の嗄《しわが》れた笑い声が背後から追いかけてきた。「あんたなんか、お金を払わなくちゃ誰にも愛されないのよ」

あやめは銭湯に駆け戻った。


ようやく帰宅すると、春樹が大介の夜食を用意していた。

「ただいま」あやめは小さな声で言った。

「どこ行ってたん、アーちゃん」大介が心配そうに額に皺を寄せた。左右非対称な顔は痩せて血色の悪い成人のそれだが、目は幼い子供のようだ。無防備で、喜びを表現するのに長けている。あやめがその朝アイロンをかけた黄色いパジャマを着ていた。

春樹はあやめにうなずいて微笑んだ。帰宅したとき弟が一人きりでいたのは初めてだった。大介はベッドで泣きながら母親を呼んでいた。それを話せば、帰りが遅くなったあやめを責めているように聞こえるのではないかと思って黙っていた。

「お風呂に行ってたのよ、ダイちゃん。ごめんね、遅くなって。眠ってると思ったし、寒かったからまたお風呂に入りたくなったの」

「怖かったよう、怖かったよう」大介の目にまた涙があふれそうになった。「ママに会いたい」

あやめは春樹の顔を見られなかった。春樹はまだスーツのジャケットを着たままだった。

大介は、カウンターで煎餅の箱を片づけている春樹を台所に置き去りにしてあやめのほうに来た。

「アーちゃんはきれい。お風呂に入ったから。アーちゃんはきれい。お風呂に入ったから」あやめが銭湯から帰るといつも繰り返すフレーズを節をつけて繰り返した。

「もう眠い？」あやめは大介に尋ねた。

「ううん」

「本、読んであげようか」

「うん」

古い汽車が主人公の絵本を読み聞かせているあやめと大介をリビングルームに残し、春樹は寝室に引き上げた。寝る前におやすみと声をかけると、あやめはうなずいた。

7

一九七六年三月　横浜

担当刑事が捜査を完了できないまま定年退職してしまった自殺事件の報告書が、めぐりめぐって春樹のデスクにたどりついた。在日コリアンの男子高校生が自宅マンションの屋上から飛び降りた事件だ。母親は直後は取り乱していて事情聴取に応じられなかったが、今夜、仕事が終わって帰宅してからなら春樹と会えると言ってきていた。

少年の両親は中華街の近くに住んでいた。父親は配管工の見習いで、母親は手袋工場に勤務している。飛び降り自殺した少年、木村哲雄《きむらてつお》は、三人きょうだいの最年長で、下に妹が二人いた。

マンションの部屋のドアが開く前から、にんにくと醤油、それにコリアンが好んで使う辛口の味噌がまじったおなじみのにおいが湿っぽい廊下に漂っていた。六階建ての賃貸マンションの所有者は在日コリアンで、住人もみなコリアンだ。哲雄の母親は憔悴した顔で目を伏せたまま春樹を３ＤＫの部屋に招き入れた。春樹は靴を脱ぎ、出されたスリッパに履き替えた。奥の一番広い部屋に進むと、洗い立てのツナギを着た父親が青い座布団に脚を組んで座っていた。母親が安物のお盆を運んできた。ティーカップやコンビニエンスストアで貰った個包装のビスケットが載っていた。父親の膝には大型の本があった。

名刺を両手で父親に渡してから、春樹は座布団に座った。母親はお茶を注いで春樹の前に置き、正座した。

「これはまだ見てませんよね」父親が春樹に本を差し出した。「本当のことを知ってもらいたいんです。この生徒たちが罰せられないのは納得がいかない」

黄褐色の肌と角張った顎をした胴の長い父親は、春樹と目を合わせずに話した。

中学校の卒業アルバムだった。春樹は分厚いアルバムを受け取り、何も書かれていないメモ用紙がはさまれたページを開いた。生徒たちの白黒の顔写真が並んでいた。全員が制服を着ている。笑顔の生徒、歯を見せている生徒も何人かいたが、みな同じような顔をしていた。哲雄の写真はすぐに見つかった。母親に似た面長の顔と、父親似の小さな口、そして薄い肩をしたおとなしそうな少年だ。並んだ顔写真にかぶせるようにして、手書きのメッセージがいくつか書きこまれていた。

「哲雄へ、高校でも頑張れよ。野田宏《のだひろし》」

「絵が上手だね。三屋加奈子《みつやかなこ》」

これといって不審な点はない。内心の困惑が顔に出ていたのだろう、父親が巻頭の白紙のページを見るよう促した。

「死ねよ、みにくい朝鮮人」

「生活保護受けてんじゃねえよ。おまえらのせいで日本が破産する」

「貧民はオナラのにおい」

「自殺しな。そうしたらうちの高校からくさい朝鮮人が一人減るから」

「クラスの嫌われ者」

「チョンは迷惑な豚。半島に帰れ。そもそもなんで日本にいるんだよ」

「にんにくとゴミのにおい。くせぇ‼」

「首をかき切ってやりたいけど、ナイフが汚れるのがいやだ」

手書きの文字の癖はさまざまで、わざとらしかった。文字が右や左に傾いている。誰が書いたかわからないよう、わざとふだんと筆跡を変えているのだ。

春樹はアルバムを閉じ、傍らの清潔な床に置いた。お茶を一口飲む。

「息子さんは、ほかの生徒からいやがらせを受けていることを黙っていたんですね」

「はい」母親が早口に答えた。「そんなこと、一度も言いませんでした。一度も。差別はないと話してました」

春樹はうなずいた。

「在日だからじゃありません。在日だからっていじめられたのは、昔の話です。いまはだいぶましになりました。親切な日本人だって大勢知ってます」母親が付け加えた。

表紙を閉じていても、さっき目にした雑言が脳裏をよぎる。床に置かれた扇風機がぬるい空気をかき回し続けていた。

「学校の先生から話を聞いてくれましたか」母親が尋ねた。

退職した刑事が教師の事情聴取をしていた。教師たちは、哲雄は芯の強い生徒だったがおとなしすぎたと話した。

「成績はいつもトップでした。ほかの生徒から、自分たちより頭がいいからって妬《ねた》まれて。三歳でもう字が読めたんですよ、あの子」母親が言った。

父親は溜め息をつき、妻の腕にそっと手を置いた。母親は口をつぐんだ。

父親が言った。「去年の冬、学校をやめて、おじがやっている店を手伝いたいと言い出しましてね。この先の小さな公園のそばにある八百屋です。義弟がちょうど、段ボール箱をつぶしたり、レジを打ったりする若い者を探していたこともあって。哲雄はそこで働きたいと言いましたが、私らは反対しました。二人とも高校を出ていませんから、息子には卒業してもらいたかったんですよ。せっかく成績がいいのに、何もそんな仕事をすることはない。店の儲けは、義弟一人がどうにか食ってく程度しかないんですから。給料なんかたかが知れてます。女房は電子機器の工場にでも就職してもらいたいといつも言ってたんです。高校さえ卒業すれば──」

父親は剛毛に覆われた頭を荒れた大きな手で抱えた。「なのに八百屋の地下室で働くなんて。在庫を数える程度の仕事ですよ。将来苦労するに決まってる。そうでしょう？　あの子には才能があった。誰の顔でもぱっと覚えて、正確な絵を描けた。私らにはやり方さえわからないことをいくらでもやってのけた」

母親が静かに言った。「努力家で、正直な子でした。人を傷つけるようなことは絶対にしませんでしたよ。妹たちの宿題をいつも手伝って──」

そこで言葉が途切れた。

ふいに父親が春樹に向き直った。

「あれを書いた生徒が何の罰も受けないのはおかしいでしょう。別に刑務所に放りこめと言ってるわけじゃない。しかし、あんなことを書いて、許されるはずがない」そう言って首を振る。

「学校をやめさせればよかった。八百屋の地下室で働くほうがましだった。焼肉屋で朝から晩までたまねぎの皮でもむいてるほうがましだったでしょうよ。息子がいないよりずっといい。女房も私もひどい扱いを受けてきましたけどね、それはうちが貧しいからです。在日コリアンにもいい生活をしている者がいる。子供たちの代には暮らしやすくなるだろうと期待していました」

「二人ともお生まれは日本ですか」春樹は尋ねた。二人の日本語の発音は、日本語を母語とする横浜の住人のそれとまったく変わらない。

「ええ、そうです。親の代に蔚山《ウルサン》から来ました」

蔚山はいまの大韓民国の一都市だが、この一家は在日コリアンの多くと同じように北朝鮮政府を支持しているのだろう。在日本大韓民国民団はまるで人気がない。木村一家はおそらく、朝鮮学校の授業料を支払えないため、日本の公立学校に子供を通わせている。

「でも、コリアンなんですね」

「そうです。何かいけませんか」父親が言った。

「いいえ。いけないことなど何もありません。すみません」春樹はアルバムを一瞥した。「この件——学校は知っているんでしょうか。報告書には、ほかの生徒のことは書いてありませんでした」

「午後から仕事を早引けして、校長には見せましたよ。誰が書いたか突き止めるのは無理だと言ってました」父親が答えた。

「そうでしょうね」春樹は言った。

「そんなひどいことを書いた生徒が何の罰も受けないなんて、いったいどうして」母親が言った。

「息子さんが飛び降りたとき、屋上には誰もいなかったと証言している人が複数いるんです。誰かが息子さんを押したわけではないということです。卑劣なことを言ったり書いたりしたからといって、逮捕するわけには――」

「警察はどうして校長に――」父親はまっすぐ春樹を見たが、春樹の打ちのめされたような表情に気づき、目をそらして視線をドアに向けた。「日本人は一致団結して世の中が何一つ変わらないようにしてる。しょうがない、しょうがないと口をそろえて。もう聞き飽きましたよ」

「残念です。本当に残念です」春樹はそう言って辞去した。


夜八時、パラダイス横浜は盛況だった。ひっきりなしに響く小さな鐘の音、小さな槌がミニチュアの金属ボウルを叩く音、電子音とともに点滅するカラフルなランプ、愛想よく客を迎える店員のしわがれ声。その騒々しさが、春樹の頭の奥に居座った耐えがたい沈黙をたちまち追い払った。垂直に据えつけられたにぎやかな遊技台と向かい合って座る愛好家たちの頭上でたばこの煙が渦を巻いて向こうが見えないほどだったが、それさえ気にならなかった。春樹がパチンコ店に一歩足を踏み入れるなり、日本人のフロア長が駆け寄ってきて、お茶をお持ちしましょうかと尋ね、ボクさんは事務所でパチンコメーカーの営業マンと商談中ですが、そろそろ終わりますからと言った。春樹とモーザスは、毎週木曜日に夕飯を一緒に食べる約束をしていて、春樹はモーザスを拾いに店を訪れた。

ここにいる客はみな小遣い稼ぎを狙って来ているといっていいだろう。しかし、彼らはパチンコに避難所をも求めている。誰も挨拶一つ交わさない不気味に静まり返った街、妻が夫ではなく子供と一緒に寝るような愛のない家庭、赤の他人を押すのはかまわないが話しかけてはならない過熱したラッシュアワーの電車。若いころはほとんどやったことがなかったが、横浜に越してきて以来、春樹はパチンコにささやかな楽しみを見いだすようになっていた。

あっというまに数千円すってしまった。また金を払って玉を借りた。遺産を相続したからといって派手に使うことはないが、母が残した貯金は、たとえ警察を解雇されても、あるいはギャンブルで大金を失っても生涯生活に困らない額だった。若い男を買うときも気前よく金を渡した。不道徳な遊びのうちでも、パチンコなんてかわいいものだろう。

長方形の盤面を小さな金属の玉がジグザグにはねる。春樹はハンドルを動かして玉が途切れないようにした。無理ですよ——本当は哲雄の父親にそう言いたかった。存在しない犯罪をどうやって証明しろというんですか。罰することも、未然に防ぐことも、私には無理です。しかし言えなかった。相手が誰であれ、そんなことは言えない。口に出せないことはあまりにも多すぎた。子供のころ、死んでしまいたいとよく思った。いまも同じことを思う。世の中にはありとあらゆる犯罪があるが、春樹には無理心中の心理が一番よく理解できる。やれるものなら、大介を殺して自殺していただろう。しかし、大介を殺すことなどできるわけがない。いまとなってはあやめもいる。彼女にだってそんな恐ろしいことはできない。二人には何の罪もないのだ。

パチンコ台がふいに死んだように静かになった。顔を上げると、モーザスが延長コードのプラグを持って立っていた。黒いスーツの襟にパラダイス横浜の赤いピンが刺してある。

「おい、いくらすった?」

「けっこうな額や。給料の半分くらいやろか」

モーザスは財布から札束を抜いて差し出したが、春樹は受け取らなかった。

「自分のせいやから。それに、たまに客が勝つこともある。そうやろ?」

「めったにない」モーザスは春樹のコートのポケットに札束をねじこんだ。


居酒屋で、モーザスはビールを大瓶で注文し、最初の一杯を春樹のグラスに注いだ。長いカウンターに並んだ木のスツールに座っていた。店主は塩茹でした枝豆を二人の前に置いた。二人がかかならず最初に頼むつまみがそれだからだ。

「何かあったんか」モーザスが訊いた。「浮かへん顔しとるな」

「男の子が飛び降り自殺してな。今日、両親と話をした」

「そらきついな。何歳の子や」

「高校生。在日コリアンや」

「コリアンか」

「卒業アルバムにひどいことを書かれてた。どうしようもないガキどもや」

「どうせ俺が書かれたのと似たようなことやろ」

「え、おまえも——?」

「まあな。アホどもがそろって書くわけや、半島に帰れだの、苦しんで死ねだの。子供は残酷やな」

「誰や。僕の知ってるやつか」

「もう昔の話や。それに、誰かわかったところでどうする気やねん。逮捕するんか」モーザスは笑った。「浮かへん顔の理由はそれなんか。その自殺事件のせいか」

春樹はうなずいた。

「おまえは在日に弱いからな」モーザスはにやりとした。「どアホめ」

春樹の目から涙があふれた。

「おい、どうした。おい。なあ」モーザスは春樹の背中をそっと叩いた。

店主はカウンターの奥で目をそらし、たったいま客が帰ったカウンターの一角をふきんで拭いた。

春樹は右手で頭を抱え、涙に濡れた目を閉じた。

「かわいそうに、きっとついに辛抱《しんぼう》の限界に達してしもたんやろな」

「なあ、いいか、おまえに何ができるわけでもないやろ。どうせこの国は変わらへんのや。俺みたいなコリアンは、この国から出られへんのや。ほかに行くところがあらへんからな。それに、半島にいる同胞だっていまのまま変わらんやろう。俺みたいな人間はさ、ソウルに行けば日本人って言われるし、どれだけ金を稼ごうと、どれだけ人に親切にしようと、日本にいれば薄汚いコリアンの一人にすぎひん。いちいち気にしてられへんわ。北に帰国した人はみんな、飢え死にしかけてるか、怯えながら暮らしてるかのどっちかや」

モーザスはあちこちのポケットを叩いてたばこのパックを探した。

「人間ってのはひどい生き物や。ほら、ビールでも飲め」

春樹は一口あおるなり、むせて咳きこんだ。

「子供のころ、死にたいと思とった」春樹はつぶやいた。

「俺もや。毎日思とったわ、俺なんか死んだほうが幸せやろうって。けど、母さんのことを考えたら死ねへんかった。学校をやめたとたん、死にたいと思わんなった。でも裕美が死んで、また生きていく自信をなくした。そりゃそやわな。けど、そのときはソロモンのことを思うとやれへんかった。それに、ノアがいなくなって、母さんも変わってしもた。俺にはあんな仕打ちはできひんと思ったよ。兄貴がいなくなったのは、早稲田の勉強についていけなくて恥ずかしくなったからやって母さんは言ったけど、俺は違うと思ってる。兄貴が学校の勉強をつらいと思うはずがない。どこか遠くで暮らしてて、家族には見つかりたくないと思ってるんやろうな。コリアンの手本でいようとするのに疲れて、何もかも放り出しただけやろうと俺は思ってる。俺はほら、もとから善良なコリアンでも何でもあらへんし」

モーザスはたばこに火をつけた。

「そやけど、世の中はいいほうに変わってる。人生はクソやけど、今日も明日もクソなわけとちゃう。悦子《えつこ》は理想的や。そういう相手と出会えるとは思ってへんかった。そや、彼女が開くレストランに、俺も金を出すことになった」

「悦子さんはいい人やな。おまえは再婚することになるのかもな」モーザスの新しい日本人の恋人を春樹も気に入っていた。

「結婚はもうこりごりやって悦子は言うてるけどな。あれだけ子供たちに嫌われたら、そう思うのも無理はあらへん。パチンコ店経営の在日コリアンの男なんかと再婚したら、何を言われるかわからへん」モーザスは鼻を鳴らした。

春樹の表情はまだ晴れなかった。

「なあ、人生ってやつには振り回されるばっかりやけど、それでもゲームからは降りられへんのや」

春樹はうなずいた。

「父さんがいてくれてたら、こんな思いをせずにすんだのにって昔は思とった」春樹は言った。

「親父さんなんか忘れろって。おまえのお母さんは最高の女性やった。裕美は外山さんほどすてきな女性はいないって信じてたで。タフで、頭がよくて、どんなときも、誰に対しても公平な人やった。父親が五人いるより、あのお母さんが一人いるほうがずっといい。外山さんは、自分がこの人の下で働きたいと思った唯一の日本人やって裕美はいつも言うてた」

「そうだな。うちの母さんは最高の女性だった」

店主が牡蠣とししとうの天ぷらを二人の前に置いた。

春樹は紙ナプキンで目もとを拭った。モーザスは春樹にビールのお代わりを注いだ。

「おまえが卒業アルバムにあんなことを書かれてたなんて知らんかった。おまえはいつも僕を守ってくれてたから。全然知らへんかった」

「気にするなって。俺は平気や。いまはもう平気なんや」

8

一九七八年八月　長野

ハンスの運転手は、約束どおり横浜駅北口で待っていたソンジャを見つけ、黒いセダン車に案内した。ハンスは後部シートに乗っていた。

　ソンジャは贅沢なベルベット地のシートに座り、ジャケットの裾を引っ張って丸く突き出したおばちゃん《アジュンマ》のおなかを隠した。フランスのデザイナーブランドのスーツとイタリア製の革靴は、モーザスの恋人の悦子が選んでくれた。六十二歳のソンジャは、年齢なりの外見をしている——成人した息子の母親であり、孫のいるおばあちゃんであり、人生の大半を野外で働いてきた女。身なりこそ東京の裕福な高齢女性だが、皺とシミだらけの肌や短く切った白い髪は、どう見てもくたびれた平凡な女のそれだ。

「どこに行くの」

「長野だ」ハンスが答えた。

「あの子は長野にいるの」

「そうだ。伴宣男と名乗っている。十六年前からずっと長野で暮らしていた。日本人女性と結婚して、四人の子供がいる」

「ソロモンにはいとこが四人いるのね。なぜ連絡をくれなかったのかしら」

「いまは日本人として生きているからだ。長野の知り合いは誰もノアがコリアンだとは知らない。妻や子供たちも知らない。ノアの世界にいる全員が彼を純粋な日本人と思っている」

「なぜ」

「過去を誰にも知られたくないからだよ」

「そんなに簡単に隠せるものなの」

「ああ、簡単さ。それに、ノアの世界には、わざわざ過去を掘り起こそうとする者はいない」

「それはどういう意味」

「ノアはパチンコ店を運営している」

「モーザスのように?」パチンコ店から景品交換所、パチンコメーカーまで、パチンコ業界のあらゆる領域にコリアンがいる。しかしノアがモーザスと同じ仕事に就くとはまったく意外だった。

「そうだ。ところでモーザスは元気か」ハンスが尋ねた。

「元気よ」ソンジャはうなずいたが、話に集中できなかった。

「店は儲かっているか」

「また横浜の別の店を買収したの」

「ソロモンは?　もう大きくなっただろうね」

「学校の成績がいいのよ。勉強をがんばってる。ノアの話をもっと聞かせて」

「裕福に暮らしている」ハンスはにやりとした。

「わたしたちが行くって知ってるの」

「いや」

「でも――」

「私たちに会いたがっていない。少なくとも、私に会う気はないだろう。きみには会いたがっているかもしれないが、会う気があるなら、もっと早く連絡しているだろうな」

「じゃあ――」

「今日は話はしない。ただ、自分の目で確かめたいなら、確かめられる。ノアは事務所にいる」

「なぜそんなことまで知ってるの」

「知っているからさ」ハンスは目を閉じ、白いレースのカバーがかかったヘッドレストに頭をもたせかけた。数種類の薬をのんでいる。副作用で頭がぼんやりしがちだった。

ノアが昼休みに事務所を出て、いつものように通りの向かいのそば屋に向かうのを待とうとハンスは提案した。平日は毎日違う店で手早く昼食をすませる。水曜日はそばだ。ハンスが雇った私立探偵は、ノアの長野での生活ぶりを二十六ページの報告書にまとめた。そのなかで何より際立っていた事実は、日課を決して変えようとしないことだった。酒、ギャンブル、女には手を出さない。宗教を持たず、妻と四人の子供は、ほどほどの大きさの家で、日本の中流階級らしい暮らしをしている。

「あの子は一人でお昼を食べると思う?」

「昼はいつもかならず一人で食べる。今日は水曜だから、ざるそばを食べる。十五分とかからない。そのあと英語の小説を少し読んで、事務所に戻る。成功しているのはそのおかげだろうね。間違いをしないからだ。将来の展望があるんだよ」ハンスの声にはどことなく自慢げな響きがあった。

「わたしに会ってくれると思う?」

「それはわからない」ハンスは言った。「今日は車のなかから姿を確かめるだけにして、すぐに横浜に帰るのが無難だろう。また来週も行けばいい。その前に手紙を書くといいだろう」

「今日と来週で何が変わるというの」

「元気な姿を確かめて安心すれば、どうしても会わずには気がすまないということもなくなるだろう。ノアはいまの人生を選んだんだよ、ソンジャ。我々はその選択を尊重すべきではないか」

「でも、わたしの息子なのよ」

「私の息子でもある」

「ノアとモーザス。息子たちはわたしの生き甲斐なの」

ハンスはうなずいた。娘たちに対してこのような気持ち、ここまで強い気持ちを抱いたことはない。

「二人のために生きてきたのよ」

それは言ってはならないことだった。教会では、世の中の母親は子供を愛しすぎる、家族を盲目的に愛するのは一種の偶像崇拝であると諭される。神よりも家族を愛してはいけない、家族からは得られないもの、神だけが与えられるものがあると牧師は言う。しかし、子供を愛しすぎる母親として生きてきたおかげで、神がどのような苦しみを味わったか、少しだけ理解できるようになった。ノアも子を持つ親になった。ノアのために生きてきたソンジャの気持ちをいまなら理解できるかもしれない。

「ほら。ノアが出てきた」ハンスが言った。

ノアの顔はほとんど変わっていなかった。こめかみに白髪《しらが》がまじっていることに驚いたが、ノアも四十五歳、もう大学生の若者ではない。イサクがかけていたのに似た、丸い金縁の眼鏡をかけていた。痩せた体に黒い質素なスーツを着ている。顔は、ハンスそのままだった。


ソンジャは車のドアを開けて降りた。

「ノア！」そう叫んで息子に駆け寄った。

ノアは振り返り、十歩と離れていないところに立った母を見つめた。

「母さん《オンマ》」小さな声でつぶやき、ソンジャに歩み寄ると、腕にそっと触れた。母の涙はイサクの葬儀以来だ。ちょっとやそっとのことでは泣かない人なのに。ノアの胸が痛んだ。いつかこういう日が来るだろうと予期し、心の準備はしていた。それでもいざこうして再会すると、予想外の安堵を感じた。

「泣かないで。僕の事務所に行こう」ノアは言った。「どうやって来たの」

ソンジャは涙にむせんで答えられなかった。一つ深呼吸をした。「コ・ハンスが連れてきてくれたの。あなたを見つけて、わたしが会いたがってたのを知っていたから、連れてきてくれたのよ。そこの車で待ってるわ」

「そうか」ノアは言った。「彼にはそのまま車にいてもらおう」

ノアが戻ってきたのに気づいて、従業員が頭を下げた。ソンジャは息子のうしろからついていった。ノアは自分の事務室にソンジャを案内し、ドアを閉めて椅子を勧めた。

「元気そうだね、オンマ」ノアが言った。

「本当に長かったわ。どんなに心配したことか」

ノアの傷ついた表情を見て、ソンジャは口をつぐんだ。「でも、手紙をもらってうれしかった。送ってくれたお金は残らず貯めてあるの。気遣いをありがとう」

ノアがうなずいた。

「ハンスから聞いたわ。結婚して、子供もいるんですってね」

ノアは微笑んだ。「男の子が一人と女の子が三人。みんな素直でいい子だよ。娘たちは勉強が得意で、息子は野球がうまいんだ。妻のお気に入りは息子だ。モーザスに顔が似てるし、やることもそっくりなんだよ」

「モーザスも会いたがってると思うの。いつ会いにこられそう？」

「わからない。行けるかどうかわからない」

「まだ時間を無駄にするなんてもったいないわ。これだけの年月が過ぎてしまった。ノア、お願い。お願いだからわかって。ハンスと知り合ったとき、オンマはまだほんの子供だった。結婚してるなんて知らなかったし、わかってからは、愛人になるのを断った。そのあとあなたのお父さんから結婚を申しこまれたの。あなたに父親として氏《うじ》を与えたいといって。それからいままで、あなたのお父さん——パク・イサクを裏切ったことは一度もないのよ。彼はすばらしい人だった。彼が死んでからも、わたしはずっと——」

「それはわかってるよ。でも、僕の血のつながった父親はコ・ハンスだ。その事実は変えられない」ノアは平板な口調で言った。

「そうね」

「僕はこの薄汚れた業界で働く在日コリアンだ。やくざの血が流れてると、どうしたってそれに支配されるんだろうね。このまま一生、解放されないんだろう」ノアは笑った。「それが僕の宿命だ」

「でも、あなたはやくざじゃないわ」ソンジャは反論した。「そうでしょう？　モーザスはパチンコ店をいくつも持っていて、正直な商売をしてるわ。あの子、いつも言うのよ、従業員を尊重して、悪い人たちと関わらないようにすれば――」

ノアは首を振った。

「オンマ、僕だって正直にやってるよ。でもこの業界には、いやでも関わらざるをえない人もいる。僕は大勢の従業員を雇ってるんだ。会社の運営に必要なら何だってするよ」ノアは苦いものを噛んでしまったような顔をした。

「あなたはいい子だわ、ノア。わたしにはよくわかって――」ソンジャは言葉をのみこんだ。大のおとなに〝いい子〟呼ばわりはないだろう。「あなたはきっと地道に働いてるのよね。正直に」

しばし沈黙が続いた。ノアは右手で口もとを覆った。母がふいに老い衰えて見えた。

「お茶でも飲む？」ノアは尋ねた。何年も前から、母か弟がいつか、この陽当たりのよい真っ白な事務所ではなく、自宅を訪ねてくるのではないかと思っていた。事務所より、自宅に来てくれたほうがこちらは気楽だったろう。次はハンスが事務所に押しかけてくるだろうか。ハンスがノアの居場所を突き止めるのにこれだけ長い歳月がかかったとは意外だった。

「何か食べる？　出前を――」

ソンジャは首を振った。「家に帰ってきなさい」

ノアは笑った。「ここが僕の家だ。もう子供じゃない」

「わたしはあなたを産んだことを後悔していないわ。あなたはわたしの宝物よ。家に帰ってくるまで――」

「僕がコリアンだとは誰も知らないんだよ。誰一人」

「誰にも話さないわ。気持ちがわかるから。あなたのためなら何だって――」

「妻も知らない。お義母さんが知ったら許さないだろうな。子供たちも知らないんだ。話すつもりもない。社長に知れたら首になるだろう。うちの会社は外国人を雇わない。オンマ、誰かに知られるわけにはいかない――」

「コリアンだというのは、そんなに悪いことなの？」

「僕にとってはね」

ソンジャはうなずき、組んだ両手を見つめた。

「あなたのために祈ったわ、ノア。あなたを守ってくださいと神に祈った。母親にできることはそれくらいしかないから。あなたが元気でいてくれて安心したわ」毎朝、早朝の礼拝に出席し、子供や孫のために祈っている。ノアと再会できますようにと祈り続けてきた。

「子供たちの名前は？」

「聞いて何になるの」

「ノア、本当にごめんなさい。わたしたちはあなたのお父さんに連れられて日本に来た。あなたも知ってるとおり、そのあとは日本にとどまるしかなかったのよ。戦争が起きたから。それが終わったら、今度は朝鮮で戦争が起きた。あのころは帰国しても生きる場所がなかったし、いまさらもう帰国なんてできない。わたしでさえ無理よ」

「僕は帰ったよ」ノアが言った。

「え?」

「帰化したんだ。だから海外にも渡航できる。韓国に旅行した。母国であるはずの国を見てみたかったから」

「日本国籍を取ったの? いったいどうやって? 本当なの?」

「帰化は可能なんだよ。昔から可能だった」

「釜山《プサン》に行ったの?」

「行ったよ。影島《ヨンド》にも行った。こぢんまりしてるけど、きれいなところだった」ノアは言った。

ソンジャの目に涙があふれかけた。

「オンマ、そろそろ会議だ。申し訳ないけど、来週また会えないかな。僕のほうから行くよ。モーザスにも会いたいし。今日は急ぎの仕事があるから」

「本当に? 来てくれるのね?」ソンジャは微笑んだ。「ありがとう、ノア。うれしいわ。あなたは本当にいい子――」

「今日のところは帰ってくれないか。今夜、オンマが家についたころに電話するよ」

ソンジャはすぐに立ち上がり、ノアは最初に会ったところまでソンジャを見送りに出た。ハンスの車のなかは見ようとしなかった。

「またあとで」ノアは言い、通りを渡って事務所に戻った。

ソンジャは息子が事務所に消えるまで目で追ってから、ハンスの車の助手席側のウィンドウをノックした。運転手が降りてきてソンジャのためにドアを開けた。

ハンスがうなずいた。

ソンジャは微笑んだ。心が軽く、希望に満ちていた。

ハンスは彼女の表情を観察したあと、顔をしかめた。

「会わないほうがよかったのに」

「でもうまくいったのよ。来週、横浜に来るって。モーザスが喜ぶわ」

ハンスは車を出してくれと運転手に指示した。そして面会の様子を話すソンジャの声に聞き入った。

その夜、ノアから電話が来なかったとき、ソンジャは横浜の家の電話番号を伝えていなかったと初めて思い出した。翌朝、ハンスから電話があり、前日、ソンジャが事務所を出た直後にノアが自ら命を絶ったことを知らされた。

9

一九七九年　横浜

長富《ながとみ》悦子は子供を三人とも愛しているが、三人を平等に愛しているわけではない。そういった情緒的な不公平はどうやら避けられないものだと、母親になって学んだ。

　ソロモンのパーティの準備は午前中のなかばまでにすべて整い、悦子は壁にカバ材を使った広々としたレストランの奥にある事務室に座っていた。北海道出身の四十二歳の悦子は、六年前の離婚後に横浜に移ってきた。漆黒の髪をシニヨンに結って、はつらつとした卵形の輪郭を引き立たせている。遠目には堅い雰囲気だが、近づいてみると表情豊かで、人なつこそうな小さな目は何一つ見逃さなかった。化粧は巧みだ。中学時代から赤い口紅とパウダーで装っている。モーザスが買ってくれたサンローランの赤いウールのスーツは、悦子の華奢な体つきを魅力的に見せていた。

　仕事が予定より早く進んで、ふだんなら喜ぶところだが、今日は違った。高校生の年ごろの娘、花《はな》から電話があった旨のメモをずっと凝視している。そこには見慣れない東京の電話番号が書かれていた。花はどうやって北海道から来たのだろう。娘との電話は、五分ですむ日もあれば一時間も話が終わらない日もあって予測がつかず、しかもそろそろモーザスが迎えにくる時刻だ。モーザスはたいがいの場面で忍耐強いが、時間については厳しい。それでも悦子はその番号をダイヤルした。呼び出し音が聞こえ始めると同時に花が出た。

「遅いよ」

「ごめんね。たったいま伝言を受け取ったのよ」悦子は十五歳の娘を恐れているが、レストランのスタッフに接するときと同じように強気を装った。

「いまどこにいるの」

「あたし、妊娠四カ月なんだよね」

「え？」

娘の勝ち気な大きな瞳が思い浮かんだ。花は、漫画に描かれる少女のような外見をしていた。未熟で細い身体にかわいらしい頭がのっているのは棒付きキャンディみたいで、しかも目立つ服装を好んだ。短いスカート、透けるように薄いブラウス、ヒールの高いブーツ。当然ながら、ありとあらゆる種類の男性の関心を集めた。そういう星の下に生まれついているのだろう。悦子の元夫は、運命など選択を誤った人間の言い訳にすぎないといっていたが、悦子にいわせれば、起こるべくして起きたことだった。なぜなら、若いころの悦子もまったく同じだったからだ。十七歳のとき、花の長兄に当たる達男《たつお》を妊娠した。

電話のこちらと向こうで二人は黙りこみ、回線に乗った焚き火のような雑音だけが聞こえた。

「いま東京の友達の家にいる」

「友達って誰」

「友達の東京に住んでるいとこ。ねえ、いまからママの家に行きたいんだけど」

「どうして」

「決まってるでしょ。ママに助けてもらいたいから」

「お父さんは知ってるの」

「話すと思う?」

「花――」

「行き方はわかるから。電車賃もある。着いたら電話するね」

花はそれだけ言って電話を切った。


離婚の二年後、当時十一歳だった花は、母と娘ではなく友人同士のように話していいかと悦子に言った。悦子はかまわないと言った。娘が口をきいてくれるだけありがたい。それに加えて、自分が似たような年齢だったとき、父母に真実を話したことなど一度もなかったということもある。しかし母親の役割を免除されたらされたで難点があるとわかった。詮索するような質問はできないし、心配そうな態度が行きすぎると(花は心配されるのが嫌いだ)電話を切られ、それから数週間は連絡が取れなくなる。

北海道に置いてきた人生には後悔ばかりが残っていた。しかし何より悔やまれるのは、自分に関する噂が子供たちに及ぼした影響だ。成人した息子たちはいまだに悦子と話もしない。モーザスとの交際を続けているせいで事態はなお悪化していた。母や妹の真里《まり》からは交際をやめなさいと忠告される。パチンコ業界なんてろくなものではない、パチンコからは貧乏と犯罪の強烈なにおいしかしないと二人は言う。だが、悦子はモーザスをあきらめられなかった。モーザスは彼女の人生を変えた。悦子が一度も裏切っていない相手はモーザスだけだった。浮気せずにいられるとは自分でも思っていなかった。

三十六歳の誕生日を迎える年の春、まだ結婚していて北海道に住んでいたころ、悦子は高校時代のボーイフレンドの一人とまたも関係を持った。その三年ほど前から、思春期につきあっていた男性たちをとっかえひっかえしながら不倫を繰り返していた。予想外だったのは、抵抗を感じたのは最初の一人だけで、二人目以降は簡単だったことだ。既婚男性は、既婚女性からの誘いを待っている。二十年前に寝た男に電話をかけ、一緒にお昼ご飯でもといって、子供たちが学校に行っている時間に自宅に招くのはたやすかった。

その春、高校一年生のとき交際していた男性と不倫関係になった。おとなになった彼はハンサムな既婚のプレイボーイで、口数が多いところはあいかわらずだった。ある日の午後、北海道の彼女の家のささやかなリビングルームで、会社に戻るために身支度を調えながらプレイボーイは言った――妻のきみよりも会社の同僚と過ごすほうを好むような夫と別れようとしないなんてわからないなと不満げに言った。悦子の小ぶりな乳房のあいだに顔を埋め、「僕はいつでも妻と別れられるよ。別れてほしいときみにせがまれたら」と言った。悦子は何も言わなかった。夫の範夫《のりお》や子供たちを捨てて家を出る気はまったくなかった。夫の不満をこぼすのは、夫が退屈だからでも、夫がほとんど家にいないからでもなかった。範夫は悪い人間ではなかった。不満を感じるのは、結婚して十九年がたつのに、いまだに範夫がどういう人なのかわからない、このまま永遠に理解できないのではないかという気がしたからだ。夫が悦子といるのは、妻がいないと体裁が悪いから、子供たちには母親が必要だから、それだけのことではないかと思えた。

浮気をする正当な理由は一つもない。それは悦子もわかっていた。しかし、またも会社の飲み会があって帰りが遅くなった範夫がキッチンテーブルで冷めた夕飯を食べているのを見ながら、悦子は何かが訪れるのを待った。何かが閃くのを、何かを感じるのを待った。茶碗に盛った白飯から視線をそらそうとしない夫を見ていると、肩をつかんで揺さぶりたくなった。結婚してこんな孤独を感じるようになるなんて想像したこともなかった。ちょうどそのころ、食料品店の出口で新興宗教のパンフレットを渡された。薄っぺらな表紙に、朽ちて骸骨になりかけた中年の主婦のイラストがあった。一番下にこう書かれていた。「一日一日、死は着実に迫っています。あなたはもう半分死んでいるのです。生きている証《あかし》を探しませんか」そのパンフレットは渡されるなり捨てたが、イラストはしばらく脳裏から消えなかった。

最後に会った日、彼女のために書いたという詩をプレイボーイから渡された。彼は勝手口から帰っていく前に、悦子一人だけを愛していると告白した。目に涙をため、きみは僕の魂だと言った。悦子はその日、家事を放置して、感傷的でエロチックな詩を何度も読み返した。詩として優れているのかどうかは怪しかったが、うれしかった。どれだけの労力を注いだだろうかと考えて感嘆し、表現は浅薄だとしても、本当に彼女を愛してくれているのだろうと自分に言い聞かせた。彼との関係から、ほかの男性たちに求め続けたものをついに得た。若かった自分が見返りを期待せずに分け与えたものは、いまも死んでいなければ失われてもいないという確信だ。

その夜、家族が寝静まったあと、悦子は木の風呂に体を沈め、自分にとっての勝利に酔いしれた。風呂から出て青と白の浴衣を羽織り、寝室に向かった。何も知らない夫は静かにいびきをかいていた。悲しい事実がはっきりと浮かび上がった気がした。過去に自分を愛してくれたすべての男性にいつまでも愛されていなければ生きていけないのなら、自分はこの先もずっと二つの顔を持ち続けることになるだろう。この先もずっと夫を裏切り続け、よい人間になれずに終わるのだ。そして気づいた。自分はよい人間になることをいまも完全にあきらめてはいないらしい。死ぬまでこんな風に生きていくのだろうか。次の朝、プレイボーイに電話して、二度と連絡しないでと伝えた。それきり電話は来なかった。次に見つけた既婚女性に心を移したのだろう。

ところが数カ月後、処分しそこねていた詩を範夫に見つかった。範夫は結婚以来初めて悦子を殴った。息子たちは止めようとしたが、当時まだ九歳だった花は怯えて泣きわめいた。その夜、悦子は家を追い出され、妹の家に身を寄せた。のちに弁護士から、子供たちの養育権を取ろうとするだけ無駄だと言われた。悦子には仕事もスキルもないからだ。続けて、礼儀からか気まずさからか一つ咳払いをしたあと、あなたの落ち度を考えればなおさら無意味でしょうと付け加えた。悦子はうなずき、子供たちをあきらめた。それ以上苦しめたくなかった。ウェイトレスを募集しているレストランの広告を見て横浜に引っ越した。知り合いは一人もいなかった。

モーザスとの交際で自分は変わったと思いたかった。性的に彼に忠実であり続けていることがそれを裏づけていると自分では考えている。そう話すと、妹の真里は言った。「脱皮したってヘビはやっぱりヘビでしょう」モーザスから結婚を申しこまれていると聞いた母の反応はこうだった。「本気なの？　パチンコ屋を経営している朝鮮人と結婚？　この期《ご》に及んでまだ子供たちにいやな思いをさせたいの？　三人ともひと思いに殺してしまったほうが早いんじゃないの」

家族に対して犯した過ちを償うには、許されるまで代償を払い続けるしかない。だが悦子は、もう充分だと言ってもらえる日など来ないと思っている。

正午にモーザスが迎えに来た。ソロモンを学校で拾ったあと、外国人登録証明書の取得手続きにいく予定だった。一九五二年以降に日本で生まれたコリアンは、十四歳の誕生日に市区町村の役所に日本の在留許可を申請しなくてはならない。その後は日本を永久に離れないかぎり三年ごとに同じ手続きを繰り返す。

悦子が車に乗りこむや、シートベルトを締めるのを忘れないようにとモーザスが言った。悦子はまだ花のことを考えていた。レストランを出る前に医院に連絡し、今週末に処置の予約を入れた。

モーザスが悦子の手を取った。モーザスの顔は強さを感じさせる。まっすぐな首がたくましい。モーザスと出会うまで、コリアンの知り合いはほとんどいなかったが、モーザスの角張った顔立ちはいかにもコリアンらしい特徴なのだろうと悦子は思っている。幅の広い下顎、白くまっすぐな歯、豊かな黒髪、彫りが浅くて細い、いつも微笑んでいるような目。しなやかで引き締まった体は金属を思わせる。愛を交わすときのモーザスはいつも、怒っているように見えるほど真剣な表情をしていて、それが悦子に大きな快楽をもたらす。モーザスの体の動きはゆっくりとして力強く、それに屈服したくなった。朝鮮のものや人物について書かれた記事を読むたび、朝鮮半島はどんなところなのだろうと悦子は考えた。モーザスの亡くなった父親はキリスト教の牧師で、北部の出身だった。お菓子の製造と販売をしていた母親は南部の出身だ。寡黙な母親は出しゃばらない人で、パチンコ店経営で成功した人物の母親というより、控えめな家政婦に似合いそうな地味な服装をしていた。

モーザスは綺麗に包装した豆腐くらいの大きさのプレゼントを持っていた。銀色の包装紙は、モーザスが贔屓にしている宝石店のものだった。

「ソロモンにプレゼント？」

「いや。これはきみにと思って」

「え？　どうして？」

深紅のベルベットの箱を開けると、ダイヤモンドをあしらった金時計が入っていた。

「愛人の腕時計だよ。先週買ってね、少し前に入った遅番のフロア長の久保田《くぼた》さんに見せたら、こういう高級腕時計は愛人向けだっていうんだ。値段はダイヤモンドの指輪といい勝負だけど、既婚者が愛人に指輪を渡すわけにいかないだろう」

モーザスは愉快そうに両眉を吊り上げた。

悦子は、運転席とのあいだを隔てているガラスの仕切りが完全に閉じていることを確かめた。肌が火照《ほて》った。

「車を停めてもらって」

「どうしたの」

悦子は手を引っこめた。わたしはあなたの愛人じゃないわと言いたかった。しかし無言のまま泣き出した。

「どうしたの。なんで泣くの。この三年、毎年ダイヤモンドの指輪を渡してるのに──いつもその前の年よりも大きなダイヤモンドを渡してるのに、きみはいつも受け取らない。俺は宝石店に戻って、店主と一緒に飲んで憂さ晴らしだ。俺は何も変わってないのに」モーザスはため息をついた。「拒絶するのはきみだ。パチンコ屋を経営するやくざを拒絶する」

「あなたはやくざじゃないわ」

「そうだな、俺はやくざじゃない。でも、コリアンはみんなギャングだと世間は思ってる」

「理由はそれじゃないの。家族よ」

モーザスはウィンドウの外に目を向けた。息子のソロモンの姿を見つけて手を振る。

車が停まり、ソロモンが助手席に乗りこんだ。ガラスの仕切りが開き、ソロモンがそこから顔を出して挨拶をした。悦子は手を伸ばしてソロモンの白いシャツの襟を直してやった。

「ありがとベリマッチ」ソロモンが言った。二人はよく複数の言語をごちゃ混ぜにして笑っている。ソロモンは助手席にきちんと座り直し、ガラス板を元どおりに閉じて、運転手の山本《やまもと》と前夜のタイガースの試合の話を始めた。この年の阪神タイガースはアメリカ人監督が率いていて、ソロモンは優勝を狙えるのではないかと期待している。一方の山本はそこまで楽観視していない。

モーザスは悦子の左手をそっと取って腕時計をはめた。

「まったくめんどうくさい女だな。俺はプレゼントを買った。きみはありがとうと言って受け取ればいいんだ。何も本気できみを愛人扱いしようなんて気は——」

悦子の鼻の奥がつんと痛くなった。また泣いてしまいそうだ。

「花から電話があったの。横浜に来るらしいわ。今日」

「何かあったの」モーザスは驚いた様子だった。

悦子は年に二度、子供たちに会いに北海道に帰っている。モーザスにはまだ一度も子供たちを会わせていない。

「ソロモンのパーティに招待するといい。有名歌手に会えるぞ」モーザスは言った。

「あの子がヒロミのファンとは思えない」悦子は言った。花が歌謡曲を聴くのかどうかさえ知らない。もともと歌ったり踊ったりするのが好きな子供ではなかった。悦子は運転手の白髪まじりの後頭部を見つめた。運転手はソロモンの話を聞きながらときおり深くうなずいている。二人の様子から親しげな雰囲気が感じ取れた。娘と共通の話題があればいいのにと悦子は思った——たとえばプロ野球のような、言外の意味を探り合う必要も、喧嘩腰になる必要もない話題。

花は横浜の医院にかかる予定があるのだと悦子は話した。病気なのかとモーザスに訊かれて、悦子は首を振った。

人生はうまくいかない。一番上の息子、二十五歳の達男は、四流大学に八年在籍しているのにまだ卒業できずにいる。二番目、十九歳の太郎《たろう》は引きこもりがちで、大学入試に失敗したあと映画館でもぎりをしている。世の中の中流階級の人々が抱くような夢を子供に期待する資格は悦子にはない。東京大学を卒業し、日本興業銀行に就職し、育ちのよい相手を見つけて結婚するような人生は期待できないのだ。悦子のせいで子供たちは社会ののけ者になり、もはや何をしようと受け入れてもらえない。

悦子は腕時計をはずしてベルベットの箱に戻し、二人のあいだ、黒い革シートを覆う糊のきいた白いレースカバーの上に置いた。モーザスが箱を悦子に渡し直した。

「指輪じゃないんだ。また宝石店に返しに行く手間を省いてくれよ」

悦子は両手で箱を受け取って考えた。モーザスはあきらめず、悦子は拒み続ける。それでよく交際が続いているものだと思った。


市役所は、灰色の巨大な箱のような見栄えのしない建物だった。最初に応対した職員は長身の男性で、細面《ほそおもて》で、真っ黒なもみあげが濃かった。遠慮のない目で悦子をじろじろ見た。その目はまず胸を見、次に尻を、最後にいくつも指輪がはまった手を見た。悦子の服装に比べると、白いシャツに黒いスラックス、黒い革靴という服装のモーザスやソロモンは地味で、悦子が子供時代を過ごした村に自転車で通ってきていたモルモン教の控えめな宣教師を連想させた。

「名前は——」職員は、申請書類に記入しているソロモンの手もとをのぞきこんだ。「ソーローモーン。ずいぶん変わった名前だね」

「聖書から取った名前です。ダビデ王の息子の王様で、賢者の代名詞みたいな人物です。大おじがつけてくれました」ソロモンは答え、秘密を打ち明けるように職員に微笑みかけた。礼儀正しい少年ではあるが、アメリカをはじめ外国人の子女ばかりのインターナショナルスクールに通っていることもあって、ふつうの日本人が言わないようなことを口にするときがある。

いないのに」

「ソーローモーン。王様。賢者」職員は口の端を片方だけ持ち上げた。「朝鮮にはもう王様は

「いま何ておっしゃいました？」悦子は訊いた。

モーザスは急いで悦子の腕を引いた。

悦子はモーザスをちらりと見た。ふだんはモーザスのほうが圧倒的に頭に血が上りやすい。悦子が男性客から一緒に座るようにしつこく言われたとき、たまたまレストランに来ていたモーザスは、その客を文字どおり抱え上げて店の外に放り出した。男性客の肋骨が折れた。いまも同じように癇癪《かんしゃく》を起こすかと思ったが、モーザスは職員から目をそらし、ソロモンの右手をひたすら見つめていた。

モーザスは微笑んだ。

「すみませんが」モーザスは怒りなどかけらも感じさせない調子で言った。「時間がないんです。この子の誕生日ですから、急いで家に帰らなくてはいけなくて。ほかに必要な手続きはありますか」モーザスは両手を背中に回して組んだ。「急がせているみたいですみませんが」

ソロモンは困ったような顔をして悦子を見たが、悦子は警告の視線を返した。

職員は部屋の奥を指さし、モーザスと悦子はそこで座って待つようにと言った。ソロモン一人が窓口に残された。電車のように細長い部屋の一方に窓口が並び、もう一方にはベンチが据えてあって、五、六人が新聞や漫画を読みながら順番を待っていた。みなコリアンなのだろうか。悦子とモーザスも座り、職員と話しているソロモンを見守ったが、やりとりの内容は聞こえなかった。

モーザスはいったん座ったものの、また立ち上がった。自動販売機で缶入りの紅茶を買ってこようかと訊かれ、悦子はお願いと答えた。窓口の職員に平手打ちしたい気分だった。中学時代に横柄な女子生徒の頬を張ったことがある。あれは痛快だった。

モーザスが缶入りの紅茶を二つ持って戻り、悦子は礼を言った。

「あなたはあらかじめ知ってたんでしょうに――」悦子は言い直した。「ソロモンにあらかじめ注意しておいてあげればよかったのに。今日の手続きでいやな思いをするかもしれないって」モーザスを責めるつもりはなかったのに、ついとげのある口調になって、申し訳ないと思った。

「俺からは何も言わなかった」モーザスは拳を握ったりゆるめたりを繰り返した。「俺が初めて登録証を申請したときは、母さんや兄貴のノアが一緒だった。職員の態度はふつうだった。親切なくらいだった。だからきみにも来てもらったんだ。女性が付き添ってると親切にしてもらいやすいのかなと思って」モーザスは鼻から息を吐き出した。「親切を期待するほうが馬鹿だったたな」

「そんなことない。そんなことないわ。あらかじめ言っておくなんて無理よね。私のほうこそおかしなこと言ってごめんなさい」

「どうにもならないからね。俺にも運命を変えてやれない。あいつはコリアンなんだ。登録証はもらわなくちゃならないし、そのためには法に従って手続きを踏まなくちゃならない。区役所の窓口で言われたことがあるよ、あなたは我々の国に客として滞在してるだけですからって」

「あなたもソロモンも日本生まれなのに」

「そうだ。兄貴だってこの国で生まれた。なのに兄貴は死んだ」モーザスは両手で顔を覆った。

悦子はため息をついた。

「だけど、その職員の言ったことは間違っていない。ソロモンもそのことを理解しなくちゃならない。俺たちはいつ国外に追放されるかわからないんだ。俺たちに母国はない。人生は自分じゃどうにもできないことの連続だ。ソロモンもそれに順応するしかない。生き延びていくしかないんだよ」

ソロモンが戻ってきた。次は顔写真の撮影だ。それが終わったら別室で指紋を押捺《おうなつ》する。それでようやく家に帰れる。最後の窓口の職員はぽっちゃりした女性だった。明るい緑色の制服の豊かな乳房や肉づきのよい肩のあたりがはち切れそうだった。女性職員はソロモンの左手の人差し指をつかみ、容器に入ったとろりとした黒いインクにそっと浸した。ソロモンは、お絵かきをする子供のように白いカードに指を押しつけた。モーザスは目をそらして大げさにため息をついた。職員はソロモンに微笑みかけ、次の部屋で登録証を受け取るようにと言った。

「よし、犬の鑑札をもらって帰ろうか」モーザスが言った。

ソロモンはモーザスのほうを向いた。「え?」

「俺たち犬ころには鑑札がいるんだよ」

職員がふいに憤った表情をした。

「指紋と登録証は、公的記録に絶対不可欠です。侮辱と受け取るようなものではありませんよ。外国人登録法で定められた――」

悦子は窓口に近づいた。「でも、あなたのお子さんは誕生日に指紋を取られたりしませんよね」

職員の首が赤く染まった。

「息子は死にました」

悦子は唇を噛んだ。職員に同情する気分ではなかったが、子供を失う気持ちは理解できる。めちゃくちゃになった人生を二度と立て直せないという呪いをかけられるようなものだ。

「在日コリアンはこの国に大きな貢献をしてるんです」悦子は言った。「日本人がやりたがらない仕事を引き受けて、税金を負担して、法律を守って、子供をりっぱに育てて、雇用を創出して――」

職員はわかりますよというようにうなずいた。

「在日の人はみんなそう言います」

ソロモンが横から口をはさむ。「この人は在日じゃありませんよ」

悦子はソロモンの腕に手を置いた。二人は空気が薄くなったような部屋をあとにした。悦子は、灰色の箱のような建物を早く出て陽光の下に戻りたいと思った。北海道の真っ白な山々が恋しい。子供のころは一度もしたことがなかったが、いまは葉の落ちた黒い木々のあいだに分け入って冷たい雪に覆われた森を歩きたいと思った。人生は屈辱と不公平に満ちている。自分の分を受け止めるだけでせいいっぱいだ。しかしこのとき、悦子は、ソロモンが感じている屈辱を引き受けたいと思った。代わりに引き受けて、すでに山をなしている自分の分にまぎれこませてやりたかった。

10

母のレストランのウェイトレスの一人がコカ・コーラを出してくれた。花はバーカウンターのそばのテーブルでストローをもてあそんでいる。パーマをかけるのをやめた髪はストレートで、色も地毛の赤みがかった黒に戻っていた。スタイルは肩までのワンレングスだ。丁寧にアイロンをかけた白いコットンのブラウスに黒っぽい色の膝丈のプリーツスカート、灰色のウールのソックスに子供っぽいぺたんこの靴を合わせている。こんな服装は小学校時代以来だ。腹部は平らだが、つぼみのような胸は少し大きくなったように見える。妊娠中の兆候はそれ一つしかない。

貸し切りパーティが予定されている今日、レストランの客席には華やかな飾りつけがされていた。一ダースあるテーブルには麻のクロスがかけられ、それぞれの中央に優雅な花のアレンジメントと蠟燭がある。部屋の隅でウェイター見習いの少年がヘリウムタンクを使って真っ赤な風船を次々とふくらませていた。ふくらんだ風船は天井近くをゆらゆらと漂っている。

悦子とソロモンは静かにレストランに入っていった。家に戻って着替えをする前にレストランに寄って、花に挨拶したいとソロモンが言ったからだ。ソロモンはレストランに入るなり、デコレーションのおかげでふだんとまったく印象が違っていることに驚き、ぽかんと口を開けた。それからテーブルに一人ぽつんと座っている少女を見つけて言った。「あれが花ちゃん？」

「そうよ」

花がはにかんだ笑みを二人に向けた。

ソロモンと花はよそゆきの態度で初対面の挨拶を交わした。互いに好意を抱いたことは明らかだった。花は天井を覆い隠したたくさんの風船を指さした。悦子が口をはさむ前にソロモンが日本語で言った。「僕の誕生日なんだ。花ちゃんも来てよ。ここでアメリカ式のディナーパーティをして、そのあと本物のディスコに行くんだ」

花は答えた。「どうしてもって言うなら、行ってもいいけど」

悦子は眉間に皺を寄せた。シェフとメニューの確認をしなくてはならないが、ソロモンと花を二人きりにしたくなかった。数分後に戻ってみると、二人は若い恋人同士といった雰囲気で顔を寄せて話していた。悦子は腕時計を確かめ、そろそろ家に帰ったほうがいいとソロモンを促した。店を出る前にソロモンが大きな声で言った。「パーティでまた!」花は高級娼婦のように微笑んで手を振った。

「どうして追い払っちゃうの。楽しくおしゃべりしてたのに」

「着替えに帰らなくちゃならないからよ」

「あれ、見ちゃった」花は入り口のそばに並んだ袋に目をやった。ディスコで帰りがけに配るお土産の袋が百個ほど、四列に並んでいた。それぞれにカセットテープやソニーのウォークマン、海外のティーン向け雑誌、箱入りのチョコレートなどを詰めてある。

「あたしのパパもやくざならよかったのに」

「花、彼はやくざじゃないわ――」悦子は辺りを見回し、誰にも聞かれていないことを確かめた。

「ママのボーイフレンドの息子、甘やかされたお坊ちゃまって感じじゃないんだね」

「いろいろたいへんなのよ」

「たいへん？　アメリカ人だらけの私立学校に通って、銀行には何百万、何千万ってお金があって、運転手までいるんだよ。それのどこがたいへんなの」

「今日、三人で市役所に行ったのよ。今後三年間、日本で暮らす許可を申請しに。申請が通らなければ、国外退去になるかもしれない。外国人登録証明書をいつも身につけていなくちゃならないし――」

「へえ、そう。だけど国外退去にならなかったし、庶民の結婚式よりよっぽど豪華なパーティまでしてもらえるんでしょ」

「日本生まれなのに、誕生日に指紋を採られたのよ。まるで犯罪者みたいにね。まだ子供だし、悪いことをしたわけでもない」

「人間なんてみんな犯罪者でしょ。嘘つきに泥棒に売春婦――誰だってそう」花の真っ黒な瞳は、老人のそれのような険しい光を放った。「罪のない人なんて一人もいない」

「あなたはどうしてそう心が冷たいの」

「ママといまも口をきいてあげるのはあたし一人なんだけど」

「何度謝ったら許してくれるの」悦子は大きな声を出さないようにしたが、ウェイトレスにはすべて聞こえているだろう。そう思うと、ふいにどうでもよくなった。

「予約を入れておいたわ」

花が顔を上げた。

「予約はあさって。問題を解決しましょう」悦子はこわばった表情を浮かべた娘の青白い顔をまっすぐに見つめた。「母親になるのはまだ早すぎる。子供を持つたいへんさはあなたにはわからないでしょう」

まっすぐな線を描いていた花の唇が震えた。花は漫画のキャラクターのような顔を両手で覆って泣き出した。

何か言葉をかけてやるべきなのかわからず、悦子は無言で娘の頭に手を置いた。花はびくりとしたが、悦子はしばらく手をそのままにした。娘のつややかな髪に触れるのは久しぶりだった。

台所が小さくて雨漏りのひどい北海道の３ＬＤＫの窮屈な家で暮らしていたころ、いくつかの家事が悦子を支えていた。こうしていると、紙を敷いた皿に盛ったエビフライを旺盛な食欲で食べる息子たちを眺めたときのことを思い出して、胸がちくちくと痛んだ。七月のなかばであっても、天ぷら鍋の前に立ち、ぶくぶくと泡立つ熱い油に衣をつけたエビを静かに落とすのを苦とは思わなかった。ママが揚げたエビフライはお菓子よりずっとおいしいと息子たちが言ってくれたからだ。風呂上がりで頬をピンク色に染めた花のシャンプーしたての髪をとかすひとときがどれほど幸せだったか、古い記憶が黒い高波のようにいきなり押し寄せてきた。

「ママはあたしたちを産みたいなんて思ってなかったんでしょ。お兄ちゃんたちが言ってた。そんなの嘘だって言い返したけど、本当はわかってたよ、お兄ちゃんたちの言うとおりだって。それでもママから離れなかったのは、ママが自分が始めたことを途中で放り出すなんて許せなかったから。子供を持つのはたいへんだなんてよく言えるよね。母親になろうっていう努力さえしなかったくせに。ママにはそんな資格ない。母親面しないでよね」

悦子は言葉を失った。自分が描く自画像と、子供たちの目に映る母親像が一致していたと悟って呆然とした。自分は子供たちから、嫌悪を催させる人物と思われている。

「ママがあなたたち三人を産みたくなかったなんて、どうしてそんな風に思うの」三人に送った手紙、プレゼント、お金。息子たちはどれも送り返してきた。なおも傷つくのは、子供たちの様子を確かめようと電話をすると、夫は「もしもし」と言ったきり無言で受話器を花に押しつけることだった。ほかの二人は受話器を受け取ろうとしない。悦子は自分を正当化しようとした。何度も繰り返し正当化しようと試みた。証拠を提示しようとした。ほかの何であるより先に――娘、妻、離婚女性、恋人、レストランの経営者である以前に――悦子は母親だった。母親失格であろうと、彼女は母親であり、母親になって彼女の内面は大きく変わった。長男の達男が生まれた瞬間から、悦子の心は悲しみと自己疑念に染まり続けた。よい母親にはどうしてもなれなかったからだ。それでも母親は永遠に母親だ。死んだあとも人生のその部分だけは終わらない。

「でも……でも、ママはモーザスと結婚しなかった。一緒に暮らしてさえいないのよ。あなたやお兄ちゃんたちにこれ以上いやな思いをさせたくないから」

花は首をそらして笑った。

「大きな犠牲を払ってくれてありがとうって言ってほしいの？　在日コリアンのやくざと結婚しなかったから？　それを褒めてもらいたいわけ？　ママが結婚しないのは、自分が苦労したくないからでしょ。ママほど自分勝手な人なんてほかにいないんじゃない？　その人と寝て、お店を開くお金も出してもらったのに結婚しないのは、そのほうが自分が楽だからだよね。あたしやお兄ちゃんたちのためを考えたわけじゃないでしょ」花はブラウスの袖で涙を拭った。「ママは批判されたくないんだよ。だからその人と結婚しないでいる。だから北海道から逃げ出して大都会に隠れてる。かわいそうな被害者のつもりでいるんだろうけど、それ、違うから。ママが家を出たのは怖いからだよね。大勢の男の人と寝たのは、年を取るのが怖かったからでしょ。弱くてかわいそうな人間だよね。自分は犠牲を払ってるなんて言わないでよ。そんなのあたし、信じないから」

花はまた泣き出した。

悦子は椅子の背に力なくもたれた。モーザスと結婚するのは、北海道にいる全員が思っているとおり、まともな日本人男性なら悦子のような女には関わらないからだと自ら証明するに等しい。モーザスと結婚すれば、横浜の一等地で繁盛しているレストランの審美眼のあるオーナーという評判を裏切ることになる――そんなイメージは悦子自身、まやかしだと思っているにしても。モーザスは悦子をすばらしい人間と勘違いしているのだろうが、娘の目は欺《あざむ》けない。悦子は隣の椅子に置いてあった花の旅行鞄を持ち上げ、娘を立ち上がらせて店を出た。

悦子の自宅は、レストランから四つ離れた通りに面した高級マンションにある。そこに向かう途中、パーティに行く気が失せたと花は言った。一人きりになりたい、朝まで眠りたいという。悦子は玄関の鍵を開け、花を自分の寝室に連れていった。自分は今夜、ソファで眠るつもりだった。

花はベッドにもぐりこみ、悦子はその若く華奢な体に薄手の羽毛布団をかけてやってから明かりを消した。花は体を小さく丸めた。目はまだ開けているが何も言わない。娘のそばを離れたくなかった。いろんなことがあったが、自分はいま満ち足りた気分でいるらしいと悦子は気づいた。娘とまた会えたのだ。花は母親を頼って横浜まで来た。悦子はベッドの端に腰を下ろして娘の髪をなでた。

「ママのにおいがする」花が小さな声で言った。「小さいころは香水のにおいだと思ってた。ジョイだっけ」

「いまも同じ香水を使ってるのよ」

「知ってる」花は言った。悦子は自分の手首の香りを確かめたい衝動に抗《あらが》った。

「だけど、香水だけじゃないんだよね。クリームとか、ママがつけてるいろんなもののにおいが混じってこの香りになるの。この香りを探してデパートを歩き回ったりしたこともあるよ。ママのにおいを探して」

伝えたいことが一気にあふれ出しかけた。しかし、もう間違いを重ねたくないという思いがそれを押しとどめた。「花――」

「もう寝るね。あの男の子のパーティに行きなよ。一人にして」花の声はあいかわらず冷めていたが、これまでより丸みを帯びていた。

一緒にいてあげると悦子は言ったが、花は追い払うように手を振った。そこで今度は、明日は何も予定がないのよと言ってみた。一緒にベッドとドレッサーを買いに行こうか。「そうしたらいつでも泊まっていけるでしょう。あなた専用の部屋を作ってあげる」悦子は言った。

花はため息のような音を立てたが、顔は無表情のままだった。

娘はいったいどうしたいのだろう。悦子にはわからなかった。「北海道に帰りなさいと言ってるわけじゃないのよ。今回はとくに——」悦子は指を唇に当てたが、すぐにまた手を下ろした。「ここにいてくれていいのよ。こっちの学校に通ってもいいわ」

花は枕の上で頭を動かして息を吸いこんだが、やはり押し黙っていた。

「ママからお父さんに電話しようか。こっちにいていいか訊いてみてあげる」

花は毛布を顎の下まで引き上げた。「ママがそのほうがいいなら」

そろそろレストランに戻らなくてはならない。それでも悦子はソファに座ってしばらくぼんやりした。年若い母親だったころ、一日のうちでほっと一息つけるのは日に一度だけ——夜、子供たちがベッドに入ったあとのひとときだけだった。あのころの息子たちにいま会いたいと思った。ぽちゃぽちゃした真っ白な脚、床屋で一瞬たりともじっとしていられないせいで左右非対称になったマッシュルームカット。自分が疲れているからというだけで子供たちを叱りつけた時間を取り消したいと思った。数えきれないほどの間違いをしてきた。人生にやり直しがきくなら、もう少しだけお風呂に浸かっていていいと言い、寝る前にもう一つだけお話を読んでやりたかった。エビフライを皿に山盛りにして食べさせてやりたい。

11

ソロモンの誕生パーティに招かれたのは、アメリカやヨーロッパの外交官や銀行家、裕福な海外駐在員の子女だった。みな日本語でなく英語を話した。モーザスが横浜のインターナショナルスクールを選んだのは、西洋人に交じって学ぶ環境が気に入ったからだ。息子ソロモンの将来をかなり具体的に描いている。日本語はもちろん、完璧な英語を身につけること。上流階級の洗練された人々の影響を受けながらおとなになること。在東京または在ニューヨークのアメリカ企業に就職すること。モーザスはニューヨークに行ったことがないが、あらゆる人に平等なチャンスを与える街なのだろうと想像していた。息子には世界を股にかける人物になってもらいたい。

何台もの黒いリムジンが通りに連なって待機していた。子供たちは、おいしいディナーをごちそうさまでしたとモーザスと悦子に礼を述べてから外に出た。モーザスはレストランの前に子供たちを整列させ、「レディーファーストだぞ」と言った。アメリカ映画で聞いて覚えたフレーズだった。ぴかぴかに磨かれた車にまずは女の子が六人ずつ乗りこんで出発した。そのあと男の子たちが続いた。ソロモンは、一番の仲良し二人――イギリスの銀行家の息子ナイジェルとインドの貿易会社役員の息子エイジェイ――とともに最後尾の車に乗りこんだ。

ほのかなライトに照らされたディスコは華やかだった。天井が高く、異なる高さに吊り下げられた二十個ほどのミラーボールが動くたびに小さな光のかけらが散り、室内を舞って、フロアを横切る人々を水中の魚のように揺らめかせた。全員が到着してラウンジテーブルに着くのを待って、ハンサムなフィリピン人の支配人が一段高くなったステージに現れた。彼の声は豊かで朗々としていた。

「ソロモン・パクのご友人のみなさん！　ようこそリンゴーの店へ！」子供たちが歓声を上げ、それが静まるのを待って支配人は続けた。「ソロモンの誕生日を祝って、リンゴーの店は日本でいま一番ホットなスター、いつの日か世界にその名を轟かせること間違いなしのスターをお招きしました――ケン・ヒロミとセブン・ジェントルメンのみなさんです！」

子供たちは嘘でしょといいたげな表情を浮かべた。幕が上がり、七人編成のロックバンドがステージに登場し、スター歌手のケン・ヒロミが一番最後に現れた。ヒロミは拍子抜けするほど平凡な容姿をしていた。ネクタイを忘れたサラリーマンのような服装にフレームの太い眼鏡。アルバムのジャケット写真とまったく同じだった。髪は一筋の乱れもなくとかしつけられている。年齢はせいぜい三十歳といったところだろう。

ソロモンは驚きと感激から首を振り続けていた。バンドが大音量で演奏を始め、子供たちはステージの前に駆け出していって踊り始めた。長時間の演奏が終わると、司会者がみなさんステージの周囲にお集まりくださいと呼びかけ、レストランのシェフの一郎《いちろう》が野球のダイヤモンドの形をした巨大なアイスクリームケーキが鎮座したカートをソロモンの前まで押していった。細長い蠟燭の明かりが大きなケーキの表面を照らしていた。女の子の誰かが叫んだ。「願い事するのを忘れちゃだめよ、ソロモン！」

ソロモンは一息で蠟燭の火を消し、会場は拍手と歓声に包まれた。

悦子からリボンをつけたナイフを受け取ったソロモンは、ケーキに最初の切れ目を入れようとした。刃がぎざぎざになった長いナイフをかまえた姿をスポットライトが照らし出す。

「手伝う？」悦子が尋ねた。

「ううん、一人でやれる」ソロモンは答え、両手でまっすぐな切れ目を入れた。

「あ」悦子はつぶやいた。ソロモンの爪の先がインクで汚れていた。きれいに洗い流したはずだが、爪の下に入りこんだインクが染みついたままだった。

ソロモンはナイフを動かす手を止めて顔を上げ、微笑んだ。

悦子はソロモンの腕を静かに取ってケーキを切る作業を再開させた。一筋だけ切れ目を入れると、ソロモンはナイフを悦子に返し、悦子はケーキを人数分に切り分けた。ウェイターがケーキを配り、一人でぽつんと座っていたヒロミもケーキを受け取った。モーザスは分厚くふくらんだ青い封筒をソロモンに差し出し、ヒロミに渡しなさいと言った。ケン・ヒロミは椅子にかけるようソロモンを身振りで誘った。これだけ薄暗ければ、インクには誰も気づかないだろうと悦子は思った。

バンドがもう一度ステージに上がって演奏した。それが終わると、ＤＪがポップソングを流して子供たちを踊らせた。パーティが終わりに近づき、悦子は心地よい疲れを感じた。夜、レストランを店じまいしたあとと同じ疲れだった。モーザスはブース席について一人でシャンパンを飲んでいた。悦子はその隣に腰を下ろした。モーザスは自分のグラスに酒を注ぎ直して悦子に差し出し、悦子は二口で飲み干して笑った。ソロモンのために盛大なパーティをありがとうとモーザスから言われ、悦子は首を振った。「どういたしまして」

それから、思いつくままこう言った。「彼女もきっと喜んでるわ」

モーザスは不思議そうな顔をしたが、すぐにうなずいた。「そうだな。きっと喜んでるだろう」

「どんな人だった？」悦子は向きを変えてモーザスの顔をのぞきこんだ。鋭い目鼻立ちをした彼の顔の上で光の小さな四角が踊っていた。

「前にも話したろ。すごく優しい人だった。きみと同じで」裕美についてそれ以上はつらくて話せない。

「もっと具体的に話してよ」自分と裕美の似ている点ではなく、違っているところを知りたかった。「もっと知りたいの」

「どうして？　もう死んだ人だ」モーザスはそう言ってから悲しげな顔をした。見るとソロモンは背が高くてショートヘアの中国系の少女と踊っていた。額に浮いた汗の粒をきらめかせながら、少女の優雅な動きに合わせている。悦子は空《から》のシャンパングラスを凝視した。

「子供にはセジョンって名前をつけたがってた」モーザスは言った。「だが、孫の命名は父方の祖父がする伝統でね。俺の親父は死んでるから、ヨセプおじさんがつけたんだ。ソロモンって」そこで間を置いた。「世宗《セジョン》は李氏朝鮮の王の名前だ。ハングルを制定した王だよ。ヨセプおじさんはその代わりに聖書の王の名をつけた。うちの親父は牧師だったからだろうな」

「どうして笑ってるの」

「裕美は」――モーザスは亡くなった妻の名前を何気なく口に出し、その響きにどきりとした――「裕美は心の底から誇らしく思ってたよ。息子のことをね。王様みたいな暮らしをさせてやりたいと言っていた。俺の親父やおじさんと似てるな。誇らしく思ってくれてたんだ、俺のことも、俺の仕事も。うれしかったよ。でもこうして年齢を重ねてみると、不思議に思えてくる」モーザスの声が憂いを帯びた。「だって、俺たちコリアンに、誇れるようなことがあるか？」

「子供を誇りに思うのはすてきなことよ」悦子はスカートをなでて皺を伸ばした。子供たちが生まれたとき、悦子が感じたのは驚きだった。子供たちの身体の完璧さに目をみはった。小さくてもりっぱに人間であることに。そのあふれる活力に。しかし、歴史上の人物に、しかも王にあやかった名をつけようとは一度も考えなかった。自分の家族や国に誇りを感じたためしがない。それどころか、恥じている。

「今日、女の子たちの一人が俺のところに来て、ソロモンはお母さんにそっくりですねと言った」モーザスは会場の隅に集まった女の子たちを指さした。みなチューブトップを着て、細い腰に張りつくようなジャージー素材のスカートを穿いていた。

「どうしてお母さんのことを知ってるの」

「きみに似てると言ったんだよ」

「ああ」悦子はうなずいた。「本当に親子だったらうれしいのに」

「いや、それは本心じゃないだろう」モーザスは穏やかに言った。悦子はそう言われても当然だと思った。

「わたし、今日の午後、市役所で対応してくれたあの職員と大して変わらないわね」

モーザスは首を振り、手を伸ばして彼女の手に重ねた。

悦子の家族はなぜパチンコをそこまで毛嫌いするのだろう。保険会社で営業をしていた父は、家計にゆとりのない孤独な主婦に高額な生命保険を販売していた。モーザスはおとなの男女がお金を賭けてパチンコで遊ぶ空間を作っている。どちらも確率と孤独を利用してお金を儲ける仕事だ。モーザスや彼の店の従業員は毎朝、パチンコ台に微妙な調整を加え、それが結果を左右する――ゲームに勝つのはほんの一握りだけで、ほかの全員が負ける。それでも人はやはりゲームを続ける。自分こそ幸運な一握りかもしれないと期待する。自ら望んでゲームに参加する者たちに腹を立てる筋合いはないではないか。悦子はこの重大な側面で失敗を犯した。子供たちに希望を抱くことを教えなかった。自分は勝てるかもしれないという、およそ不合理な可能性を信じることを教えなかった。パチンコはたわいもないゲームだが、人生は違う。

悦子は新しい腕時計をはずしてモーザスの掌に置いた。「指輪はほしくないということじゃなくて――」

モーザスは彼女の目を見ずに腕時計をポケットに入れた。

「もう遅い。そろそろ零時になる」モーザスは静かに言った。「子供たちを家に帰さないと」

悦子はテーブルを離れ、お土産を配りにいった。

この夜が終わってしまうのがいやで、ソロモンは空腹を訴えた。そこで三人は悦子のレストランに戻った。清掃がすんだ店は、営業中でもおかしくないように見えた。

「いろんなものを少しずつ」何が食べたいかと悦子が訊くと、ソロモンはそう答えた。上機嫌な様子を見て、悦子もうれしくなった。ソロモンはどんなときも人を幸福な気持ちにさせる。もしかしたら、悦子とモーザスを支えているのはソロモンのその性格なのかもしれない。

客席の一番奥にある四人がけのテーブルにつき、モーザスは夕刊を広げた。電車の到着を静かに待っている中年男性といった風だった。厨房に向かう悦子のあとをソロモンが追ってきた。

悦子は盛り付けカウンターに白い皿を三枚並べた。冷蔵庫からフライドチキンのトレーとポテトサラダのボウルを出した。一郎がアメリカの料理本を見ながら作ったものだ。

「花ちゃんはどうして来なかったんだろう。具合でも悪いのかな」

「違うわ」単刀直入な質問に嘘を答えるのは決していい気分ではない。

「きれいな子だよね」

「きれいすぎるのよ。それがトラブルの種」悦子の母親も、家族ぐるみの友人が悦子の容姿を褒めたとき、同じように応じた。

「パーティは楽しかった？」悦子は尋ねた。

「うん。まだ信じられないよ。ヒロミさんと話したんだよ、僕」

「何て言ってた？」チキンの大きなピースをモーザスとソロモンの皿に、小さなドラムスティックを自分の皿に載せた。「親切な人だった？」

「すごく親切でかっこよかったよ。親友は在日コリアンなんだって言ってた。お父さんやお母さんに孝行するんだぞって」

ソロモンは悦子を母親と勘違いされても否定しない。喜ぶべきなのだろうが、悦子の焦燥がいっそう深まっただけだった。

「さっきお父さんから聞いたわ。お母さんはあなたをとても誇りに思っていたそうよ。あなたが生まれた瞬間からずっと」

ソロモンは黙っていた。

もう母親が必要な年齢でもないだろう。充分におとなで、母親が健在なほかの子供たちよりよほどしっかりしている。成人男性とほとんど変わらない。

「ちょっとこっち来て。左手を出して」

「何、プレゼント？」

悦子は笑い、ソロモンの左手をシンクの上に引っ張ると、蛇口をひねった。「まだインクが残ってる」

「その気になれば僕をこの国から追い出せるってほんとなの？　国外追放にできるの？」

「今日は何もかもうまくいったわね」悦子はそう答え、皿を洗うスポンジでソロモンの指の腹や爪をそっとこすった。「心配しないでいいのよ、ソロモン」

悦子の答えにソロモンは安心したようだった。

「花ちゃん、横浜に来たのはちょっとした問題を解決するためだって言ってた。妊娠したとか？　ナイジェルの彼女が妊娠しちゃって、堕ろしたことがある」

「親友のナイジェル？」悦子の脳裏に、毎週末、ソロモンとテレビゲームで遊んでいる金髪の少年の顔が浮かんだ。

ソロモンがうなずく。「そうだよ。花ちゃんはいい子みたいだね」

「わたしの子供たちはわたしを嫌ってるのよ」

ソロモンは爪の下に入りこんだインクを掻き出そうとした。「嫌ってるのは、お母さんがいなくなっちゃったからだよ」真剣な表情だった。「しかたないよ。お母さんがいなくて寂しいんだ」

悦子は下唇の内側を嚙んだ。口のなかの小さな筋肉に力がこもるのを感じ、血が出る前に力をゆるめた。ソロモンの顔を見るのが怖い。これまでこらえていたのに、ついに涙があふれ出した。

「どうしたの。どうして泣くの」ソロモンが言った。「ごめんなさい」ソロモンの目にも涙があふれかけた。

悦子は大きく息を吸いこんで呼吸を落ち着かせた。

「花が生まれたときにね、看護婦さんたちがカードにあの子の足形を取ってくれたの。そのあとインクを洗い流してくれたんだけど落ちきっていなくて、家に帰ってからもう一度洗わなくちゃならなかった。あの子にはまだ何も見えていなかったと思う。生まれたばかりの赤ちゃんだもの。それでも、何か不快なことをされてるような目でわたしを見てる気がした。あの子は泣いて、泣いて――」

「悦子さん、花ちゃんは大丈夫だよ。ナイジェルの彼女も元気にしてるんだから。大学を出たら結婚するかもしれないって。ナイジェルはそう言って――」

「違うの。違うのよ。それで泣いてるわけじゃないの。わたしがあなたのお母さんになるのを嫌がってるとあなたに思われたんじゃないかって、それが心配なだけ」悦子はみぞおちに手を当て、息を整えようとした。「わたしはこれまでたくさんの人を傷つけてきた。あなたは本当にいい子だから、ソロモン、あなたを生んだのはわたしだって自慢できたらいいのに」

ソロモンの頬にまっすぐな黒髪が張りついていたが、払いのけようとしなかった。目は心配そうな表情を浮かべていた。

「僕は今日生まれたわけだけど、自分が生まれたときのこととか、そこに誰がいたかとか、ふつう覚えていないわけじゃない？　あとで聞いて知ってる気になってるだけだ。でも、悦子さんはいまここにいるよね。悦子さんはお母さんみたいなものだよ」

悦子は掌で口もとを覆った。ソロモンの言葉が心に染み通っていく。後悔を越えた先に、かならず新しい一日がある。たとえ有罪を言い渡されたとしても、判決に救いが見つかることもある。悦子はようやく水を止めると、ふくれた黄色いスポンジをシンクに置いた。湾曲した蛇口の先から最後の数滴がしたたったあと、厨房は静まり返った。悦子は今日生まれの子供を抱き寄せた。

12

一九七九年　大阪

母のヤンジンが胃がんと診断されたとの知らせが届き、ソンジャは息子のモーザスと孫のソロモンを横浜に残して大阪に帰った。夫のヨセプがついに亡くなって以来、誠実にヤンジンの世話をしてくれていたキョンヒをいたわり、ソンジャは秋から冬にかけて母と布団を並べて休んだ。

ヤンジンは厚手の綿の布団にほぼ寝たきりで、居間は事実上ヤンジンの寝室になっていた。畳は少し前に表替えをしたばかりで、二つある陽当たりのよい窓辺には陶製の鉢に植わった観葉植物が二列並んでいた。布団のかたわらには、大阪の韓国系キリスト教会の信者一同からお見舞いとして届けられた高価な九州産みかんが山と盛られたバスケットがあって、甘酸っぱい香りが漂っている。新品のソニーのカラーテレビの音量を低めに設定し、三人はヤンジンのお気に入りの番組『異国の空から』が始まるのを待っていた。

畳に座ったソンジャのすぐ隣で、ヤンジンは布団の上でできるかぎり体を起こしていた。キョンヒはソンジャと布団をはさんで反対側、ヤンジンの頭のそばのいつもの位置に座っている。ソンジャとキョンヒは、ソロモンに贈る紺色のウールのセーターの別々の部分をそれぞれ編んでいた。

不思議なことに、手足や関節が一つまた一つと衰え、筋肉が張りを失ってゼリーのように萎《な》えていくのに反比例するように、ヤンジンの意識は研ぎ澄まされ、軽やかになった。自分の精神が肉体から抜け出し、シカのように軽やかに走り回るところが想像できた。しかし現実のヤンジンはほとんど動けない。食べ物らしい形状をしたものはもうほとんど食べられなかった。それでも病気には思いがけない恩恵もあって、生まれて初めて、そう、歩くことを覚えて家事をこなせるようになって以来初めて、ヤンジンは働かなくてはという強迫観念から解放された。料理はもうできない。皿を洗い、床を掃き、服を繕い、便器をこすり洗いし、子供たちの世話を焼き、洗濯をし、売り物の食べ物を作ることはできない。片づけなくてはならない雑用があっても、体が動かない。ヤンジンのいまの仕事は、体を休めながら死を待つことだ。何もせずにいるだけでいい。せいぜいあと数日しかこの命はもたないのだから。

これが終わったあと自分がどうなるのかわからない。先に死んだ者たちのところに行くか、イエス・キリストのもとに行って神の王国に招き入れられるか、どちらかだろうとの予感はある。夫のフニにもう一度会いたい。いつだったか教会に行ったとき、天国では脚の不自由な者は歩けるように、目の見えない者は見えるようになるという説教を聞いた。夫は神の存在を否定したが、もし神が存在するのなら、フニは善良な人物であり、体が不自由な人生に耐え抜いたのだから、健康になる資格があると神が理解してくれているといい。ヤンジンが死について話そうとすると、キョンヒやソンジャはすかさず話題を変えた。

「ソロモンにお金を送った？」ヤンジンは尋ねた。「銀行で新札に替えてから送ってくれた？」

「昨日送ったわ」ソンジャは答え、テレビがよく見えるように母の枕の位置を直した。

「いつ届くのかしらね。まだ連絡がないでしょう」

「お母さん《オンマ》、カードは今夜か明日届くわ」

今週はまだソロモンからひいおばあちゃんへの電話がかかってきていないが、それもしかたがない。盛大な誕生パーティを開いたばかりだし、いつもなら誰々にお礼の手紙を書きなさいとか、電話して近況を尋ねてみたらと促すソンジャが大阪に帰ってきてしまっている。「きっと学校が忙しいのよ。あとで電話してみるわ」

「パーティに来たっていう歌手は本当に有名な人なの？」ヤンジンは訊いた。三人が菓子店を閉めて以来、モーザスが必要な家財道具を買い、生活費の面倒を見てくれている。しかしヤンジンには、孫のモーザスが息子の誕生パーティに有名歌手を呼べるほどお金を持っているとはいまだに信じられなかった。

「高かっただろうに。本当に有名な歌手なの？」

「悦子さんはそう言ってたけど」ソンジャもソロモンの様子を知りたかった。今回初めて外国人登録証明書の交付申請をしたはずだ。そのことも心配だった。

番組が始まった。キョンヒがさっと立ち上がってアンテナを調節した。映像が少し鮮明になった。耳慣れた日本のフォークソング調のテーマ曲が流れ出した。

「樋口《ひぐち》さんは今日はどこに行くのかしらね」ヤンジンは大きく顔をほころばせながら言った。

『異国の空から』では、年齢を感じさせない潑剌《はつらつ》とした女性レポーター、髪を黒く染めた樋口さんが世界各国を訪れ、異国に移住した日本人に取材する。樋口さんは、同世代の女性としては異色の存在だ。生涯独身で子供がおらず、世界中を旅した経験を持ち、どれほど立ち入った質問でもさらりと答えを引き出してしまう経験豊かなジャーナリストだ。コリアンの血を引いていると言われ、その噂を聞いた瞬間、ヤンジンとキョンヒは、どこへでも単身乗りこんでいく勇敢な樋口さんに共感を抱き、彼女にすっかり惚れこんでいる。まだ菓子店を経営していたころは、番組の開始に一分たりとも遅れまいと、店じまいを終えるなりまっすぐ帰宅した。ソンジャはその番組にさほど興味がなかったが、母のために毎回一緒に見た。

「枕！」ヤンジンが叫び、ソンジャは枕を直した。

番組冒頭のクレジットタイトルが流れ始め、キョンヒが手を叩く。規制があることは承知しているが、樋口さんがいつか北朝鮮を訪問してくれないかとキョンヒはずっと期待していた。コ・ハンスがヨセプに話したところによれば父母も義父母もすでに死んでいるというが、ふるさとの様子はやはり知りたい。それにキム・チャンホが無事でいるのかどうかも知りたかった。家族が北に帰還した知り合いから悲しい話をどれだけ聞かされても、分厚い眼鏡をかけたあのハンサムな青年が死んだとはどうしても思えずにいる。

テーマ曲が小さくなって消え、男性のナレーションが流れ始めた。今回の樋口さんは、南米コロンビアのメデジンでコロンビア最大の養鶏場を営むりっぱな農家を訪ねるという。明るい色のレインコートにトレードマークの緑色の帽子をかぶった樋口さんは、ワカムラ一家が十九世紀末に南米移住を決め、海外で暮らす日本人の手本となるべく子供たちを育ててきたという話を感嘆しながら紹介した。「みなさん日本語を話せるんですよ」そう伝える彼女の声は驚きと賞賛に満ちていた。

カメラはセニョーラ・ワカムラの顔をアップで映した。夫を亡くした女家長、皺だらけの小柄な女性は、六十七歳の実年齢よりずっと年老いて見えた。ちりめん皺が寄った重たいまぶたの奥に埋もれた吊り上がりぎみの大きな目は、知恵と思慮にあふれていた。きょうだいと同様、メデジンで生まれ育った。

「そりゃあね、両親はたいへんな苦労をしましたよ。スペイン語が話せませんでしたし、養鶏のいろはも知らなかった。父はわたしが六歳のとき心臓発作で亡くなって、それからは母が女手一つでわたしたちきょうだいを育ててくれました。一番上の兄は母とこの養鶏場に残りましたが、ほかの二人の兄はモントリオールに留学したあと帰ってきました。姉や妹とわたしはここで働きました」

「苦労なさったでしょう。重労働ですよね」樋口さんは感服したように言った。

「苦労は女の宿命ですから」セニョーラ・ワカムラは言った。

「ええ、たしかに」

カメラが水平に動き、広大な鶏舎の内部を映した。数千、数万羽のふわふわした鶏が作る白い羽毛の海が揺れ動いている。鮮やかな赤いとさかがその震える純白の海面に縞模様を描いていた。

樋口さんに問われるまま、セニョーラ・ワカムラが養鶏場の仕事の数々を説明した。子供のころ、鶏につつかれずに餌を撒ける高さまで背が伸びて以来、日課は変わっていないという。

「それだけのお仕事をこなさなくてはならないなんて、たいへんな重労働でしょうね」樋口さんは言った。強烈な臭いに顔をしかめないよう気を遣っているのがわかる。

セニョーラ・ワカムラは肩をすくめた。重たい機械を持ち上げてぬかるんだ敷地を移動するなど養鶏場で日々発生するさまざまな仕事を紹介する様子から、彼女の忍耐強さがうかがい知れた。

三十分の番組の終わりに、樋口さんは、日本の視聴者にメッセージをお願いしますとセニョーラ・ワカムラに頼んだ。

年齢に似合わない老いた顔をした女性ははにかみながらカメラのほうを向いたが、すぐに考えをめぐらすように視線を外した。

「わたしは日本に行ったことがありませんが」——ここで彼女は眉を寄せた——「どこにいても、何をしていても、りっぱな日本人として生きていきたいです。日本の恥といわれないように」

樋口さんは涙ぐみながらレポートを終えた。エンドクレジットが表示され、次回の『異国の空から』の目的地に飛ぶため樋口さんはふたたび空港に向かったとのナレーションが流れた。「次はどの国の日本人に会えるのでしょう。来週もお楽しみに！」ナレーターは朗らかにそう締めくくった。

ソンジャは立ち上がってテレビを消し、台所でお湯を沸かしてお茶を淹れようとした。

「苦生《コセン》」ヤンジンが声に出して言った。「苦労は女の宿命」

「そうね、コセン」キョンヒがうなずいて同じ言葉を繰り返した。

ソンジャは物心ついたころからほかの女性たちがそれを合い言葉のように繰り返すのを耳にしてきた。女は苦労して当たり前——女の子に生まれて苦労し、妻になって苦労し、母になって苦労し、そして苦労の末に死ぬ。苦生《コセン》。この言葉にはうんざりだった。このうえまだ苦労しなくてはならないというのか。ノアによりよい人生を与えようとして苦労したが、足りなかった。自分が水を飲むように受け入れてきたのと同じ屈辱に耐えるよう息子に教えるべきだったのか。結局、ノアは自分が誕生した事情を受け入れて耐えることを拒んだ。生きていれば苦労がかならず待っているとあらかじめ息子に教えない母親は、母親失格なのか。

「ノアのことを考えてふさいでるんだね」ヤンジンが言った。「見ればわかる。あんたの頭はあの子のことでいっぱいなんだから。昔はコ・ハンスだった。いまはノアのことばかり。いまもまだ苦しんでるのは、あんな男に惚れた報いね。女はそんな間違いをしちゃいけないのよ」

「だったら、ほかにどうすればよかったの」ソンジャは思わずそう聞き返し、たちまち後悔した。

ヤンジンは肩をすくめた。たったいまテレビで見た養鶏場の女性の滑稽な物真似のようだった。「あんな男の子供を産んだせいで、その子供があんたの代わりに恥を背負うはめになった。あんたの苦労の元凶はあんた自身だったの。ノアは、かわいそうに、悪い種子から生まれた。イサクが結婚してくれて幸運だったね。イサクはまさに天の恵みだった。モーザスの血統のほうがずっといい。だから仕事で成功した」

ソンジャは両手で口もとを覆った。女は年を取ると口数が増え、よけいなおしゃべりをするようになるとよくいわれるが、ヤンジンがいま口にしたことは、いつか娘に言ってやろうと思って大事に取っておいたものではないかと思えた。意地の悪い遺産として娘に手渡そうと計画していたのではないか。ソンジャは何も言い返せなかった。言い返して何になる?

ヤンジンは唇を引き結び、次に鼻の穴から長々と息を吐き出した。

「あの男は疫病神《やくびょうがみ》だった」

「でも彼はお母さん《オンマ》をここに連れてきてくれた人でもあるのよ。彼がいなかったら――」

「あの男のおかげでわたしがここにいるのは事実だけどね、疫病神であることは変わらないでしょう。それは変わらない。ノアは初めから長く生きられない運命だった」ヤンジンは言った。

「もし長く生きられない運命だったのなら、わたしが苦労したのは何のためだったの。無駄な苦労だったってこと？　わたしがそこまで愚かな人間なら、わたしはそこまで許しがたい過ちを犯したのなら、それはオンマの育て方が悪かったということになるの？」ソンジャは言った。

「わたしは……わたしは、オンマに責任を押しつけたりしない」

キョンヒは訴えるような視線をヤンジンに向けていたが、ヤンジンはその無言の哀願に気づいていないようだった。

「おかあさん」キョンヒが優しく声をかけた。「何か持ってきましょう。飲み物でも」

「いらない」ヤンジンはキョンヒを指さしながらソンジャのほうを向いた。「血のつながった家族より、彼女のほうがよほどよくしてくれたわよ。あんたより彼女のほうがずっとわたしを気遣ってくれるの。あんたはノアとモーザスのことしか頭にない。わたしがもうじき死ぬとわかってようやく帰ってきただけ。あんたはわたしのことなんか考えてない。自分の子供のことしか頭にない」ヤンジンは怒鳴るように言った。

キョンヒがヤンジンの腕にそっと手を置いた。

「おかあさん、それは本心ではないですよね。ソンジャはソロモンの世話をしなくてはならなかったんですよ。おかあさんも知ってるでしょう。自分でも何度も言っていたじゃありませんか。裕美ちゃんが亡くなって、モーザスにもソンジャの助けが必要だったって」キョンヒは静かな声で言った。「ソンジャはとても苦労してきたわ。とりわけノアが――」その名前を口にしただけで胸が詰まった。「それにおかあさん、おかあさんが暮らしていくのに必要なものはこうしてみんなそろってる。そうでしょう？」キョンヒはできるかぎり落ち着いた声でそう続けた。

「そうね、そうだね。あんたはいつだってわたしのために尽くしてくれた。キム・チャンホがずっと日本にいてくれたらよかったのに。そうしたら、ヨセプが亡くなったあと、あんたと結婚できたのに。わたしが死んだら誰があんたの面倒を見るのかと思うと心配だ。ソンジャ、あんたがキョンヒの面倒を見なくちゃいけないよ。この家に一人にしておくわけにはいかない。ふう《アイゴー》、キム・チャンホはどうしてあわてて北に帰ったりしたのか。もう死んでしまっただろうね。ふう《アイゴー》、涙が止まらない。かわいそうに、あの若者は命を無駄にしてしまった」

　キョンヒが見るからに青ざめた。

「オンマ、そんなわけのわからないことを言い出すのはきっと薬の副作用ね」ソンジャは言った。

「キム・チャンホが朝鮮に帰ったのは、キョンヒと結婚できなかったから、待つ苦しみにそれ以上耐えられなかったから」ヤンジンは言った。もう泣いてはいなかった。意のままに涙を止められる子供を見ているようだった。「ヨセプよりずっといい人だった。事故のあとのヨセプはただの酔っ払いだったけど、キム・チャンホは本物の男だった。彼ならすてきなキョンヒを幸せにできただろうに、死んでしまった。かわいそうなキム・チャンホ。かわいそうなキョンヒ」

キョンヒの愕然とした表情に気づいて、ソンジャは厳しい口調で言った。「オンマ、少し眠ったほうがいいわ。一人にしてあげるから、休んでちょうだい。きっと疲れてるのよ。さあ、わたしたちは奥の部屋で編み物を仕上げてしまいましょう」ソンジャはキョンヒに手を貸して立ち上がらせた。部屋を出る前に、明かりを消した。

「疲れてなんかいませんよ！　またわたしを置き去りにするんだね！　都合が悪くなったら、逃げるのが一番楽だものね。かまわないよ。わたしはもうじき死んで、あんたはもうここにいなくてよくなるわけだから、大事なモーザスのところに飛んで帰るといい。これまで生きてきて、わたしがあんたに負担をかけたためしなんか一日だってない。体が言うことを聞かなくなるまで、自分の食い扶持を稼ぐために、朝から晩まで一分たりとも無駄にせずに働いてきた。自分が食べるのに必要な分、住むところを確保するのに必要な分以外は一円たりとも使ったことがない。自分の務めはちゃんと果たしてきた。あんたの優しいお父さんが死んだあとも、あんたを――」夫の話になったとたん、ヤンジンはまた泣き出した。そのみじめな様子を見ていられなくなって、キョンヒがあわてて駆け寄った。

ヤンジンが泣きやむまで、キョンヒは優しく背中をなでていた。あれが母だとはソンジャには信じられなかった。病気のせいで人が変わってしまったのだといえたらまだ楽だろうが、そう単純な話ではないはずだ。病気や間近に迫った死は、母の正直な気持ち、母自身が自分を守るために封じこめていた思いをほじくり出したのだ。ソンジャはたしかに過ちを犯した。しかし、息子が悪い種子から生まれたとは思っていない。朝鮮人の血管にはあまりにも多くの怒りや激情が流れていると日本人はいう。種子。血。そういった出口のない考えにどうすれば抗える？　ノアは繊細な子供だった。規則を守り、誰より優秀であり続ければ、自分に敵意を向ける世界がいつか味方に変わるだろうと信じていた。ノアの死は、そのような罪作りな理想を描いてはいけないと戒めなかったソンジャの落ち度だったのかもしれない。

ソンジャは母の布団のかたわらに膝をついた。

「ごめんなさい、オンマ。ごめんなさい。そばにいてあげなかったことを謝りたいの。何もかも謝るわ」

ヤンジンは力なく目を動かしてたった一人の娘を見つめた。ふいに自己嫌悪を感じた。自分こそ悪かったと伝えたかった。しかしその力はもう残っておらず、黙って目を閉じるしかなかった。

13

「ソロちゃんはキリスト教徒じゃないんだよね」花はソロモンに訊いた。二人は信者席に並んで座っていた。ソロモンの曾祖母の葬儀の最中だった。牧師の話が終わり、オルガン奏者が賛美歌『いつくしみ深き』の前奏を弾き始めた。賛美歌と最後の祈禱がすめば、葬儀は終わりだ。

ソロモンはやんわりと花を黙らせようとしたが、いつもながら花は強情だった。

「カルトみたいなものだよね。外でみんなして素っ裸になったり、赤ちゃんを生け贄《にえ》にしたり、そういういかがわしいことをしないってだけで。アメリカの敬虔《けいけん》なキリスト教徒はそういうこともやるって何かで読んだし。だけどソロちゃんはそういうタイプには見えない。それよりお金をたくさん寄付しろって言われてたいへんそうだよね。お金持ちだから。違う?」

花はソロモンの耳もとに唇を近づけて日本語でささやいていた。ソロモンは葬儀に集中しようと努めている真剣な顔を崩さなかった。花のリップグロスのイチゴ風の香りが鼻先をくすぐった。

どう答えていいかわからない。日本人のなかには、キリスト教は怪しげな新興宗教と変わらないと信じている人がいるのは事実だ。学校の外国人の友達はそんな風には見ていないが、日本人でキリスト教徒の知り合いはほとんどいなかった。

花がソロモンの肋骨のあたりを左手の小指でつつく。目は聖歌隊のほうを向いていた。聖歌隊は曾祖母が好きだった賛美歌を歌っていた。ヤンジンはときおりそれをハミングしていた。

家族のほかのメンバーと同様、ソロモンもキリスト教徒だ。父方の祖父パク・イサクは、大阪の長老教会の初期の牧師の一人だった。子供のころ、教会の人たちに祖父が殉教者と呼ばれているのを何度も耳にした。信仰を理由に投獄され、釈放されてまもなく死んだからだ。ソンジャとモーザス、ソロモンは、毎日曜には礼拝に行く。

「そろそろ終わりだね。ビールが飲みたいな。ソロモン、行かない？　あたし、いい子にしてたよね。最初から最後までおとなしく座ってた」

「花、僕のひいおばあちゃんの葬儀なんだよ」ソロモンはついにそう言った。曾祖母は優しいおばあちゃんだった。近くに寄るといつもオレンジ油とビスケットの香りがした。日本語はあまり話せず、紺色の上着のポケットにいつもお菓子やコインを持っていた。

「ちょっとは敬意を払わなくちゃ」

「ひいおばあちゃんは天国にいるんでしょ。キリスト教徒はそう言うじゃない」花は安らかな表情を真似た。

「まあそうだけど、死んじゃったんだよ」

「でもソロちゃん、あんまり悲しそうにしてないじゃない。ソンジャおばあちゃんもあんまり悲しそうに見えないよ」花は小声で言った。「そっか、じゃあ、ソロちゃんはキリスト教徒なんだ」

「そうだよ、キリスト教徒だよ。どうしてそこにこだわるの」

「死んだらどうなるのか知りたいから。死んだ赤ちゃんはどうなるの」

ソロモンは答えに詰まった。

中絶手術のあと、花は母親の家で暮らしていた。北海道には戻りたくないと言い、日がな一日、退屈そうな顔で悦子のレストランでぶらぶらしていて、どんなに小さなことにもいちいち腹を立てた。英語ができないからソロモンと同じ学校には通えず、同年代の子供には我慢できないといって近くの公立高校への編入もいやがった。悦子は花に何をやらせたらいいか考えあぐねているが、花はソロモンこそ自分の取り組むべきプロジェクトと決めているようで、暇さえあれば彼につきまとっていた。

周囲の誰もがそうだが、ソロモンも花を並外れた美人だと思っている。しかし悦子は、花と関わるときっとトラブルになるからと牽制《けんせい》し、あなたは同じ学校の女の子と仲よくしなさいと言う。

「ああ、やっと終わった。お祈り、長かったね。ほら行くよ。いまなら出口が混む前に出られる」花は肘でソロモンをそっとつつき、次に手を引いて椅子から立ち上がらせると、そのまま出口に向かった。

教会の裏の陽当たりのよい路地で、花は壁にもたれていた。片方の足は地面に、もう一方は背後の壁に置かれていた。たばこを吸いながら、どうしてビール飲んじゃだめなのよとまたも尋ねた。

学校の友達のなかには酒を飲む子もいるが、ソロモンはアルコールの味が好きになれなかった。それに友達は酔うとかならずトラブルを起こした。ソロモンの父親がその程度のことで怒るとは思えないが、ソロモンはパーティで酒を勧められれば即座に断った。断ったところでどうということはないからだ。しかし花の誘いを拒絶するのは一大事だった。何かがほしいとき、花はおそろしく強情になる。早くもソロモンは融通《ゆうずう》の利かないやつと花に思われていた。

花はたばこの煙を深々と吸いこみ、唇をかわいらしく突き出して吐いた。

「ビールはだめ。ひいおばあちゃんの葬儀では厳粛に。お父さんに腹を立てるなんてもってのほか。ねえ、ソロモン、あんた牧師向きじゃない？」

花は祈るように両手を組んで目を閉じた。

「牧師にはならないよ。だけどさ、僕は将来どんな仕事をしたらいいと思う？」

学校の上の学年にいるある生徒は、後輩たちにむかってこううそぶく。女はみんな娼婦、男はみんな人殺し。女は将来どんな仕事に就きそうかで男を選ぶ。金持ちの妻におさまりたいから。

「どうだろうね、パチンコ牧師」花は笑った。「ねえ、キリスト教徒って結婚するまでやっちゃいけないんだってね」

ソロモンはスーツの上着のボタンを留めた。外は寒い。コートは二階のハンガーにかけたままだった。

「あんた童貞でしょ」花は薄く笑った。「わかるの。でも気にすることないよ。まだ十四歳だもんね。やりたい？」

「え?」

「あたしと。してあげてもいいけど」花はまたたばこの煙を吸って吐き出した。さっきよりもいっそう挑発的なしぐさだった。「あたしは経験あるし。しかもたくさん。あんたが喜びそうなこともみんな知ってるよ」花は、その日の朝、父親が結んでくれたソロモンのネクタイの結び目をつかみ、それからゆっくりと手を離した。

ソロモンは花の顔を見ないようにした。

教会の裏口がそろそろと開き、悦子が戸口から手招きした。

「外は寒いでしょう。二人とも中に入ったら? ソロモン、お父さんと一緒にお客さんに挨拶しないと」

悦子の声に内心の不安が表れていた。ソロモンが教会のなかに戻ると、花はたばこを投げ捨ててそれに従った。


会葬者をもてなす場でも、花はソロモンにつきまとった。ブラジャーのサイズを当ててみろと迫った。ソロモンにはまるで見当がつかなかったが、そのあとは花の胸のことで頭がいっぱいになった。

会葬者は高齢の人ばかりで二人には話しかけてこなかったため、花とソロモンは式場をただ歩き回った。

「セブンイレブンでビールを買って、うちで飲もうよ。公園に行ってもいいし」

「ビールを飲む気分じゃないんだ」

「女のあそこならどう？」

「花ちゃん！」

「堅いこと言わないの。あたしのこと、好きなんでしょ。わかってるんだから」

「どうしてそんなことばかり言ってるの」

「いい子ちゃんじゃないから。いい子ちゃんとなんてやりたくないでしょ？　初めてだもん、なおさらだよね。誰もいい子ちゃんとなんかやりたくない。別に結婚したいって言ってるわけじゃないよ、ソロモン。あんたのお金なんかなくても生きていけるから」

「何の話だよ、それ」

「最低」花はそう言い捨てると、ソロモンに背を向けて歩き出した。

ソロモンは追いかけていって花の腕をつかんだ。

花は冷ややかな笑みを向けた。さっきまでとは別人になったかのようだった。白いピーターパンカラーがついた紺色のウールのワンピースを着た花は、ソロモンよりも幼く見えた。

ソロモンの祖母ソンジャが現れた。

「おばあちゃん《ハルモニ》」ソロモンは祖母を見てほっとした。花といると胸がときめくが、同時に心がざわついて不安になる。花といるときは誰かおとながそばに一緒にいてくれるほうが安心できた。つい昨日も、花がコンビニエンスストアでチョコレートウェハースを万引きするのを見てしまった。花が店を出たあと、ソロモンは店員にウェハース分の代金を渡した。店員に責任が押しつけられるのではと心配になったからだ。父の店では、品物が消えた場合、担当の従業員が即刻解雇される。

ソンジャは二人に微笑み、ソロモンを落ち着かせようとするように腕にそっと触れた。ソロモンは困ったような顔をしていた。

「スーツがよく似合ってるわ」

「こちらは花ちゃん」ソロモンが紹介し、花はかしこまった態度で頭を下げた。

ソンジャはモーザスに用があって話しにいくところだったが、ソロモンをこの美少女と二人きりにしてはいけないような気がした。

「このあと、家でまた会えるわね?」ソンジャは確かめた。

ソロモンはうなずいた。

ソンジャが向きを変えるなり、花はソロモンを引っ張って外に出た。


コ・ハンスは歩くのに杖が必要だった。ソンジャの姿を見つけ、式場を斜めに突っ切って呼びかけた。

その声を聞くなり、ソンジャは思った――どうしてこんなときに。

「お母さんは忍耐強い人だったね。昔から思っていたよ、芯の強さではきみより上なんじゃないかと」

ソンジャは黙って彼を見つめた。死の直前、母はこう言った。ソンジャの人生をめちゃくちゃにしたのはこの男だと。しかし、本当にそうだろうか。彼はノアをソンジャに与えた。ノアを身ごもっていなければ、イサクとは結婚しなかっただろう。イサクと結婚しなければ、モーザスにも恵まれず、孫のソロモンもいなかった。コ・ハンスをもう憎みたくない。聖書の創世記で、自分を奴隷として売った兄弟と再会したヨセフは何と言った？　「あなたがたは私に悪を謀《はか》りましたが、神はそれを、良いことのための計らいとしてくださいました。それは今日のように、多くの人が生かされるためだったのです」この世の悪について尋ねたソンジャに、イサクは聖書の一節を引いてそう教えた。

「きみの様子を確かめたくてきた。何か困っていることがないかと」

「ありがとう」

「妻は死んだ」

「それはお気の毒に」

「妻と離婚できなかったのは、義父が私のボスだったからだ。義父は私を養子にした」

しばらく前にモーザスが話していた。義父が引退して、ハンスは関西全域で二番目に大きな勢力を持つ暴力団の組長になったと。

「説明してくれなくていいのよ。あなたとわたしが共有するものはもう何もないのだから。今日は来てくださってありがとう」

「なぜそう冷たい態度を取る？　いまなら私と結婚するだろうと思ったのに」

「何を言い出すの。今日は母の葬儀なのよ。なぜあなたがまだ生きていて、わたしのノアは死んでしまったの。わたしは自分の子供の葬儀にも参列できなかった――」

「あの子は私の唯一の――」

「いいえ、違うわ。ノアはわたしの息子だった。わたしだけの」

ソンジャは、杖にすがるコ・ハンスをその場に残し、足早に厨房へ向かった。どうしても涙が止まらなかった。厨房にいた女性たちがソンジャの様子に気づいて抱き締めた。見知らぬ女性が背中をそっとさすった。母の死を嘆く涙だと誰もが思った。

14

一九八〇年　横浜

それはめくるめく体験だった。ソロモンはその日まで未経験だった。花は経験豊富で、その最中はほかのことに意識を向けるようソロモンに教えた。高ぶりすぎてしまったら目をつむるようにと。花が満足するまで持たせることが大事だからだ。女の子は、一人でさっさといってしまう相手とは二度と寝ようと思わない。ソロモンは花に指示されるままに従った。彼女に心を奪われていたからというだけでなく、彼女を喜ばせたかったからだ。花を笑顔にするためなら何でもした。花は頭の回転が速く、ふるいつきたくなるような美人で、ぞくぞくするほど魅惑的だが、その反面、さみしげで不安定なところもあった。そわそわと落ち着かず、毎日酒を飲まなくてはいられない。セックスも欠かせなかった。この半年をかけてソロモンを理想の恋人に育てた。ソロモンはまだ十五歳にもならないが、花はもうじき十七歳になる。

始まりはヤンジンの葬儀の日だった。花はビールを買い、ソロモンを連れて悦子のマンションに帰った。ワンピースを脱ぎ、次にソロモンの服を脱がせた。それから自分のベッドに彼を誘い、ペニスにコンドームを着け、手ほどきを始めた。ソロモンは彼女の肉体に驚嘆し、花のほうは彼の熱意に驚嘆した。ソロモンはすぐに絶頂に達してしまったが、想定内のこととして花は怒らず、その直後から特訓を開始した。

二人は毎日のように悦子のマンションで会い、そのたびに何度も愛を交わすようになった。悦子が在宅していたためしはなく、ソロモンは祖母から訊かれると、友達と遊びにいっているとごまかした。いつもかならず夕飯に間に合うよう家に帰った。父は夕飯のテーブルには家族がそろうべきだと考えていたし、花は悦子のレストランで食事をとるからだ。

彼女と寝るようになって、ソロモンは自分が別人になったように感じた。一気に年齢を重ねたかのように、人生についてそれまでより真剣に考えるようになった。子供であることには変わりがない。それは自分でもわかっていたが、どうすれば花ともっと一緒にいられるだろうかと考えた。放課後や学校の長い休みだけではもはや足りなかった。そこで学校にいるあいだに宿題をできるかぎり片づけるようにした。そうすれば花といるとき宿題の心配をせずにすむ。父は上位の成績を期待していたし、ソロモンは優秀な生徒だった。花と離れているあいだはずっと、彼女はどこで何をしているのだろうと考えた。花の心が自分より年長の少年に移ってしまうのではと不安に駆られるときもあったが、花はそんなことはないから安心してと言った。

二人が関係を持っていることに、悦子とモーザスは気づいていなかった。花は絶対に知られちゃだめだからねと念を押した。「あたしはソロちゃんの秘密の彼女で、ソロちゃんはあたしの秘密の彼氏なんだから」

四カ月ほどたったある日の午後、ソロモンがマンションに行くと、花はベージュのランジェリーにハイヒールという姿で待っていた。『プレイボーイ』のグラビアのモデルを小柄にしたかのように見えた。

「ねえ、お金持ってる、ソロちゃん」花は尋ねた。

「持ってるけど。どうして」

「少しちょうだい。ソロちゃんが興奮しちゃうようなものを買いたいの。こういうものね。きれいでしょ」

ソロモンは花を抱き寄せようとしたが、花は左手で彼をそっと押しのけた。

「その前にお金」

ソロモンは札入れから千円札を一枚抜き取った。

「何に使うの」ソロモンは尋ねた。

「とにかくお金がいるの。もっとない？」

「あるけど」ソロモンは、小さく折りたたんで非常用に持ち歩いている五千円札を母の手札サイズの写真の裏から引き出した。万一のためにいつもいくらか余分を持っておくようにと父から言われていた。

「それ、花ちゃんにちょうだい」

ソロモンはお金を渡し、花は千円札と一緒にテーブルに置いた。

花は悦子のラジオがある棚にゆっくりと近づき、ダイヤルを回して、好きなポップソングを流している局を探した。それから前かがみになり、音楽に合わせ、ソロモンに見せつけるように尻を左右に揺らし始めた。ソロモンが近づくと、花はこちらを向いて彼のジーンズのボタンを外した。無言で彼をそばの肘掛け椅子に押し倒し、その前に膝をつく。何をする気なのか、ソロモンにはまるでわからなかった。

花はレースの縁取りのついたブラジャーのストラップを肩からすべらせ、小さなカップから乳房をすくい出して乳首をあらわにした。ソロモンは手を触れようとしたが、花はその手を払いのけた。両手で彼の尻を支えながら、彼のものを口に含んだ。

果てたところで、ソロモンは花の涙に気づいた。

「花ちゃん、どうしたの」

「もう帰って、ソロモン」

「え?」

「もうおしまい」

「僕はきみに会いに来たんだよ。どういうことなの」

「いいから帰ってよ、ソロモン! あんたはただやりたいだけの子供じゃないの! お金がいるのに、これじゃ全然足りない。どうしたらいいの」

「ねえ、何の話なの」

「いいから帰って、宿題でも片づけたら? パパやおばあちゃんと晩ご飯を食べなさいよ。男なんてみんな同じ。あたしなんか、両親が離婚した家の子供でしかない。あたしのことなんか誰も何とも思ってないんだよ。母親が街で有名な浮気女だからってだけで、あたしまでだらしない女と思われてる」

「いったい何の話なの? どうして僕に怒ってるの。僕はそんな風に思ってないよ。そんな風に思うわけがないだろ。きみも一緒にうちに来ればいい。僕が帰ったあと、お母さんのレストランに行くんだとばかり思ってたからいつも誘わなかったんだよ」

花は乳房を隠しながら羽織るものを取りにバスルームに行き、赤い浴衣風のローブを着て部屋に戻った。しばらく押し黙っていたが、やがて明日もっとお金を持ってきてと言った。

「花ちゃん、僕らは友達だよね。きみは僕の大事な人だ。僕が持ってるお金は全部あげるから。家に帰れば、誕生祝いにもらったお金があるんだけど、おばあちゃんが自分の部屋の箪笥にしまってる。いっぺんに持ち出すのはちょっとまずいんだ。でも、いったい何に使うつもりなの」

「家を出るのよ、ソロモン。もうここにはいられないの。自立しなくちゃ」

「どうして？　だめだよ、行っちゃだめだ」

毎日、昼も夜もソロモンはずっと考えていた。自分にどんな仕事ができるだろう、どうしたら花と二人で暮らせるだろう。結婚するには若すぎるが、高校を卒業すれば仕事を探して花を養っていけるだろう。ソロモンは花と結婚するつもりでいた。花は以前、こう言っていた。結婚したら絶対に離婚しない、自分の子供にはそんな仕打ちはしない。母が家を出たあと、花や兄二人はどこへ行ってものけ者扱いされたという。しかし、ソロモンの父は彼をアメリカの大学に行かせるつもりでいる。花を一人残しては行かれない。一緒に来てくれるだろうか。大学を卒業してからなら結婚できるだろう。

「あのね、ソロモちゃん、あたしは東京に行くの。東京で自分らしい生活をするの。いつまでもこんなところで十五歳の男の子が自分とやりに来るのを待ってるだけなんていやなの」

「え？」

「自分らしい生き方を探すんだよ。横浜なんて話にならないし、北海道に帰るくらいなら死んだほうがまし」

「お母さんが見つけてくれた学校じゃだめなの？」

「学校には行けない。あたしはソロちゃんみたいに頭よくないから。あたしはテレビに出たいの。ドラマに出てる女優さんみたいになりたい。だけど、お芝居のしかたなんて知らないし、歌もうまくない。ひどい音痴なの」

「じゃあ、演技や歌の勉強をすればいいよ。そういう学校だってたくさんあるよね。お母さんに相談してみようよ、そういう学校を探してって」

花の顔が一瞬だけ輝いたが、すぐにまた暗い表情に戻った。

「そんな学校通って何になるのって言われるよ。行かせてくれるわけがない。だめって言うに決まってる。それにあたし、読むのも苦手なの。女優なら、台本を読んでせりふを覚えなくちゃいけないよね。すごくお芝居の上手な女優さんのインタビューをテレビで見たんだけど、台本を何度も読んで台詞を暗記するのはたいへんだって話してた。あたしは何一つまともにできない。得意なのはセックスだけ。これから年を取って、いまみたいにきれいじゃなくなったとき、どうしたらいいの」

「きみは何歳になってもきっときれいなままだよ、花ちゃん」

花は笑った。

「馬鹿なこと言わないで。女の外見なんてあっという間に衰えるんだから。うちのママだってあんなに老けたじゃない？　ソロちゃんのパパに捨てられたらおしまいだよね。相手のレベルも下がっていく一方だろうから」

「じゃあ、お母さんのお店で働くのは？」

「やめて、死んだほうがまし。髪の毛にお醬油や油のにおいがつくでしょ、あれがいやなの。吐きそう。それに、何でもないことでいちいち文句つけてくるデブのだらしない客に朝から晩まで頭を下げるなんて、あたしは絶対にいや。ママだって客を見下してるんだよ。偽善者なの」

「悦子さんはそんな人じゃないよ」

「ママを知らないからそう言えるんだよ」

ソロモンは花の髪をなでた。花はローブの前を開いてパンティを下ろした。

「もうできる？」花は言った。「入れてほしいの。いつも二度目のほうがいいもんね、長く持つから」

ソロモンは愛撫を始めた。準備はたちまち整った。


花は毎日お金をせがみ、ソロモンは誕生祝いにもらったお金がなくなってしまうまで、祖母の簞笥から少しずつ持ち出して渡した。ソロモンがマンションに行くと、花は新しいことを試そうとした。痛みを伴う行為でも試した。上達しておかなくてはならないからだと花は言った。ソロモンの気が乗らないことでも花は何度も練習させ、何かしらの役割を演じさせた。花はポルノ映画の女優のよがり声や話し方を研究した。お金が尽きてから一週間後、ソロモンが筆箱を開けると、花の手紙が隠されていた。「いつかふさわしい女の子が見つかるよ。あたしみたいな女の子じゃなく。かならず見つかる。だけど、楽しかったよね。あたしはソロちゃんの汚れた花だよ」その日の午後、ソロモンは走って悦子のマンションに行った。花はもういなかった。次に再会したのは三年後、ソロモンが大学入学のためにニューヨークに発つ直前に、東京の有名なうなぎ店でセーターを渡されたときだった。

15

一九八五年　ニューヨーク

「いまどこにいるの」ソロモンは日本語で尋ねた。「お母さんから聞いたよ、連絡が取れないって。みんな心配してる」

「ママの話はやめて」花は言った。「ふうん、ソロちゃん、ガールフレンドがいるんだ」

「まあね」ソロモンは深く考えずに答えた。「花ちゃん、大丈夫なの？」どれほど飲んでいても、花の声はたいがいしらふのように聞こえる。

「その子のこと教えてよ。日本人？」

「違うよ」少しでも電話を長引かせたかった。いまから五年ほど前に悦子のマンションを出た花は、居場所を誰にも教えないまま東京でホステスとして働き始め、店を転々とした。悦子は尽くせるかぎりの手を尽くして探した。興信所まで雇ったが、花のいどころはそれでもつかめなかった。「花ちゃん、いまどこにいるのか教えてよ。お母さんに連絡してあげて——」

「うるさいな、カレッジ・ボーイ。まだママの話をするなら切るよ」

「花ちゃん。どうして」苦笑いをせずにいられなかった。花の意地っ張りなところさえ懐かしかった。「どうしてそんなに変わっちゃったの、花ちゃん」

「あんたはどうしてそんなに遠くに行っちゃったのよ」

花はさっきより控えめな量のワインをグラスに注いだ。液体がグラスに流れこむごぼりという音は、ソロモンにも聞こえた。東京は朝だ。花は、同僚ホステス三人と一緒に六本木に借りているちっぽけな部屋のむき出しの床に座っている。ルームメートのうち二人は、前夜のウィスキーを垂らした紅茶の酔いを眠ってさまそうとしていて、もう一人はデートに出かけたきりまだ帰宅していない。

「会いたいよ、ソロモン。あたしの懐かしいお友達に会いたい。あたしの友達はソロちゃん一人だけ。そのこと、知ってた?」

「飲んでるんだな。大丈夫なの」

「お酒が好きなのよ。飲むと幸せになれる。お酒を飲むのは得意だし」花は笑い、ほんの少しだけワインを飲んだ。ボトルのワインはもうじきなくなってしまいそうだった。「あたしはお酒とセックスが得意なの。そうでしょ?」

「ねえ、お願いだから教えてよ。いまどこにいるの」

「東京」

「まだ六本木のクラブで働いてるの?」

「そうだよ。前とは違うクラブだけど。ソロちゃんは知らないクラブ」実のところ、おとといの夜、首にされたのだが、きっとまたすぐに別の店が見つかるだろう。「あたし、すごく優秀なホステスなんだから」

「きみは何をしようと最高に優秀だろうな」

「低俗な仕事だと思ってるんだね。別にかまわないけど。体を売ってるわけじゃないし。おそろしく退屈な男の客にお酒を注いで、会話を盛り上げて、自分は惚れぼれするような男なんだって勘違いさせてあげるだけ」

「低俗な仕事だなんて言ってないよ」

「嘘つき」

「花ちゃん、学校にでも通えば。大学もきっと楽しいよ。この大学の学生より、たぶんきみのほうがよほど頭がいいと思う。アメリカに留学するといい。まず英語を勉強して、こっちの大学に願書を送るんだ。授業料はお母さんや僕の父さんが出してくれる。それはわかるよね」

「大学に行くなら、その前に高校を卒業しなくちゃ」花は辛辣《しんらつ》に言った。「ねえ、もしかしてガールフレンド、いまそこにいるの」

「いないよ。これから会う約束だけど」

「残念、今日は会えないよ、ソロちゃん。今日はあたしと話すんだから。だって、懐かしいお友達じゃない。今夜は懐かしいお友達とおしゃべりしたい気分なんだ。約束、キャンセルしてよ。あたしからまたかけ直すから」

「僕がかけるよ。それがいいな、約束はキャンセルして、僕からかけ直すよ」

「こっちの番号は教えない。ガールフレンドに電話してキャンセルして。五分後にあたしからかけ直すから」

「ねえ、元気でいるの、花ちゃん」

「会いたくてたまらないって言ってくれてもいいんだよ、ソロちゃん。前はあたしに会いたくて必死だったよね。忘れた？」

「覚えてるよ、何もかも」

三年後に再会して昼食を一緒に食べたとき、花は卒業祝いだと言ってバーバリーの濃い赤色のカシミアセーターをくれた。「マンハッタンは寒いよね。このセーター、あたしたちの炎の愛と同じ血の色をしていて暖かいよ」だが、食事のあいだ、花はソロモンに近づこうとしなかった。彼の腕にさえ触れようとしなかった。ジャスミンと白檀が混じったような素晴らしい香りを漂わせていた。

「忘れられるわけないだろ」ソロモンは静かに言った。あと五分もすればフィービーが来る。合鍵を渡してあった。

「ああ、やっと、あたしのソロモンらしくなった。あたしに飢えてるのが伝わってくる」

ソロモンは目を閉じた。花の言うとおり、これはまるで飢えだ。あのとき、花を失った悲しみを身体の痛みとして感じた。その喪失感は言葉にならなかった。フィービーを愛しているが、花に抱いていたのと同じ気持ちではない。

「花ちゃん。そろそろ話を切り上げなくちゃいけないけど、またあとで電話してもいい？　頼むから番号を教えてよ」

「だめよ、ソロモン。番号は教えない。ソロちゃんと話したくなったときあたしから電話する。そっちからはかけてこないで。誰からもかけてこないで」

「で、消えたくなったらいつでも消えるってわけだ」

「そうよ、消えたいときは消える。でもね、ソロちゃん、そっちがあたしにうんざりするなんてことも絶対にないよ。だってあたしはソロちゃんに何も求めないから。でも今日だけは特別。眠れるまで話につきあって。全然眠れないんだよ、ソロモン。どうしてかわからないけど、ずっと眠れないの。花ちゃん、疲れちゃった」

「お願いだから、お母さんに助けてもらってくれよ。僕はニューヨークだ。しかも電話番号さえ教えてくれないんだろう。なのにどうやって――」

「わかってる。わかってるよ。ソロちゃんは勉強して、世界を股にかけるビジネスマンになるんだもんね！　大金持ちのパパはそういう夢を描いてて、ソロモンはいい子ちゃんだから、パパを喜ばせてあげるんだものね！」

「花ちゃん、そんなにお酒を飲んじゃだめだよ」ソロモンは努めて冷静に言った。ここで怒った声を出したら、電話は切れ、二度とかかってこないだろう。

ドアが開いた。フィービーだった。初めは明るい顔をしていたが、ソロモンが電話中だと気づいて、困った表情を浮かべた。ソロモンは笑みを向け、隣に座ってくれと身振りで伝えた。大学の寮の部屋には幅のせまいベッドと実用一辺倒《いっぺんとう》のデスクがあるだけだが、一人部屋に入れたのは幸運だった。人差し指を唇に当ててみせると、フィービーは、またあとで来ようかと唇の動きだけで尋ねた。ソロモンは少し考えてから、首を振ってその必要はないと伝えた。

「ガールフレンドの約束をキャンセルして、あたしが眠れるまでつきあってくれる？」花が言った。「いまここにいたら、きっとあたしとやるんだろうね。あたしはソロモンに抱かれて眠るの。同じベッドで眠ったことって一度もなかった。ソロちゃんがまだ子供だったから。でももう二十歳だもんね。一人前になったのをしゃぶりたいな」

「僕にどうしてほしいの、花ちゃん。僕は何をしてあげられる？」

「ソ・ロ・モ・ン、ウル・トラ・マン。歌って。歌ってよ。お日様の歌。あたしの好きなお日様の子守歌」

「番号を教えてくれたら歌うよ」

「ママに伝えないって約束してくれなくちゃ」

「約束する。だから教えて」ソロモンはマクロ経済学の教科書の袖の部分に番号を書き留めた。

「いったん切るよ。またすぐかけるから、待ってて」

「わかった」花は弱々しい声で言った。二本目のボトルが空になっていた。眠くはないが体が重たい。手足がぐっしょりと濡れているかのようだった。「切るね。ちゃんと電話してよ。歌を聴きたい」

ソロモンが電話を切ると、フィービーが尋ねた。「どうしたの、何かあったの」

「ちょっと待って。ちょっとだけ。すぐに説明する」

父の番号にかけた。モーザスが出た。

「お父さん？　花の電話番号がわかった。ずいぶん具合が悪そうだった。電話番号を手がかりに住所を探せるかな。春樹か、悦子さんが頼んでる興信所に伝えてもらえる？　これで切るよ。すぐかけ直すって約束したんだ。酒で酔ってるか、薬でもうろうとしてるみたいな声だった」

ソロモンは書き留めた番号をダイヤルした。六本木の中華料理店につながった。

フィービーはコートを脱ぎ、その下に着ていたものも脱いで、ベッドにもぐりこんだ。黒髪が青白い鎖骨にふわりと下りた。

「誰と電話してたの」

「花。僕の義理のお母さんの娘」

「つまり、血のつながってないお姉ちゃん？　売春をしてるお姉ちゃんね」

「売春婦じゃない。ホステスだよ」

「ホステスって、お金をもらってセックスするんでしょ」

「しないよ。全員がそうってわけじゃない。そういうホステスもいる。人による」

「するとしないじゃ大違いじゃない。でも、今回もまた日本文化のトリビアを学べたわ。ありがとう」

　電話が鳴って、ソロモンはあわてて応答した。かけてきたのは悦子だった。

「ソロモン。さっきの番号。中華料理屋さんだった」

「うん、ごめん。でも、花ちゃんと話したんだよ、悦子さん。ものすごく酔っ払ってるみたいだった。前と違うクラブで働いてるって言ってた。前の店のママさんは、花ちゃんがいまどこにいるか知らないの？」

「手がかりは何もないのよ。あの子、ほかにも二軒で首になってる。わたしたちの調査があと一歩まで迫るたびに、お酒の飲みすぎを理由に首になるの」

「僕に連絡があったらすぐに知らせるから」

「そっちはいま夜？」

「そう。花ちゃん、眠れないって言ってた。お酒とクスリを一緒にやってるんじゃないかって心配だ。クラブの女の子はよくやるみたいだから」

「もう寝なさい、ソロモン。モーザスから聞いたわ。すごく成績がいいんですってね。自慢の息子だわ」悦子は言った。「おやすみ、ソロモン」


フィービーが微笑んだ。

「ふうん、じゃあ、売春婦になった腹違いのお姉ちゃんに童貞を奪われたわけね。で、そのお姉ちゃんがいま苦境にある、と」

「ずいぶんと思いやりのある言い方だね」

「いまはセックスワーカーになってる元カノが酔っ払って電話をかけてきたのに怒らないわたしって、すごく物わかりがよくて寛大な人間だって気がするけど。よほど自分に自信があるか、あなたとの関係に自信があるかのどちらかかね。それか、あなたが苦難の乙女のもとに救援に駆けつけてわたしの気持ちを傷つけるだろうってことに気がついていないお馬鹿さんなのか。だってあなた、助けたいと思ってるわよね」

「僕には救えない」

「たったいまも助けようとしたけど失敗した。向こうがあなたの助けを求めていないから。彼女、死にたいのよ」

「え？」

「決まってるでしょ、ソロモン。その苦難の乙女は死にたがってるのよ」フィービーはソロモンの前髪を押しやり、優しい目で彼の目をのぞきこんだ。それから唇にキスをした。「世界には数えきれないくらい大勢の苦難の乙女がいるの。全員を救うなんて無理」

花は二度と電話してこなかった。何カ月かのち、花が歌舞伎町のソープランドで働いているという報告が悦子のもとに届いた。興信所から花の退勤時刻を聞き、悦子は店の前で待った。若い女性が数人出てきたあと、花が最後に現れた。別人のように老けこんでいた。興信所からも、実年齢よりずっと老けて見えるから、花だとわからないかもしれないと予告されていた。花の顔は皺だらけでかさついている。化粧っ気はなく、着ているものは不潔に見えた。

「花」悦子は声をかけた。

花が気づいて反対の方角に歩き出した。

「ほっといて」

「花。待ってちょうだい、花」

「帰って」

「花。すべて忘れましょう。ゼロからやり直すの。無理に学校に行かせようとしたママが間違ってた。ごめんなさい」

「やめて」

「こんなところで働く必要はないのよ。お金はあるの」

「ママのお金なんていらない。パチンコ男のお金なんかいらないの。自分で稼げるから」

「いまどこに住んでるの。そこでゆっくり話せない？」

「断る」

「ママはあきらめないから」

「すぐあきらめるに決まってる。ママは自分勝手だから」

悦子はその場に立ち尽くした。好きなように言わせて自分が傷つけば、それで娘は救われるのかもしれないと思った。

「わたしはひどい母親ね。本当にそうだわ。許して、花。この一度だけ許して」

花の肩から大きなトートバッグが滑り落ち、タオルにくるまれたワインボトル二本が路面にぶつかってくぐもった音を立てた。花は声を上げて泣いた。両手を体の脇に垂らしたまま泣いた。悦子は地面に膝をつくと、娘の膝を抱き締めた。二度と離すものかと思った。

16

一九八九年　東京

ソロモンはふるさとに戻った喜びを噛み締めていた。トラヴィス・ブラザーズ投資銀行での仕事は期待していた以上にやり甲斐があった。報酬も、大学を出たばかりの新米には申し訳ないくらい高額で、しかも現地採用ではなく本国からの出向社員として採用してもらえたおかげで福利厚生も充実していた。人事部は、高級物件専門の不動産会社を介して南麻布にあるそこそこ広い１ＬＤＫの物件を借りてくれ、フィービーも満足げだった。日本の法律上、ソロモンは外国人であるため、雇用主のトラヴィス・ブラザーズが賃貸の保証人を引き受けた。父が横浜に所有する家で育ったソロモンには、賃貸住宅での暮らしは初めての経験だった。外国人が借り手の場合、保証人を求められるのは珍しい話ではないが、フィービーは当然ながら憤慨した。

時間をかけて説得した結果、フィービーはソロモンと東京に来ることに同意した。互いにゆくゆくは結婚するつもりでいて、日本での同居はその第一段階のつもりだった。しかしいざ東京に連れてきたとたん、かわいそうなことをしたなとソロモンは思った。ソロモンはイギリスの投資銀行の日本支社勤務だから、同僚の多くはイギリス人、アメリカ人、オーストラリア人、ニュージーランド人、それに少数の南アフリカ人で、また日本人社員も西洋風の教育を受けた人ばかりとあって、一般の日本人に比べて視野が広かった。アメリカの大学を出た在日コリアンであるソロモンは日本人でありながら外国人でもあるわけで、日本の事情に詳しく、同時に外資系企業の駐在員の金銭的特権も享受している。一方のフィービーは、家で読書をするか、東京をぶらぶら見て回るかくらいしかすることがなく、しかもソロモンはほとんど家にいないとあって、何のために彼について異国に来たのかと疑問に思い始めていた。英語を教えてみようかとも考えたが、個人教師の仕事をどうやって探せばいいのかわからない。ときおり日本人からあなたは韓国人かと悪意のない質問を受けることもあって、フィービーは過剰な反応を示した。

「アメリカじゃ韓国人も朝鮮人もないわよ。どうして韓国人か北朝鮮人かどちらかじゃなくちゃいけないの？　意味不明よ！　わたしはシアトルで生まれたの。両親がアメリカに渡ったときにはまだ、朝鮮半島は一つの国だったし」その日、偏見に満ちたことを聞かれたとソロモンに話すとき、フィービーはそんな風に叫んだ。「日本人はどうしていまだにコリアンの住人を区別しようとするわけ？　何世代も前からずっと日本に住んでる人たちなのに。あなただってこの国で生まれたのよね。そのあなたが外国人って、どういうこと？　どうかしてるわよ。お父さんだって日本生まれでしょ。なのにどうして二人とも韓国のパスポートを持ってるの。それっておかしいでしょ」

フィービーも、半島が分断されていること、日本で暮らすコリアンが在留資格を得るために南北どちらかを選べとたびたび迫られたことを知らないわけではなかった。コリアンが日本に帰化するのは以前と変わらず困難で、また帰化――かつての圧制者の国民になろうとする行為――を恥と受け止めるコリアンも少なくない。この奇妙な歴史の特異性と広く浸透した民族的偏見についてフィービーから説明されたニューヨークの友人たちは、自分たちが知っている親切で礼儀正しい日本人が、犯罪者だとか、怠惰で不潔だとか、あるいは攻撃的だとかいった、在日コリアンに対するネガティブな固定観念の混じった視線をフィービーに向けるとは信じられないと言った。「韓国と日本の仲が悪いことはみんな知ってるけど」フィービーの友人たちは、この世はすべて平等であるかのように無邪気に言う。まもなくフィービーはアメリカの友人にそういった話をするのをいっさいやめた。

在日コリアンの歴史に関してなぜフィービーがそこまで怒るのか、ソロモンには不思議だった。フィービーは、東京で三カ月暮らし、歴史書を数冊読んだだけで、日本人は永久に変わらないという結論を下した。「日本政府はいまだに戦争犯罪を認めようとしないのよ！」不思議なもので、そういった話題になるとソロモンはいつも反射的に日本を擁護した。

二人は、投資銀行の繁忙期が過ぎてゆとりができたら、一週間の予定でソウルに行ってみようと計画を立てていた。ソウルはいわば中立地帯ではないかとソロモンは期待していた。二人とも朝鮮系の移民のような存在だから、ソウルでは自然にふるまえるのではないかと思ったのだ。フィービーが朝鮮語をかなり流暢に操れることも心強かった。ソロモンの朝鮮語はお粗末もいいところだ。韓国は父と一緒に何度か訪れたが、現地の同胞から日本人と同じように扱われた。帰郷の感覚にはほど遠いが、それでもよい経験にはなった。渡航して何日かたつと、第一言語がなぜ日本語なのかを独善的で血気盛んな韓国人に理解してもらおうとするより、うまい焼き肉を楽しみにきた日本人観光客のふりをするほうが断然気楽だと思うようになった。

　ソロモンはフィービーを心から愛している。交際を始めたのは二年生のときだった。彼女のいない人生などもはや想像すらできない。それでも、日本になじめずにいるフィービーを見て、自分たちはまるで違うのだと改めて気づかされた。民族からいえば二人ともコリアンで、朝鮮半島ではない場所で生まれ育ったが、決して同じではない。ソロモンのふるさとと日本では、二人の違いがいっそう際立って感じられた。この二週間、一度もセックスをしていなかった。結婚したら、この先ずっとこうなのだろうか。それどころか、状況は悪化していくのだろうか。ソロモンはそんなことを考えながら、会場の店に向かった。

　会社の同僚たちとのポーカー・ナイトに参加するのは今夜で四度目だ。ソロモンのほかに、企業買収部門の新人、パリ出身で異人種の父母を持つルイも参加している。ほかの参加者は専務や常務だった。日によって顔ぶれが変わることもあるが、いつも六人か七人が集まる。女性は一人もいない。ソロモンはポーカーにすばらしい才能を発揮した。初めて参加した日は手堅いプレーを心がけて、勝ち越しも負け越しもせずにゲームを終えた。雰囲気に慣れた二度目は二番手で終わった。三度目は、三十五万円の賭け金をほぼ独り占めした。ほかのメンバーは納得のいかない顔をしていたが、今後のために、本気で勝とうと思えば勝てる人間だとはっきりさせておく意味はあるだろう。

　今夜はいくらか損を出して終わろうと思っていた。参加者はみな気持ちのいい人たちだ。ゲームに負けたからといって不機嫌になるようなことはない。これからもぜひ仲間に加えてもらいたいとソロモンは思っていた。そもそもソロモンを誘ったのはカモにしてやろうと考えたからだろう。しかし、ソロモンがコロンビア大学で専攻したのは経済学だが、副専攻のごとくポーカーやビリヤードの腕をひそかに磨いていたことまでは誰も知らない。

この集まりでは〝アナコンダ〟――別名〝パス・ザ・トラッシュ〟――という種類のポーカーをプレイしていた。このゲームでは、配られた札のうち、不要な札《トラッシュ》を左隣のプレイヤーに回《パ》す《ス》ことができる。一ラウンドは三枚、二ラウンドは二枚、三ラウンドで一枚。一ラウンドごとにベットが行われる。運に左右される要素が多分にあるため、下手なプレイヤーにも勝つチャンスがある。しかしソロモンが心を躍らせたのは、ベットだった。ほかのプレイヤーが賭けた《ベット》り降りたり《フォールド》する心理戦を観察するのは楽しかった。

ゲームはいつも何の変哲もない居酒屋の地下にある鏡板張りの地下階で行われた。店のオーナーはソロモンの直属の上司、トラヴィス・ブラザーズの事実上の日本支社長であるカズの友人で、酒と料理をそれなりに注文することを条件に月に一度、地下階を貸し切りにしてくれている。毎月持ち回りで誰か一人が全員分の勘定を持つ。メンバーは当初、給料の安い新人に支払わせるのは酷だろうと考えていたが、三回目にソロモンが一人勝ちしたあと、「あいつにも払わせろ」とみなの意見が変わり、今夜はソロモンが支払うことになっていた。

今夜の参加者は六人、賭け金《ポット》の総額は三十万円だった。三勝負目まで、ソロモンは無難にプレイを進めていた。まだ儲けも出ていなければ損も出していなかった。

「おい、ソロ」カズが言った。「どうした? 早くも運に見放されたか」

上司のカズは日本人で、カリフォルニア州とテキサス州への留学経験があり、オーダーメイドのスーツと洗練された東京弁とは裏腹に、話す英語は軽薄な男子大学生のそれだった。家系図は侯爵や伯爵だらけだが、戦後、華族廃止にともない身分を剝奪された。母方の祖先は将軍家の分家らしい。トラヴィス・ブラザーズでは稼ぎ頭の一人だ。前年の六つの重要案件のうち五つはカズの尽力で実現したものだった。ソロモンをポーカー大会に引き入れたのもカズだった。年長のメンバーは若造に負けるなんてプライドがと文句を言ったが、カズは競争は誰にとっても益があるといって黙らせた。

ソロモンはカズを慕っている。社内の誰もが慕っていた。カズの部下に選ばれ、さらに知る人ぞ知る月例ポーカー大会に誘われたのは幸運でしかない。カズのチームには、トラヴィス・ブラザーズに十年も勤務して、ようやく声をかけられたという社員が何人もいた。日本人は人種差別主義者だとフィービーが口にするたび、ソロモンは反論の根拠として悦子やカズの実例を挙げた。悦子は親切で人種的偏見を持たない日本人の好例だ。しかし悦子が英語をほとんど話せないせいで、フィービーは悦子の人柄のよさを理解できずにいた。カズは日本人で、しかも在日コリアンの大半よりよほど寛大にソロモンに接した。過去にはソロモンを〝ぼんぼん育ちの苦労知らず〟と冷ややかに見る在日コリアン、学校のライバルとしてしか見ない在日コリアンも少なくなかった。たしかに、コリアンを低級な人種と見下す日本人もいるが、コリアンのなかには事実、低級な人間もいる——ソロモンはフィービーにそう言った。付け加えるなら、日本人のなかにも低級な人間はいる。過去をしつこく蒸し返す必要はないとソロモンは思っている。フィービーがいつか未来に目を向けてくれるよう願うのみだ。

不要の手札を捨てて新しい札を引き、ベットする順番が来た。ソロモンは無用のダイヤの9とハートの2を捨て、ジャックと3を引いた。これでフルハウスを作れる。まだ運に見放されてはいない。カードゲームをするとき、ソロモンは自分が強く如才なくなったように感じ、何をどうしようと負けるはずがないという確信を抱く。そう思うのは、金銭への執着がないせいだろうか。こうしてゲームに参加していると爽快な気分になる。男同士の他愛のない会話も楽しかった。この手札なら、いま賭けられている金を独占できる確率が高い。見ると優に十万円はありそうだった。ソロモンは三万円をベットした。ルイと日系オーストラリア人のヤマダは降り、ソロモン、オノ、ジャンカルロ、カズが残った。オノは無表情で、ジャンカルロは耳をかいた。

オノが新たに二万円をベットし、それを見たカズとジャンカルロは即座に降りた。ジャンカルロは笑いながら残った二人に言った。「ふん、虫の好かないやつらだぜ」それからウィスキーを大きくあおった。「串に鶏肉を刺したやつ、もうないのか」

「焼き鳥か」カズが言った。「日本に何年住んでるんだ。〝串に鶏肉を刺したやつ〟の呼び名くらい覚えろよ」

ジャンカルロはカズに中指を立ててみせて笑った。短くてまっすぐな歯がのぞいた。

カズはウェイターに合図して、全員分の焼き鳥を注文した。

手札を開く時が来た。オノはツーペアだった。はったりでベットしていたのだ。

ソロモンは手札を扇状に開いた。

「くそ、こいつ、ついてるな」オノがつぶやいた。

「すみません」ソロモンは言い、慣れた手つきで賭け金を引き寄せた。

「勝って謝るな、ソロ」カズが言った。

「金をさらってくことについては謝ってくれてもいいぜ」ジャンカルロが言い、全員が笑った。

「おまえを俺のチームに引き抜きたくなった。週末は一人で調査報告書の山の整理だ。補佐につける女の子は、見た目のよくないなかから選ぶ」オノが冗談を言った。オノはマサチューセッツ工科大学で経済学の博士号を取得している。三度の離婚経験があり、現在の妻は四人目だ。再婚するたび、新しい妻はその前の妻より美人になる。エレクトロニクス関連に投資していたオノは、日本の好景気時代にけしからぬほどの大金を儲けた。その後もこうして精力的に働き続けている。オノにいわせると、身を粉にして働く理由はただ一つ——美女とのセックスには血と汗を流す価値があるからだ。

「調査が最高に面倒くさそうな案件を探してやろう。おまえのためだけにな、チビ助」オノは手をこすり合わせた。

「こいつのほうが背が高いですよ」ジャンカルロが横から口をはさむ。

「人間はサイズじゃない。地位だ」オノが言い返した。

「すみません、オノさん。許してください」ソロモンは芝居がかった動作で頭を下げた。

「心配するな、ソロ」カズが言う。「オノは優しい心の持ち主だぞ」

「甘いな。俺は根に持つタイプだし、ここぞってタイミングを見計らって復讐する」オノが言った。

　ソロモンは驚いたように眉を上げて身震いをした。「ほんの子供なんです」懇願口調で言った。「どうかお慈悲を」それから目の前に引き寄せた現金を丁寧にそろえながら付け加えた。

「情けに値する金持ちの子供です」

「そういえば、おまえの実家はものすごい金持ちだって聞いた」ジャンカルロが言った。「お父さんがパチンコ屋を経営してるんだろ」

ソロモンはうなずいた。ジャンカルロはなぜそんなことを知っているのだろう。

「昔、ハーフでセクシーな日本人の女の子とつきあったことがあって、その子がパチンコ狂だった。金のかかる子だったよ。おまえも賭け事は得意そうだな。知恵の回るコリアンの血か」ジャンカルロは言った。「その女の子は、コリアンは抜け目なくて利口だってしじゅう言ってたよ。パチンコ屋はたいがいコリアンが経営してて、日本人をカモにしてるって――いや、それにしても、その子のテクは最高だったよ、おっぱいを使って――」

「ありえない」カズが言った。「おまえがセクシーな女とつきあうなんて、ありえない」

「おっと、ばれちまったか、カズさん。実はこれ、おたくの奥さんの話なんだよ。ホットな女だったな。ほんとに――」

カズが笑った。「おい、そろそろゲームを再開するぞ」ウィスキーにソーダを注ぐ。琥珀《こはく》色が淡い金色に変わった。「ソロは公明正大にプレイして勝ったんだ」

「いやいや、悪く言うつもりはありませんよ。褒め言葉です。日本にいるコリアンは利口で金持ちだ。我らがソロモンがその代表ですよ。べつにやくざ呼ばわりしようってわけじゃない。まさか、俺に殺し屋を差し向けようなんて考えてないだろ、な、ソロ?」ジャンカルロが言った。

ソロモンは曖昧な笑みを浮かべた。その種のことを言われるのは初めてではないが、父の職業が話題になったのはいつ以来だろう。アメリカでは、パチンコが何なのかさえ誰も知らなかった。外資企業なら偏見が少ないだろうと考えた父は、この投資銀行への就職を後押しした。ジャンカルロがいま言ったことは、日本の中流階級の人々が思ったり陰で噂したりすることと何も変わらない。それでも、日本に住んで二十年になる肌の白いイタリア人の口からそのような言葉が出るとは意外だった。

ルイがカードを切り、カズがシャッフルして新たな札を配った。

ソロモンの手札にキングが三枚そろっていたが、一ラウンドにつき一枚ずつ捨て、ゲームを降りた。十万円ほど損をした。ゲームがお開きになると、居酒屋の勘定を済ませた。話があるとカズが声をかけてきて、一緒にタクシーで帰ろうと店を出た。

17

「おまえ、わざと負けただろう。キングが三枚、おまえから回ってきた」カズはソロモンに言った。二人は居酒屋の前に立っている。カズはマールボロ・ライトに火をつけた。

ソロモンは肩をすくめた。

「つまらないことをするな。ジャンカルロはただの世間知らずだ。自分の国に居場所がなくて、しかたなくアジアで暮らしてる白人の一人にすぎない。ずいぶん長く日本にいるせいで、日本人にちやほやされるのは自分が特別だからと勘違いしてる。愚かな幻想だよ。まあ、そうはいっても悪い人間じゃない。有能だしな。仕事をやっつける力はある。おまえももう気づいてると思うが、日本にいる人間は、日本人でなくても、コリアンに関しておよそ馬鹿げたことを言う。いちいち気にするな。俺がアメリカにいたころは、アジア人について阿呆かと思うようなことを言われたものさ。アジア人はみんな中国語を話すとか、毎日朝から寿司を食うとかな。アメリカ史の授業じゃ、日本人の強制収容やヒロシマの話はすっ飛ばしてまったく教えない。勝手なもんだよ」

「僕は気にしてませんから」ソロモンはタクシーを探して暗くなった通りに目をこらした。終電は三十分前に出てしまっている。「大丈夫です」

「そうか、タフガイ」カズは言った。「ついでに言っておくと、世の中には成功税ってものがある」

「成功税？」

「何かで成功したとき、同じことでそこまで成功できなかった全員に支払わなくちゃならない税金だよ。反対に失敗したときは、失敗税も支払わなくちゃならない。この世の全員が何かしら犠牲を払ってるわけだ」

カズは真剣な目でソロモンを見た。

「もちろん、平凡な人間に課される税が一番高い。かなりの痛手だ」カズはたばこを投げ捨てて腕を組んだ。「よく聞けよ。失敗税を払うはめになるのはたいがい、生まれる場所と時代を間違った人間、この惑星に必死でしがみついて爪が剝がれかけているような人間だ。この連中は、ゲームのルールさえまともに理解していない。そいつらが負けたところで腹を立てる価値はない。人生ってやつは、そういう連中をいじめていじめていじめ抜くようにできてる」カズはしかたないさというように額に皺を寄せた。世の中の不平等にいくらか怒りを感じていても、どこかでしかたないとあきらめているかのようだった。それから一つ大きく息を吸いこんだ。

「というわけで、そういう負け犬たちが地獄から這い出すのには、エベレストに登頂するくらいの努力が必要だ。五十万人に一人か二人は地上に出てこられるかもしれないが、残りは一生涯、失敗税を支払い続けたあげくに死ぬ。神が存在するなら、しかもその神が公平なら、あの世では負け犬たちのために地上よりは少しましな席を確保してやるべきだろうと思うね」

ソロモンはうなずいたが、この話がどこに向かっているのか見当もつかなかった。

カズはソロモンをまっすぐ見つめたまま言った。「しかし、健康な中流階級の人間、自分の影にもびくつくような臆病な人間は、四半期ごとに複利のついた平凡税を支払い続けることになる。無難なプレイで満足してるとな、ソロ、行き着く先はそれだぞ。だから、俺がおまえなら、どんなゲームも絶対に捨てない。チャンスは残らず利用する。自分を馬鹿にした相手は徹底的につぶす。愚かな連中に慈悲なんか無用だ。慈悲を示すに値しない相手ならなおさらだよ。臆病者は泣かせておけばいい」

「つまり、成功税は妬み、失敗税は搾取って形で課されるわけですね。なるほど」ソロモンはそういうことかというようにうなずいた。「とすると、平凡税は？　平凡な人のどこが――？」

「よくぞ訊いた、若きジェダイよ。平凡税はな、ぱっとしない人間だってことを周囲の全員に知られるという形で課される。想像する以上に重い税だぞ」

そんな風に考えたことがなかった。ソロモンは自分を特別な人間と思っているわけではないが、ぱっとしない人間だと思ったこともない。言葉にしたことがないだけで、そして明快な考えとして抱いたことがないだけで、自分は何かで成功を収めたいと心のどこかで考えているのかもしれない。

「ジェダイよ、ぜひこのことを理解しろ。自分はそのへんの人間と変わらないって自覚ほどみじめなものはない。自分は取り柄のない人間だとわかると情けなくなる。しかも日本っていうこの偉大な国――俺の華々しい祖先の全員の生まれ故郷であるこの国では、全員がほかの全員と同じになりたいと思ってる。全員がだ。そのおかげで安心して暮らせる一方で、恐竜の村みたいなものでもある。絶滅しかけてるってことだよ。自分の取り柄を磨いて、ほかの場所でそれを生かせ。おまえは若い。この国の真実を誰かが教えてやるべきだろう。日本がだめなのは、戦争に負けたからじゃないし、何か悪いことをしたからでもない。日本がだめなのは、戦争が終わったからだ。この国では平和な時代になると、誰もが月並みな人間になりたがる。人と違っていることに怯えるんだよ。もう一つ、日本人のエリート層はイギリス人に、白色人種になりたがってるということだ。軽蔑すべき話、見当違いの妄想もいいところだが、これについては話すと長くなる」

確かにそのとおりだとソロモンは思った。民族的にも日本人である知り合いはみな、実際には違うのに、自分を中流の一人だと考えている。父親が数百万、数千万円もするゴルフ場の会員権を保有しているような裕福な家庭に育った高校の同級生たちも、そろって中流意識の持ち主だった。ソロモンは一度も会えなかった伯父のノアが自殺したのはおそらく、日本人に、人並みになりたがった末のことだ。

タクシーの空車が通りかかったが、ソロモンは気づかなかった。カズがにやりと笑った。

「さて、そんなわけで、おまえを貶《おとし》めたいやつは、おまえのパパがパチンコ屋の経営者だって事実に目をつけるわけだな。しかし、なぜ他人がそんなことを知っている？」

「僕は話してません」

「誰でも知ってるんだよ、ソロ。日本にいるのは金持ちのコリアンか貧乏なコリアンのどっちかだ。金持ちのコリアンなら、家族の誰かにパチンコ関係の人物がいる」

「父はすばらしい人物です。並外れて正直な人です」

「ああ、そうだろうよ」カズは腕組みをしたままソロモンと真正面から向かい合った。

ソロモンはためらったあげくに言った。「父はやくざじゃありません。悪いことなんかしない人です。ごくふつうの実業家ですよ。税金はきちんと払ってるし、法律に違反するようなことは何一つしてません。パチンコ業界にはいかがわしい人物も確かにいますけど、父は本当に正直で誠実な人間です。パチンコ店は三つ経営してます。でも――」

カズはわかってるさといいたげにうなずいた。

「父は他人様《ひとさま》のものに手を出したことなんて一度もありません。だいたい、お金を儲けようって頭がないんです。稼いだお金もあちこちに寄付して――」

モーザスは数名の従業員の老人ホーム費用を肩代わりしていると悦子から聞いている。

「ソロ、ソロ。もういい。説明しなくていいんだよ。コリアンは職業選択の幅がせまいよな。おまえのお父さんがパチンコ業界を選んだのは、ほかの選択肢が少なかったからというだけだろうし、おそらく実業家として並外れて優秀なんだろう。おまえはポーカーが強いが、それはたまたまだと思うか？　お父さんはきっと富士フイルムやソニーにでも入れる力の持ち主なんだろうな。しかし日本企業はコリアンを採用しない。そうだろう？　コロンビア大学を出たおまえでもきっと採用されない。日本じゃコリアンが学校教師や警察官、看護師になれない自治体はいまも多い。おまえだって収入は充分なのに、東京じゃ自分の名義でアパート一つ借りられなかった。時代はもう一九八九年だってのにな。まあ、ともかくだ、そういうことに関してクールにふるまうのも一つの手だろうが、俺はどうかと思うという話だよ。俺は日本人だが、馬鹿じゃない。ずいぶん長くアメリカやヨーロッパで暮らした。日本人は、日本で生まれたコリアンや中国人に対して許しがたい対応をしてきた。あまりにもひどすぎるよな。おまえたちコリアンや中国人は抗議運動をすべきだよ。もっと声を上げなくちゃだめだ。おまえもお父さんも日本生まれなんだろう?」

　ソロモンはうなずいたが、この件についてなぜカズがここまで熱くなるのかわからなかった。

「たとえお父さんがプロの殺し屋だったとしても、俺は気にしない。密告もしない」

「父は殺し屋なんかじゃありません」

「そりゃそうだ、ソロ。殺し屋じゃない」カズはにやりとした。「さ、帰ろう。ガールフレンドが待ってるんだろ。美人で頭もいいそうじゃないか。願ってもない相手だ。最後にものをいうのはおつむのよしあしだからな、意外なもので」カズはそう言って笑った。

　それから手を挙げてタクシーを止め、先に乗れとソロモンに譲った。カズは凡百の上司ではないと聞いてはいたが、どうやら本当らしかった。


　一週間後、カズは起《た》ち上がったばかりの不動産取引プロジェクトにソロモンを加えた。そのプロジェクトではソロモンが最年少のメンバーだった。誰もが自分も加わりたいと願うような、やり甲斐のあるプロジェクトだ。トラヴィスの重要顧客の一つからの依頼で、横浜市内の土地を買い上げて世界クラスのゴルフ場を建設しようというものだ。土地の買収計画はすでにおおよそ完了していて、あと三人の地主との交渉が残っているだけだった。うち二人は価格が折り合っていないだけで交渉には応じているが、残り一人が頭痛の種だった。地主は高齢の女性で、金銭に関心がないらしく、土地を売る気はないの一点張りなのだ。その女性が所有する土地は、十一番ホールの位置にあった。クライアントが同席して開かれた朝のミーティングで、トラヴィス・ブラザーズの重役二名が今回の融資の利点について説得力のあるプレゼンテーションを行い、ソロモンは全身を耳にして聞いた。ミーティングの終了寸前、カズが何気ない口調で、問題の女性が買収に応じないせいで計画全体が滞っていると報告した。クライアントはカズに笑顔を向けて言った。「しかしまあ、おたくならかならず解決できるでしょう。こちらは心配していませんよ」

カズは愛想笑いを返した。

クライアントはそそくさと引き上げていき、ほかのプロジェクトメンバーもまもなく会議室から散っていった。ソロモンは自分のデスクに戻ろうとしたところでカズに引き留められた。

「昼休みは何か予定が入ってるのか、ソロ」

「いえ、近くで昼飯を食おうと思ってただけです。なぜです？　何かありましたか」

「ちょいとドライブに行くか」

二人を乗せた車は横浜の高齢女性の土地に向かった。灰色のコンクリート造りの建物はまだ使えそうな状態で、前庭はよく手入れがされていた。住人は留守と見える。立方体の建物の前面に松の古木が三角形の影を落とし、家の裏手を流れる小川のせせらぎがかすかに聞こえていた。以前は染物工場だった建物だが、現在は持ち主の高齢女性の自宅になっている。子供たちはみな亡くなっていて、相続人は一人もいないようだった。

「乗り気でない相手にこちらの要求をのんでもらうには、どうしたらいいとおまえは思う」カズが訊いた。

「わかりません」ソロモンは答えた。これはある種の実地調査で、カズは同伴者がほしかったのだろう。彼はどこに行くにもたいがい誰かを連れていく。

車は幅の広い埃っぽい通りの、高齢女性の土地の反対側に停まっていた。もし在宅なら、黒い大型車が自分の家から十メートルと離れていないところに停まってアイドリングしていることに気づくだろう。しかし誰も出てこなかったし、家のなかで人が動く気配もなかった。

カズは家を見つめた。

「ここが松田《まつだ》苑子《そのこ》の家か。クライアントは、俺なら松田さんを説得して買収に応じさせられるだろうと期待している」

「できそうですか」ソロモンは尋ねた。

「まあな。ただ、どう攻めていいかわからん」カズは答えた。

「馬鹿な質問かもしれませんけど、どう話を持っていったらいいのかわからないのに取引に応じさせるなんて、無理ですよね」

「まずは祈るところからさ、ソロ。まずは祈る。そこから糸口が見えてくることもある」

それからカズは、この近くのうなぎ屋に向かうよう運転手に指示した。

18

一九八九年　横浜

日曜の朝、教会で礼拝に出たあと、ソロモンとフィービーは電車で横浜の彼の実家に行った。昼食に招かれていた。

いつもどおり玄関のドアには鍵がかかっておらず、二人はドアを開けてなかに入った。実家は少し前に悦子の友人のデザイナーに頼んで改装したばかりで、アメリカ製の暗い色味の家具が並んでいたソロモンの子供時代とはがらりと雰囲気が変わっていた。内装工事では元の仕切り壁をほとんどすべて取り払い、裏庭に面して小さな窓が二つあった壁は全面が分厚いガラス張りになった。おかげでいまは玄関側からも隣家の石庭が見えた。家具は明るい色味で統一され、床は淡灰色のオーク材に張り替えられている。薪《まき》ストーブがある扇形の広い一角にぼんぼりのようなライトが無数に並び、その光がリビングルーム全体をほのかに輝かせ、整然と見せていた。反対側の隅の床に置かれた青磁色の大きな陶器の壺には、満開のレンギョウの枝が差してある。家全体が美しい仏教寺院のようだった。

モーザスが書斎から出てきて二人を迎えた。

「ようこそ！」モーザスは朝鮮語でフィービーを迎えた。実家にフィービーが来ると、三つの言語が飛び交うことになった。フィービーは親世代、祖母世代と朝鮮語で話し、ソロモンとは英語で話す。ソロモンは家族と主に日本語でやりとりし、フィービーとは英語で会話をした。互いに自分のわかる言語を部分的に訳して補い合って、コミュニケーションがどうにか成り立っている。

モーザスは玄関脇の下駄箱からスリッパを出して勧めた。

「おふくろとおばさんは一週間も前から料理にかかりきりだ。二人とも腹が減っているといいが」

「すごくいいにおいがします」フィービーが言った。「みなさんキッチンに?」

フィービーは紺色のプリーツスカートをなでつけた。

「そうだ。いや違うか。悦子は今日来られなかった。会えなくてとても残念だと言っていたよ。申し訳ないと伝言を預かった」

フィービーはうなずき、ソロモンを一瞥した。悦子はどこにいるのかと尋ねてはいけない雰囲気ではあるが、ソロモンがなぜ悦子の居場所をモーザスに尋ねないのか、フィービーには不思議だった。フィービーは悦子に興味津々だ。悦子は英語も朝鮮語もできないため、フィービーがじかに話せない唯一の相手なのだ。加えて、家族の集まりに顔を出したためしがない花にも会ってみたいと思っていた。

ソロモンはフィービーの手を取ってキッチンに案内した。家族に囲まれていると、子供に返ったかのようで、ついはしゃぎたくなる。彼の好物のいいにおいが玄関とキッチンをつなぐ廊下にまであふれ出していた。

「ソロモン、帰りました！」ソロモンは叫んだ。子供のころ、学校から帰るといつも大きな声でそう言っていた。

キョンヒとソンジャは即座に料理の手を止めて顔を上げ、満面の笑みを見せた。その表情を見て、モーザスも顔をほころばせた。

「フィービーも来てくれたのね、ソロモン！」キョンヒが言った。エプロンで手を拭い、重厚な大理石のカウンターの奥から出てきてソロモンを抱き締めた。

ソンジャも続いて出てきて、フィービーの腰に腕を回した。ソンジャはフィービーより頭一つ分背が低い。

「これ、お二人に」フィービーは、フランスの高級チョコレート店の東京支店で買ったチョコレートの箱を差し出した。

ソンジャが微笑んだ。「ありがとう」

キョンヒがさっそくリボンをほどいてなかをのぞいた。大きな箱に、チョコレートがけしたフルーツの粒が並んでいた。キョンヒはうれしそうに言った。「これ、高そう。若い人は節約して貯金しなくちゃ。でも、とてもおいしそうね！　ありがとう」

そして大げさなくらいうっとりした表情でチョコレートの香りを吸いこんだ。

「来てくれて本当にうれしいわ」ソンジャが朝鮮語で言い、フィービーの華奢な肩をしっかりと抱き寄せた。

フィービーはソロモンの家族と過ごす時間を心から楽しみにしていた。自分の家族よりこぢんまりしていて、一人ひとりの距離が近いように思える。まるで全員が継ぎ目なくつながって一つの有機体を作っているかのようだ。対照的にフィービーの家族は大人数で、色も形も違うレゴのブロックを詰めこんだ大きなバケツに似ていた。フィービーの両親はそれぞれ五人、六人のきょうだいがいて、フィービーのいとこは、カリフォルニア州に住んでいる人だけで十人を優に超えた。ほかにニューヨーク州、ニュージャージー州、ワシントンＤＣ、ワシントン州、カナダのトロントに親戚がいる。コリア系アメリカ人の男性と交際した経験が何度かあり、彼らの家族にも会ったことがあるが、ソロモンの家族はそのいずれとも違っていた。温かいのに、しごく落ち着いた雰囲気で、観察眼がきわめて鋭い。誰も何一つ見逃さないように感じられた。

「あれはパジョン？」フィービーは尋ねた。粉を水で溶いて薄切りのネギと貝柱の具を混ぜた種がボウルに入っていた。

「パジョンは好き？　ソロモンの大好物なのよ。実家のお母さん《オンマ》のパジョンはどんな味つけ？」キョンヒが訊いた。さりげない口調ではあったが、ネギと貝柱の割合に関して一家言持っている。

「母は料理はしません」フィービーはあっけらかんと言った。

「しない？」キョンヒはびっくりして息をのみ、ソンジャのほうを振り返った。ソンジャも驚いて両方の眉を吊り上げ、キョンヒと目を合わせた。

フィービーは笑った。

「わたし、ピザとハンバーガーで育ったんです。それとケンタッキー・フライド・チキン。ＫＦＣのコーンはいまでも大好き」そう言って微笑む。「母は父が経営しているクリニックで事務を担当していて、夜八時より前に家にいたためしがありませんから」

キョンヒとソンジャはうなずいたものの、完全にのみこめたわけではなかった。

「母はいつ見ても仕事をしていました。ダイニングテーブルでわたしたちが学校の宿題をやっているあいだ、隣で医療事務の書類をせっせと片づけたりして。真夜中より前にベッドに入ったことなんてないんじゃないかと――」

「じゃあ、朝鮮料理は食べなかったの」

キョンヒはそこが理解できなかった。

「週末には食べました。レストランで」

母親が働きづめで忙しかったところまでは共感できても、コリアンの母親が家族の食事を作らなかったという話は理解しがたかった。この人と結婚したら、ソロモンはいったい何を食べるのだろう。子供たちはいったい何を？

「時間がなかったのね。それはわかるわ。でも、お母さんは料理ができなかったのかしら」キョンヒがおずおずといった風に訊く。

「料理を習ったことがないんです。母方のおばさんたちも朝鮮料理は作りません」

フィービーは笑った。家族の女性たちの誰も朝鮮料理を作らないことこそ、誇るべきポイントなのだから。母にしてもおばたちにしても、料理ばかりして、人の顔さえ見れば何か食べさせようとする女性を見下しているところがあった。四人ともとても痩せている。フィービーと同じく、つねに動き回っていて、仕事に没頭するあまり食べることに関心が薄いタイプの女性だった。「わたしが一番好きなおばは、週末にディナーパーティを開くときしか料理をしません。作るのはたいがいイタリア料理です。家族で集まるときはいつもレストランに行きます」

　自分が子供のころから当たり前に思ってきた習慣を聞いて、キョンヒやソンジャがいちいち目を見開いて信じがたいという表情をするのがフィービーには意外だった。そこまで驚くような話だろうか。そもそもなぜ女は料理をしなくてはならないのだろう。フィービーが世界中の誰より好きなのは、自分の母親だった。「わたしの兄も姉も、キムチが嫌いなくらいです。母は冷蔵庫に入れておくのをいやがります――においがきついから」

「ふぅぅ」ソンジャは大きく息をついた。「あなたは根っからアメリカ人なのね。おばさんたちはみんなアメリカ人と結婚してるのかしら」

「はい、おばもおじも、みんなコリアンではない人と結婚してます。私の兄と姉の相手は、民族的にはコリアンですけど、わたしと同じようにアメリカ人です。義理の兄は弁護士をしていて、ポルトガル語は流暢に話しますが、朝鮮語は話せません。ブラジル育ちなんです。アメリカに行くとそんな人ばかりですよ」

「そうなの？」キョンヒが驚いた様子で聞き返す。

「おばさんたちはどんな人と結婚してるの」

「おばやおじの配偶者の民族はいろいろです。白人、黒人、オランダ系、ユダヤ系、フィリピン系、メキシコ系、中国系、プエルトリコ系。あとは、えーと、コリア系アメリカ人の義理のおじが一人、コリア系アメリカ人の義理のおばが三人。いとこは大勢います。みんな複数の民族が混じってます」フィービーは染み一つない白いエプロンを着けた年長の女性たちに微笑んだ。二人とも、頭のなかでメモを取っているのかと思うほど真剣な顔で彼女の話に聞き入っていた。

「感謝祭やクリスマスに集まると、すごくにぎやかなんですよ」

「フィービーの親戚の何人かと僕も会ったことがあるよ」ソロモンは口をはさんだ。祖母や大伯母の表情を見るかぎり、批判ありきではなく好奇心からフィービーの話を聞いているのは明らかだったが、結果的に彼女の家族に否定的な印象を抱くのではないかと心配だった。コリアンの女性と結婚しなさいと言われたことは一度もないが、父親と悦子の関係を二人が手放しで認めているわけではないことをソロモンは知っていた。

フライパンが熱くなるのを待ち、ソンジャは貝柱入りのパジョンの種をほんの少しだけ注いだ。縁の焼け具合を確認しながら火を弱める。ほがらかなフィービーはソロモンとお似合いだとソンジャは思う。母はよく、女の人生は苦労だと言っていたが、誰にでも温かな笑みを向けるフィービーにそんなことは絶対に言いたくない。フィービーは料理をしない。だから？ソロモンを大事にしてくれるのなら、それ以外は何がどうであろうと関係ないではないか。それでも、フィービーが子供をほしがるといいなとは思った。最近、赤ん坊を抱きたくてたまらない。戦争の心配、食べるものや住む場所の心配をしなくていい時代になったら、どれほどすばらしいだろう。ソロモンとフィービーは、ソンジャやキョンヒのように命を削って働く必要はない。子育てを純粋に楽しめるのだ。

「いつソロモンと結婚する予定？」ソンジャはフライパンに目を注いだまま言った。年を取った女にはそういうぶしつけな質問をする権利がある。とはいえ、いざ訊くとなると少し勇気がいるのもまた確かだった。

「そうよ、あなたたちはいつ結婚するの？　ぐずぐずする理由なんてないでしょう。ソンジャもわたしも、時間を持て余してるわ。赤ちゃんの世話や料理の手が足りなくて困ったら、二人で東京に引っ越そうかしらね！」キョンヒはそう言ってくすくす笑った。

ソロモンは困ったように首を振り、女たちに微笑んだ。

「僕はそろそろ失礼させてもらおうかな。書斎で父さんと男同士の話をしてるよ」

「あら、お気遣いをどうも、ソロモン」フィービーは言った。ソンジャやキョンヒの質問を不快には思わない。それどころか、フィービー自身も質問の答えをぜひとも知りたかった。

モーザスも苦笑いを浮かべ、男二人は女たちを残してキッチンを出た。

父と息子は大きな部屋の真ん中の肘掛け椅子にそれぞれ腰を下ろした。背もたれの低い大きなソファの前にガラスとステンレスのコーヒーテーブルがあり、そこに果物のバスケットやナッツのボウルが並んでいた。朝鮮語と日本語の朝刊が読みかけのまま置いてあった。

モーザスはテレビのニュース番組をつけ、音量を低くした。画面下を流れる株価情報を目で追う。二人はテレビをつけたまま話をした。

「仕事はどうだ」モーザスは訊いた。

「学校よりぜんぜん楽だよ。上司がすごくいい人でね。日本人なんだけど、カリフォルニアの大学とビジネススクールを卒業してる」

「カリフォルニアか。おまえの母さんならうらやましがっただろうな」モーザスは静かに言った。ソロモンは、とくに額から鼻にかけて、実母の裕美にそっくりだった。

「今日は悦子さんは」ソロモンはニュース番組の青い背景を見つめて訊いた。キャスターはバンコクの洪水のニュースを伝えていた。「花ちゃんの件？　元気でいるの」

モーザスはため息をついた。「悦子から聞いてくれ。電話してみるといい」

もっと詳しく知りたかったが、花とのあいだで何があったか、父は知らない。もともと父は花の話題を嫌った。悦子を動揺させてしまうからだ。

「おばあちゃんと大おばさんはフィービーが気に入っているようだな。結婚すればいいのにと思っている」

「その話なら僕も聞いたよ。五分前に」

モーザスは息子のほうに顔を向けた。「フィービーは日本に住みたがっているのか」

「わからない。日本語が話せないのがだいぶストレスになってるみたいだけど」

「これから覚えればいいさ」

それはどうかなとソロモンは思った。「仕事がしたいみたいだ。でも、日本では大学を出たばかりでいい仕事を探すのは難しいよね。しかも日本語ができない。家に引きこもってばかりいるのは、フィービーの精神衛生上あまりよくない」

モーザスはうなずいた。ソロモンの実母の裕美がやはりそんな感じだった。

「金には困ってないか」

「大丈夫だよ」ソロモンは父の心配そうな様子がおかしくなった。「いい会社に入れたからね。ああ、そうだ、父さん、松田苑子さんっていう年取った女の人、知ってる？　横浜の古い染物工場を所有してる人だ。後藤さんの家の近くの」

「知らないな」モーザスは首を振った。「なんでだ?」

「上司のカズさんがいま、不動産取引をまとめようとしてるんだけど、その松田さんって人は土地を手放そうとしないんだ。おかげで取引全体が中断しちゃってる。それで、父さんに誰か知り合いがいないかなと思ってさ。横浜には大勢知り合いがいるだろう」

「その女性は知らないが、ちょっと調べてみるくらいはできる。そのくらいは楽勝だろう」モーザスは答えた。「おまえの上司は、その女性に土地を売ってもらいたいわけだな」

「そう。ゴルフ場開発計画なんだけど、あとはその人の土地さえ譲ってもらえればってところまで来て、頓挫しかけてる」

「ふむ、なるほどな。よくある話だ。後藤さんか春樹に問い合わせてみよう。どっちかが調べられると思うぞ。後藤さんはついこのあいだ、パチンコ店の最後の一軒を手放したところだ。いまは解体と建設、不動産しか手がけていない。一緒にやろうと言ってくれてるが、俺は忙しくてな。この年齢《とし》になると、新しいことを始めるのは楽じゃない。パチンコ業界には詳しいが、後藤さんの事業に関してはまるきりしろうとだ」

「父さんも店を売却したら? それで隠居するとか。もう生活には困らないんでしょう。パチンコ店の経営は重労働だ」

「何だと? 店をやめろって? 飯が食えたのも、おまえが学校に行けたのも、パチンコのおかげだぞ。それに、隠居するにはまだ早すぎる」

ソロモンは肩をすくめた。

「それに、俺が店を手放したらどうなると思う? 新しいオーナーは、いまいる従業員を解雇するかもしれない。年齢の行ったやつらは次の仕事を見つけられないだろう。それに、パチンコ台を製造してる企業も頭を抱えることになる。日本ではな、自動車製造よりパチンコのほうが業界規模がでかいんだ」

モーザスは話すのをやめ、ニュース番組の音量を上げた。話題は円相場に移っていた。

ソロモンはうなずき、自分もテレビを見つめて為替《かわせ》レートのニュースに意識を向けようとした。父は自分の職業を恥ずかしいとはかけらも思っていない様子だった。

モーザスは息子の浮かない顔を一瞥した。

「今夜にでも後藤さんに電話して、その女性の件を訊いてやるよ。上司は、土地を売ってもらおうとしてるんだな?」

「訊いてみてもらえると助かるよ。ありがとう、父さん」

月曜の午後、会社にいたソロモンにモーザスから電話があった。後藤と連絡が取れたという。例の高齢の女性は在日コリアン、しかも保守的な総連支持者で、子供たちは平壌《ピョンヤン》に帰ってそこで亡くなっている。〝松田〟は通名だ。日本人には土地を売りたくないと言っているが、後藤の意見では、ただ意地になっているだけらしい。後藤になら土地を売ってくれそうだという。もし立場が逆だったら、後藤もコリアンである彼女になら土地を売るだろうからだ。というわけで、まず後藤が松田から土地を購入し、同じ価格でカズのクライアントに転売するということではどうか。

ソロモンは電話を切るなりカズのオフィスに走り、吉報を伝えた。

カズは黙って最後まで聞いたあと、両手を組んで微笑んだ。

「でかしたぞ、ジェダイ。できるやつを見分ける俺の目はやはり確かだったな」

19

一九八九年　東京

こんな病状でも、花はやはり浮ついた態度を取らずにいられなかった。

「来ちゃだめだったのに。あたし、グロテスクでしょ。再会するときはきれいなあたしでいたかった」

「会いたかったんだ。それに花ちゃん、きみはきれいだよ。いつだってきれいだ」ソロモンは微笑み、変わり果てた花の姿を目の当たりにした驚きを押し隠した。悦子からあらかじめ聞いてはいたが、あれだけ美しかった花の面影はもうどこにもない。赤いかさぶただらけの顔、ほとんど抜け落ちてしまった髪。病院の青い薄手の上掛けをすかして、骨と皮ばかりに痩せ衰えていることも見て取れた。

「ママが言ってた。ガールフレンドを東京まで連れてきたんだってね」花が言った。以前と変わっていないのは声だけだ。ただからかっているだけなのかもしれないが、声の調子からは判断がつかない。「いつかあたしのところに戻ってくるだろうと思ってたのに。その人と結婚するんでしょ。もちろん許そうって気はあるよ。あんたの初恋の人はあたしだって知ってるから」

カーテンを閉ざし、天井灯も消された病室をほのかに照らしているのはベッド脇に取りつけられたワット数の低い裸電球一つきりで、外はよく晴れているのに、まるで夜のように暗かった。

「で、あとどのくらいで元気になるの」ソロモンは訊いた。

「来て、ソロモン」花は小枝のように痩せた青白い右腕を挙げ、死神の杖のように振って手招きした。「会えなくてほんとにさみしかったよ。あの夏、一人で東京に出たりしてなかったら……きっと無理にでも結婚してもらったのに。だけど結婚してたら、あんたの人生までだいなしにしちゃってたね――あたしは何だってだめにしちゃうの。何だってだめになっちゃう」

ソロモンはベッド脇の固い椅子に腰を下ろした。効く薬はもうないのだと悦子から聞いていた。あと数週間、よくて二カ月と医師は言っている。花の首筋や肩に赤黒い傷跡が見えた。左手はきれいだが、右手は顔と同じように乾ききっている。かつてあれほど美しい外見をしていたことを思うと、この状態はいっそう残酷なものに思えた。

「花ちゃん、アメリカに行って治療を受けたらどうかな。向こうのほうが医療技術がずっと進んでるし、この病気の治療にも――」現実が見えないふりをするこの愚かしいゲームを続けるのはいやだと思った。こうして花の言葉を聞き、同じ部屋に座って、いまの彼女は彼の前から姿を消してしまうことさえできないのだなと考えていると、花の抗しがたい魅力、花のまばゆさがいっそう鮮烈に思い出された。ソロモンは彼女の魔力にとらわれていた。そして不思議なことに、いまになってもまだたくさんの感情が湧いてきた。彼女が死ぬなんて信じられない。彼女を抱き上げ、そのままニューヨークに連れていってしまいたいと思った。アメリカに行きさえすれば、直せないものなどない気がした。しかし日本にいると、困難に終わりはない。しょうがない、しょうがない――その言葉を何度聞いたことだろう。しょうがない。ソロモンの母は、その表現を嫌っていたと聞く。いま、母の怒りをソロモンも理解した。そのあきらめ文化は、母の信念を、母の願いを踏みにじった。

「ねえ、ソロモン。アメリカになんて行きたくない」花は大きく息をついた。「もう生きていたくないの。もういつでも死ねるんだよ。わかる？　死にたいと思ったことはある、ソロモン？　あたしはずっとずっと死にたいと思い続けてたのに、それを口に出す勇気も、実行する勇気もなかった。あんたならあたしを救えたかもしれないね。だけどさすがのあんたにも、最高にすてきなあたしのソロちゃんにも、あたしを救うのは無理だったと思う。死にたいときは誰にでもある。そうだよね」

「あの夏、きみがいなくなった年の夏。僕は死にたいと思った」ソロモンはそう言ったきり黙りこんだ。この話は誰にも打ち明けたことがなかった。あのころを自分でも忘れているときさえある。しかし花と再会して、記憶はいっそう鋭く、悪意をもって斬りかかってきた。

花は眉間に皺を寄せて泣き出した。

「もしあのまま一緒にいたら、あたしたち、お互いを愛しすぎてたと思う。あたしはきっとあんたを傷つけてた。わかるでしょ。あたしは善良な人間じゃないのよ。でもあんたは善良な人だよね。だからあたしとなんか一緒にいちゃいけないの。そういう単純なことなんだよ。アメリカで生命保険に入るための健康診断を受けたばかりなんでしょ。ママから聞いた。悪いところはなかったって。それを聞いてうれしかった。あたしが傷つけたいと思わなかった唯一の人がソロモンだから。ガールフレンドもとてもいい子で、同じくらい学歴もあるんだって話もママから聞いた。その子が美人だとしても、あたしには言わないで。外見は醜いけど、内面がきれいな子だってことにして。コリアンだっていうことは聞いてる。すてきだね、ソロモン。すてきな巡り合わせだよ。その子と結婚しなさいよ。育ってきた環境が似た人と結婚するのが幸せなんだと思うの。そのほうが人生はずっと楽だろうから。ソロモンにコリアンの子供が三人か四人いるところを思い描くことにする——コリアン特有のきれいな肌と髪をした子供たち。ソロモンの髪はすごくきれいだもの。お母さんにも会ってみたかったな。女の子が生まれたら、あたしの名前をつけてよ。あたしは子供を持てそうにないから。小さな花ちゃんを大事にするって約束して。その子を見たらあたしを思い出すって約束して」

「もうやめて」ソロモンは静かに言った。花が言うとおりにするはずがないとわかっていたが、言った。「お願いだから。もうやめて。やめてくれ」

「あたしが本気で愛した人はソロモンだけだってわかってくれてるよね。初恋の人をいつまでも忘れないなんて馬鹿みたいだって前は思ってたけど、ソロモンに会って、その気持ちが初めて理解できた。あたし、数えきれないくらいたくさんの人と寝てきたよ、ソロモン。ろくでもない人ばかりだった。そういう人たちに嫌なことをたくさん許してきた。いまはみんな後悔してる。あたしがソロモンを愛したのは、ソロモンがまっすぐな人だから」

「花ちゃん、きみだってまっすぐな人だよ」

花は首を振った。しかしほんの一瞬だけ、その顔を穏やかな表情がよぎったように見えた。

「ママが家を出たあと、大勢の男の子と悪いことをした。東京に来た理由もそれだった。ソロモンと会うまで、あたしは怒りばかりためこんでたの。ソロモンといるようになって、そんな怒りをずいぶん忘れた。だけど完全には忘れられなくて、東京に出てホステスの仕事を始めた。誰のことも愛したくなかった。そのあとソロモンがアメリカに行っちゃって、あたしは、あたしは――」花の言葉が途切れた。「ものすごくたくさんお酒を飲んで、きっとソロモンが探しに来てくれるって信じた。アメリカの映画みたいに。あたしが住んでるアパートを探し当てて、非常はしごを登って部屋の窓から入ってきて、あたしをさらってくれると思ってたの。同僚の女の子たちにもいつも言ってたよ。きっとソロモンが迎えにきてくれるって。どの子も、ソロモンがあたしを迎えにきてくれるのを一緒に待ってた」

ソロモンは花の唇を見つめていた。この世の誰よりきれいな唇をしている。

「気持ち悪いでしょ」

「何が」ソロモンはいきなり頬を張られたようにびくりとした。

「これ」花は顎の傷を指さした。

「違うよ、そこを見てたんじゃない」

花は信じなかった。目が小さく震え、花は枕に頭を戻した。

「ごめん、ソロモン。疲れちゃった。また会いに来てくれるよね」

「来るよ。約束する」ソロモンは言い、椅子から立ち上がった。

デスクに戻ってからも花のことが頭を離れなかった。悦子はなぜ助けてやれなかったのだろう。心の奥で何かがうずいた。その痛みは覚えのあるものだった。書類を広げて読んでも何一つ頭に入ってこない。ゴルフ場のプロジェクトの融資計画を作成しなくてはならないのに、エクセルの使い方を忘れてしまったかのようだった。あの年の夏、花が姿を消していなかったらどうなっていただろう。やはりニューヨークに行っていただろうか、あれほど長い期間、離ればなれでいられただろうか。

フィービーは結婚を望んでいる。ソロモンもそのことは知っているが、フィービーのほうからその話をすることはない。プライドの高いフィービーは、ソロモンから申しこまれるのを待っている。そのとき廊下のほうからカズの声が聞こえ、ソロモンは顔を上げた。すぐそこにカズが立っていた。同じ部屋の同僚はみな外出中だった。カズはドアを閉め、ソロモンのデスクのそばにある飾り棚に近づくと、それと巨大な窓のあいだのスペースに立った。

「彼女が死んだぞ」カズが言った。

「はい？　だけど、ついさっき会ったばかりですよ」

「誰の話だ？」

「花です。父から連絡があったんですか」

「誰の話をしているのか知らんが、例の女性、松田さんが死んだ。体裁がよくない。クライアントがあの土地をぜひ買収してくれと言ったのは事実だが、売り渋っている地主が数日後に死ぬとは思っていなかったはずだ」

「え？」ソロモンは目をしばたたいた。「売主の女性が亡くなったんですか」

「そうだ。彼女がきみのお父さんの友人の後藤さんに土地を売却し、うちのクライアントが後藤さんから購入した。うちのクライアントが何か悪いことをしたわけじゃないが、うさんくさく見えるのは確かだ。わかるな」カズはソロモンの表情を探るように見ながら、落ち着き払った抑揚のない声で言った。飾り棚から阪神タイガースのロゴ入り野球ボールを取って軽く投げ上げ、受け止めた。

「死因は何だったんです？」

「わからん。心臓発作か、脳卒中か。詳しいことは誰も知らない。どうやら姪が二人いるようでね。その二人が騒ぐかもしれない。警察が動かないともかぎらない」

「きっと病気か何かで亡くなったんですよ。だって、年齢を考えたら」

「そうだな。おそらくはそうだろう。しかし、クライアントは今回のプロジェクトを一時棚上げしたいと言ってきている。来年の春、新規株式の公開を計画していて、今回のことが表沙汰になると悪影響が及びかねない」

「新規株式の公開？」

「いや、おまえには関係のない話だ」カズは息を吐き出した。「ソロ、おまえには辞めてもらわなくちゃならん。悪いな。本当に悪いと思ってる」

「え？　僕が何をしたっていうんです」

「こうするしかないんだよ。ほかにケリのつけようがない。おまえのお父さんの友人は、今回の土地取引にあまりにも積極的に動きすぎた。そうだろう？」

「でも何の証拠もないわけだし、起きてもいない犯罪をうちの父の友人に押しつけるつもりですか。後藤さんがその女性に何かしたなんて――」

「おまえのお父さんの友人を責めるつもりはないよ。しかし土地の売却を渋っていた女性が急死したという事実は動かない。先方に売る気がなかったことは誰もが知ってる。ところが売却したとたん、死んだわけだろう」

「だけど、後藤さんは大金を出してあの土地を買ったんですよ。市場価格どおりの額を申し出たから、それに後藤さんが在日コリアンだから、売ってもらえたんです。相手がコリアンなら売ってもいいといって。そうやって迂回すれば売ってもらえるだろうって話になったんじゃないですか。後藤さんは、そんな理由で高齢の女性を殺したりするはずがありません。昔からずっと貧しい人たちに手を差し伸べてきた人なんですよ。いったいどうしてそんなことを言い出すんです？　後藤さんは、父や僕の頼みだから――」

カズはボールを両手で握ってカーペットを見つめた。

「ソロ、それ以上何も言うな。わかるか？　警察は経緯を調べようとするだろう。事件性なしと判断されるかもしれないが、クライアントは完全に震え上がってるんだよ。彼らはゴルフ場を建設しようとしていた。やくざと関わり合いになるつもりなどなかった。株主総会でつるし上げに遭うかもしれない。わかるだろう？」

「やくざ？　後藤さんはやくざじゃありません」

カズはうなずき、ボールをまた投げ上げて受け止めた。

「今回のプロジェクトにはケチがついた。当面は保留ということになるだろう。クライアントにとって金銭的に大打撃だろうし、うちの一流投資銀行としての評判にも傷がつく。俺の評判も――」

「でも、クライアントは土地を手に入れたわけでしょう」

「そうだな、しかし死人が出るはずじゃなかった。俺だってそんなことは望んでなかった」カズは苦虫を噛みつぶしたような顔をした。

ソロモンは首を振った。頭に思い浮かぶのは、後藤をまじえて過ごしたときのことばかりだった。大勢のガールフレンドとののろけ話を聞かされたことが何度あっただろう。後藤の世界観は驚くほど明快だった。偉大な人物だと父はいつも言っている。他人のために力を尽くすこと、他人を率いていくことは何かを本当に理解している真の武士だと。外山春樹の母親の制服ビジネスを一から育て上げたのも後藤だ。幼い息子を二人抱えたシングルマザーに同情を感じてしたことだった。ソロモンの父によれば、後藤は昔から貧しい人々に手を差し伸べてきたが、それを自慢したことは一度もない。土地の所有者だった女性が死んだのは、後藤が何かしたからではないかなどと考えるのはどうかしている。女性が後藤に土地を売ったのは、りっぱな在日コリアンの実業家という評判があったからこそだ。そのくらいのことは誰もが知っている。

「人事の人間が廊下で待っている。投資銀行で働くのはこれが初めてだから手順を知らないだろうが、解雇された場合、即座に建物から出なくてはならない。社内セキュリティの関係だ。悪いな」

「でも、僕が何をしたっていうんです」

「プロジェクトが頓挫して、大人数のチームは必要なくなった。人物推薦状なら喜んで書くよ。俺の名前をどこで出してくれてもかまわない。俺がおまえの未来の就職先に今回の話をすることはない」

ソロモンは椅子の背に力なくもたれ、カズを見つめた。カズは歯を食いしばっていた。ソロモンは少しためらってから言った。

「初めからそのつもりで僕をプロジェクトに加えたんですね。在日コリアンの女性の土地を手に入れる手段として。初めから――」

カズは野球ボールを棚に戻して出口に向かった。

「ソロモン。俺はおまえに仕事をやったんだ。仕事にありつけて幸運だったと思え」

ソロモンは両手で口もとを覆った。

「おまえはいいやつだよ、ソロモン。金融業界での前途は有望だ。しかしうちに必要な人材じゃない。在日コリアンはすぐにそう言い出しがちだが、差別だとほのめかそうとしているなら、それは間違ってるし、俺を見そこなっている。差別どころか、ほかに大勢いる日本人を差し置いて選ばれたんだぞ。俺はコリアンと仕事をするのが好きだ。そのことはみな知っている。おまえは俺のお気に入りの部下らしいとうちの部門の全員が思っていた。解雇などしたくなかった。単におまえのお父さんのやり口が気に入らないだけだ」

「父の？　でも、父は今回のことに何も関係ありません」

「そうだな。後藤という人物が勝手にしたことだ」カズは言った。「おまえの言うとおりなんだろう。わかってるさ。さて、幸運を祈ってるよ、ソロモン」

カズはドアを開け、待機していた人事部の女性二人を招き入れたあと、次の会議に向かった。

人事からの説明はあっという間に終わった。ソロモンの耳にはラジオの雑音にしか聞こえなかった。身分証の返却を求められ、ソロモンはロボットのように差し出した。フィービーに電話して説明しなくてはと思いながらも、頭に浮かぶのはやはり花のことばかりだった。新鮮な空気が吸いたい。白い段ボール箱に私物を放りこんだ。野球のボールは飾り棚に置いたままにした。

人事の女性に付き添われてエレベーターに乗った。私物の箱を宅配便で自宅に送ろうと言われたが、ソロモンは断った。全面ガラス張りの会議室にポーカー大会のメンバーがそろっているのに、カズだけはいなかった。ソロモンが白い箱を抱えていることにジャンカルロが気づき、笑みとも受け取れる表情をこちらに向けたが、すぐにまた向こうを向いて会話に戻った。ソロモンは建物を出てタクシーを拾い、横浜まで行ってくれと頼んだ。駅まで歩く自信がなかった。

20

一九八九年　横浜

横浜中華街近くにあるエンパイア・カフェは、昔ながらのカレーライスを食べさせる店だ。子供のころ、ソロモンはよく土曜の夜に父に連れられてこの店に来た。父モーザスはいまも毎週水曜に後藤や外山春樹と三人で会ってカレーを食べている。カレーは五種類あるが、ビールは一銘柄しかない。お茶と福神漬は取り放題。いつ見ても不機嫌そうなコックはスパイス使いがうまく、彼の作るカレーは横浜一うまかった。

ランチタイムがとうに終わった夕方のカフェはがら空きで、厨房のすぐ手前のテーブルを旧友三人が囲んでいるだけだった。後藤はピエロのように滑稽な表情と大げさな身振りをまじえていつもの笑い話を披露し、モーザスと春樹は辛いカレーとビールを口に運びながら、ときおりうなずいたり微笑んだりして、後藤に先を続けるよう促した。

湿気を吸って動きの悪くなった入り口のドアを押し開けると、ソロモンの頭上で鈴がちりんと薄っぺらい音を鳴らした。

客の帰ったあとのテーブルを片づけていた小柄なウェイトレスは、振り返りもせずに呼ばわった。「いらっしゃいませ」

新しく入ってきたのが息子だと気づいて、モーザスは驚いた。ソロモンは三人に向けて会釈をした。

「おい、会社はサボったんか」モーザスが笑みを作ると、目の周りに深い皺が刻まれた。

「いいぞ、いいぞ。仕事なんかサボってまえ」後藤はソロモンとの再会を喜んで相好《そうごう》を崩した。「週末まで会社に出てるって聞いたで。そんなの、おまえみたいな生きのいい若者のやることやない。女のスカートを追い回すのに忙しいくらいでないと。俺にそれだけの身長と学歴があったら、日本中の女が同情の的になるやろうな。おまえみたいな気の弱いやつがショック死しそうなペースで女を悲しませるやろうから」

後藤はそう言って両手をこすり合わせた。

春樹は無言でソロモンの顔の下半分を観察していた。こわばっているように見える。ソロモンの唇は薄くゆがんだ線を作っていた。一方の春樹の顔は赤い。小瓶の半分でもビールを飲むと、鼻も頬も耳もたちまち真っ赤になってしまう。

「ソロモン、座れよ」春樹は言った。「何かあったんか」

春樹は空いた椅子に置いていたブリーフケースを床に下ろした。

「実は──」ソロモンはそこまで言って大きく息を吐き出した。

モーザスが息子に尋ねた。「腹は減ってへんか。俺たちがここでおばちゃんたちみたいに噂話に花を咲かせてるって悦子から聞いて来たんか」

ソロモンは首を振った。

モーザスは息子の腕に手を置いた。今日ソロモンが着ている紺色のスーツは、ニューヨークに留学中の息子を訪ねたときブルックス・ブラザーズで買ってやったものだ。アメリカの高級衣料品店で息子の就職面接用のスーツをはじめ必要なものを好きなだけ買ってやれるのは、最高にいい気分だった。金があってうれしいのはそれだ。必要なものを何だって子供に買ってやれる。

「ま、カレーでも食え」モーザスは言った。

ソロモンは首を振った。

後藤が眉をひそめ、手を振ってウェイトレスを呼び寄せた。

「恭子ちゃん、こいつにお茶を持ってきてやってくれる」

ソロモンは顔を上げ、父のかつての雇用主を見つめた。

「後藤さん。何から話していいのか」

「いいから何でも言うてみ。どうしてん」

「上司のカズさんが、あの女性、ほら、土地を売ってくれた人ですけど、あの人が亡くなったって。本当ですか」

「それなら本当だよ。葬式にも行った」後藤が言った。「相当な年齢《とし》やったからな。心臓発作やとさ。姪が二人いて、莫大な遺産はその二人が相続した。そろっていい女や。一人は既婚で、一人は離婚してる。二人ともな、肌がきれいなんや。額が広くてつるっとして。コリアンらしい顔や。母やおばを思い出したわ」

ウェイトレスがお茶を運んできて、ソロモンは背の低い茶色の碗を両手で包みこんだ。ソロモンが思い出せるかぎり、エンパイア・カフェではずっと同じ茶碗を使っている。

春樹がソロモンを起こそうとするようにそっと肩を叩いた。

「誰やて？　誰が死んだって？」

「女性です。在日コリアンのおばあちゃん。後藤さんに土地を売った人です。上司のクライアントがその人が所有してた土地を買収しようとしたんですけど、日本人には売りたくないって断られたんです。それで後藤さんが代わりに買ってくれて、クライアントに転売しました。ところがその直後に女性が亡くなって、クライアントはプロジェクトそのものを保留にしたいと言い出したそうなんです。株式を公開するのにイメージが悪いとか、警察の捜査が入るかもしれないからといって」

春樹はモーザスをちらりと見た。モーザスも負けず劣らず困惑した表情をしていた。

「亡くなったって？　ほんまに？」モーザスは後藤を見やった。後藤は黙ってうなずいた。

「九十三歳のばあさんや。土地を俺に売却した二日後にぽっくり。そやけど、土地の件と死んだことはまるで無関係や」後藤は肩をすくめた。それからウェイトレスにウィンクをし、グラスを軽く叩いてビールのおかわりをくれと伝えた。モーザスと春樹のグラスを指したが、二人はもういらないと首を振った。春樹はグラスの口を手でふさいだ。

「いくらで買《こ》うたんです」モーザスが訊いた。

「ええ値段を払《はろ》うたよ。といっても、べらぼうな額やない。そのままソロモンの会社のクライアントとやらに売った。きっかり同じ金額でな。ソロモンの上司に売買契約書を送ってある。俺は一円たりとも儲けてない。ソロモンの初の手柄やもんな、そやから――」

モーザスと春樹はうなずいた。後藤がソロモンのキャリアを利用して儲けようとするなど、ありえない。

「クライアントは得したはずです。おばあさんとじかに売買してたら、もっとずっと高い額で買うしかなかっただろうから」ソロモンはゆっくりと言った。この場にカズがいて聞いているかのように。

「あの土地は絶対に手に入れられへんかったやろう。クライアントは日本人やから。死んだばあさんは、何度話を持ちかけられても頑として応じなかった。クライアントとやらは、買い叩こうって気満々やったしな」後藤は信じられない話だというようになった。「で、そのクライアントは、ゴルフ場を作るのをやめると言い出したっちゅうわけか。ふん、そんなの嘘に決まってる」

「カズさんによると、プロジェクトが保留になったのは、よくないニュースのせいで株式公開に悪いイメージがつきかねないからだとか」

「よくないニュース？　あのばあさんはな、安らかにあの世に行ったんやで。まあ、コリアンの臭いを洗い流すのに時間はかかるかもしれへんけどな」後藤は皮肉めいた調子で言った。

「ほんまに、いやになるで」

　春樹が眉をひそめた。「その女性の死に疑わしい点があるんなら、僕の耳に入っているはずや。僕が何も知らへんってことは、警察には相談一つ寄せられてへんって断言できる」

「いいか、もう終わった話なんや。どっかのチンケな野郎が人を利用して一儲け企んだんやとしても、放っときゃええわ。こっちもおこぼれに与《あずか》れるやろうなんて期待してへんかったしな。そやけど、これだけは言わせてくれ。そいつにはもうだまされへん。生きてるかぎり、俺はそいつから絶対に目を離さへんからな」後藤は大きく息を吸いこんだ。それからふっと穏やかな表情に戻ってソロモンに笑みを向けた。

「な、それよりソロモン、カレーでも食って、アメリカから来たっていうガールフレンド、フィービーの話を聞かせてや。俺はな、昔からアメリカに行ってみたかったんや。向こうの女に会ってみたかった。みんな美人やもんな。すごい美人ぞろいや」後藤は舌なめずりをした。「ケツのでかいアメリカの金髪美女と一度つきおうてみたいわ！」

みな笑みを浮かべたが、さっきまでとは違い、声を出して笑うことはなかった。ソロモンは慰めようがないほど暗い顔をしていた。

ウェイトレスがビールのおかわりを注いだ小さなグラスを運んできて後藤の前に置き、厨房に戻っていった。後藤はその後ろ姿を目で追った。

「ありゃ痩せすぎやな」後藤は黒く染めたオールバックの髪を小麦色に焼けた両手でなでつけた。

「僕、クビになったんだ」ソロモンがつぶやいた。

「何やて？」三人が同時に言った。「なんでまた」

「カズさんにいわせると、クライアントはプロジェクトを保留にしたわけだから、僕はもう必要ないって。それに万が一、警察が——」ソロモンは〝やくざ〟という言葉をのみこんだ。こんな話をしていいのか、ふいにわからなくなった。父が犯罪者と関わるはずがないが、それにしても春樹の前でこんな話をしていいものか。春樹は日本人だし、横浜の警察のベテラン刑事だ。犯罪者と友人づきあいをすることなど絶対にないだろう。やくざという言葉を出したとたん、二人を怒らせることになったにちがいない。

後藤はソロモンの表情をまじまじと見てから、そうとわからないくらい小さくうなずいた。ソロモンがなぜ急に黙りこんだのか、事情を察したのだ。

「その女性は火葬されたんかな」春樹が訊いた。

「たぶんな。そやけど、コリアンのなかには土葬を好む人もおる」モーザスは言った。

「そやな」春樹が言った。

「なあソロモン、その女性は病気で死んだんや。姪がそう言ってるんや、心臓発作やったって。九十三歳のばあさんやで。俺は関係ないよ。いいか、おまえの上司はな、俺が殺したなんて本気で思ってるわけとちゃうはずや。仮にそう疑ってるなら、おっかなくておまえをクビになんかできるわけあらへん。俺がそいつも始末するかもしれないわけやろう。そやけど、テレビドラマじゃあるまいし。な、そいつはおまえのコネを利用するだけ利用したあと、適当ないいわけをでっち上げておまえをクビにしたんや。クライアントのほうは、コリアンがらみのきなくさい話をなかったことにしたかったんやろう」

「金融業界でまたいい仕事が見つかるって。安心しろ」モーザスが言った。

しかし後藤は見るからに腹立たしげだった。「薄汚い銀行でなんか、もう二度と働くな」

「いや、ソロモンは経済学を専攻したんですから。アメリカの銀行に就職するためにアメリカに留学したんです」

「トラヴィス・ブラザーズはイギリスの銀行だよ」ソロモンは言った。

「そやな、それがあかんかったのかもしれへん。次はアメリカの銀行にしろ。アメリカの投資銀行ならいくらでもあるやろう」モーザスは言った。

ソロモンは申し訳ない気持ちでいっぱいだった。自分はここにいる三人に育てられたようなものだ。三人がどれほどがっかりしているか、痛いほど伝わってきた。

「僕のことは心配しないで。別の仕事を探すから。貯金もあるし。じゃあ、そろそろ帰ります」ソロモンは立ち上がった。「お父さんの事務所に荷物を預かってもらったんだ。あとで東京の僕の家に送ってもらえない？　大したものは入ってないけど」

モーザスはうなずいた。

「それより車で送っていこか。車なら東京なんてすぐや」

「いや、いいよ。電車で帰る。そのほうが早いから。そろそろフィービーが心配してるだろうし」


フィービーは電話に出なかったため、ソロモンはもう一度病院に顔を出した。花は起きていた。ラジオからポピュラー音楽が流れていた。病室はあいかわらず暗いが、ダンス系のヒット曲のおかげで、ナイトクラブに来たかのように陽気な空気が流れていた。

「もう来たの、ソロモン。よほどあたしに会いたかったんだね」

ソロモンはすべてを打ち明けた。花は口をはさまずに最後まで聞いた。

「パパの会社を継げばいいのに」

「パチンコ？」

「そう、パチンコ。何がいけないの？　パチンコを悪く言うつまんない人たちもたしかにいるけど、そんなの、妬んでるだけ。ソロモンのパパは正直な人だよね。悪いことをする人だったらもっとお金持ちになれたかもしれない。でも、いまだって充分お金持ちだよ。後藤さんだっていい人でしょ。やくざなんだとしても、誰がいちいち気にするの？　あたしは関係ないと思うな。たとえ本人はやくざじゃないとしても、やくざの知り合いはたくさんいるだろうし。世界は汚いところだよ、ソロモン。汚れてない人なんてどこにもいない。生きてるだけで人は汚れていくの。興銀だの日銀だのに勤めてる、いいとこのお坊ちゃんだって人にも大勢会ったけど、ベッドのなかじゃえげつないことばかりするんだから。仕事でえげつないことをする人もたくさんいるけど、誰一人捕まらないよね。あたしが寝た相手の大部分は、チャンスがあれば他人のものを盗むような人ばかり。臆病だから、まっとうな野心なんて持ち合わせてない。ねえ、ソロモン、いつまで待ったってこの国は何一つ変わらないよ。そうでしょ？」

「それ、どういう意味？」

「ほんと、お馬鹿さんだな」花は笑った。「ただし、あたしのかわいいお馬鹿さんだけど」

花にからかわれて、ソロモンはふいに泣きたくなった。花がいなくなったらと思うと、いまから寂しくてたまらない。これほどの孤独を感じたのは生まれて初めてだった。

「日本はこれからも何一つ変わらない。ガイジン差別がなくなることはないよ。それにね、あたしのソロちゃん、あんたは未来永劫、ガイジンのままなの。日本人になることはない。わかる？　在日はこの国で生きるしかないんだよ。しかもそれは在日だけに限ったことじゃない。うちのママみたいな人は二度と社会に受け入れてもらえないでしょ。日本人なのにね！　あたしはこの病気を老舗《しにせ》の貿易会社を経営してる日本人からうつされた。その人はもう死んじゃった。あたしが病気になっても、誰一人同情なんかしない。この病院のお医者さんだって、早く死ねばいいのにくらいに思ってるのがわかる。だから聞いて、ソロモン。アメリカなんか行かないでここにいたほうがいい。パパの会社を継いで、ものすごいお金持ちになりなよ。どんなことだってできるようなお金持ちになってよ。ただし、あたしのかわいいソロちゃん、世間があたしたちを受け入れるなんてことは絶対にないからね。あたしの言ってること、わかる？」

花はソロモンをまっすぐに見つめた。「とにかくあたしの言うとおりにして」

「でも、お父さんは僕に継がせようと思ってないよ。後藤さんでさえ店をみんな売って、いまは不動産の仕事だけを続けてる。お父さんは僕にアメリカの投資銀行に就職してほしいと思ってるんだ」

「就職してどうするの、カズみたいになるの？　あたしはカズみたいな人を大勢知ってるの。ソロモンのパパのお尻を拭くちり紙にもしたくないような人ばかりだよ」

「銀行にはまっとうな人だっている」

「パチンコ業界にだってまっとうな人はいる。たとえばお父さんみたいな」

「花ちゃんはうちのお父さんが嫌いなんだと思ってた」

「あの人ね、あたしがここに入院してから毎週日曜にお見舞いに来てくれてるんだよ。うちのママがそのあいだ休めるように。あたしが眠ったふりをしてると、ときどきね、ソロちゃんのパパ、そこの椅子に座ってあたしのために祈ってくれてるの。あたしは神様を信じてないけど、それは関係ないんだろうな。あたしのために祈ってくれる人なんて、これまで一人もいなかったよ、ソロモン」

ソロモンは目を閉じてうなずいた。

「おばあちゃんのソンジャと大おばさんのキョンヒも、土曜に来てくれるの。知らなかったでしょ。あの二人もあたしのために祈ってくれる。キリストがどうのって話はあたしにはよくわからないけど、病気のとき誰かに触れてもらうと、なんだか心が洗われるような気がするの。ここの看護師も怖がってあたしには触ろうとしないのに、ソンジャはあたしの手を握っててくれるし、キョンヒはあたしが熱っぽいのに気づいて冷たいタオルを額に当ててくれたりする。すごく優しくしてくれるんだよ。あたし、こんなに悪い人間なのに――」

「きみは悪い人間なんかじゃない。そんな風に言わないで」

「だけど、ひどいことをたくさんしたんだよ」花は乾いた声で言った。「ホステスをしてたとき、同僚の女の子にクスリを売ったの。その子はそれをやりすぎて死んだ。あたしは大勢の男の人たちからお金を盗んだ。数えきれないくらい嘘をついてきた」

ソロモンは黙っていた。

「これは当然の罰なの」

「そんなことない。ウィルスのせいだ。誰だって病気にはなる」

ソロモンは花の額をなでてキスをした。

「いいの、ソロモン。もう悪いことはしない。これまでのダメな人生を振り返る時間はたっぷりあったから」

「花ちゃん――」

「言わないで、ソロモン。あたしたちはこれからもずっとお友達。ね？」

花はベッドに横たわったまま、スカートをつまむような手つきで毛布の端をつまみ、深々とお辞儀をする真似をした。いまもしなやかな身のこなしに、いつものコケティッシュな気配がわずかに感じ取れた。このささやかな瞬間を永遠に記憶にとどめたいとソロモンは思った。

「またね、ソロモン」

「うん、またね」ソロモンは言った。花と会ったのはそれが最後になった。

21

一九八九年　東京

「わたしは最初からあの人、嫌いだった」フィービーが言った。「気持ち悪いくらい愛想がよかったじゃない？」

「僕の目は節穴だったたってことか。僕はカズが好きだったたわけだから」ソロモンは言った。「それにしても、カズとは一瞬会っただけなのに、よくそこまでわかったね。だって、三越で偶然会ったとき、二分くらい話したきりだろ。カズが嫌いだなんて僕には一度も言わなかったし」

　レンタルした革張りの肘掛け椅子に力なく座ったソロモンは、フィービーの顔をまともに見られずにいた。どういう反応を予想していたのか自分でもわからないが、解雇を伝えられたフィービーは意外なほど冷静だった。どこか喜んでいるようにさえ見えた。フィービーは窓際に置いたベンチに膝を抱えて座っていた。

「僕はカズが好きだった」ソロモンは言った。

「ソロモン、あなたは利用されたのよ」

　ソロモンは彼女の落ち着き払った横顔をちらりと見た。それからまた肘掛け椅子の背に頭を預けた。

「あいつはクソ野郎よ」

「ありがとう、慰めてくれて」

「わたしはあなたの味方よ」

　ベンチから立ち上がって彼のそばに座るべきだろうか。フィービーは迷った。哀れんでいると勘違いされたくない。姉から昔よくこう言われた。男は哀れまれるのを嫌がる。男が求めるのは同情と敬意だ――かならずしも簡単な組み合わせではないが。

「とんだ食わせ者だったってこと。聞こえのいいことばかり並べてあなたを油断させた。面倒見のいい大学の先輩みたいなふり、あなたを〝かわいい後輩〟と思ってる芝居をした。ね、男子学生同士のそういうシステムって、いまもあるの？　友愛会の先輩後輩の関係ってほんと気持ち悪い」フィービーはうんざりした表情で天井を見上げた。

　ソロモンは呆然とした。三越百貨店の食堂街でカズと挨拶を交わしただけなのに、フィービーはソロモンとカズの関係全体をみごとに要約してみせた。なぜそんな芸当ができるのだろう。

　フィービーは膝小僧を胸に引き寄せ、左右の手を組んだ。

「カズが気に入らないのは、日本人だから？」

「怒らないでね。日本人はみんな信用できないって思ってるわけじゃないけど、信用していいのかどうかわからない。太平洋戦争の本の読みすぎだって言うんでしょ。わかってる。わかってる。わたしの言ってること、ちょっと偏見が入ってるよね」

「〝ちょっと〟？　日本人だって苦しんだんだよ。長崎の原爆。広島も。それにアメリカの日系人は強制収容された。ドイツ系アメリカ人は収容されなかったのに。それはどう説明するの」

「ソロモン、東京にはもううんざりなの。お願いだからアメリカに帰らない？　ニューヨークに戻れば、誰もがうらやむような仕事がいくらでも見つかるわ。あなたは何をやらせても優等生なんだから。あなたみたいに面接を上手にこなす人はほかにいない」

「アメリカの就労ビザを持ってない」

「市民権を得る手段はほかにもあるのよ」フィービーはにっこりと笑った。

フィービーはソロモンの家族から、彼はフィービーとの結婚を望んでいる、彼女と結婚すべきだと何度も遠回しに言われていた。一度もそう言わずにいるのは、当のソロモン一人だけだった。

ソロモンは肘掛け椅子の背に頭を預けたまま動かずにいる。天井をにらみつけているのがフィービーからも見えた。フィービーはベンチから立ち上がり、玄関のクローゼットに向かった。扉を開け、スーツケースを二つとも引き出した。板張りの床を転がるキャスターが大きな音を立て、ソロモンがはっと頭を起こした。

「ちょっと、何する気？」

「わたしは帰る」フィービーは言った。

「よせよ」

「いま気づいた。あなたと一緒に日本に来たと同時に、わたしは人生を捨てたようなものだなって。でも、人生を捨てるまでの価値はあなたにはなかったなって」

「どうして急にそんなこと言い出すの」

ソロモンは立ち上がり、たったいまフィービーが立っていたところに行った。フィービーはスーツケースを引いて寝室に入り、静かにドアを閉めた。

引き留める資格が自分にあるだろうか。自分は彼女とは結婚しない。成田空港で飛行機を降りた瞬間からそうわかっていたようなものだった。大学でフィービーと出会ったとき、彼女の自信に満ちたところや冷静さに惹かれた。アメリカにいたあいだは、何があっても動じない点が彼女の一番の魅力と思えたが、東京に来たとたん、同じ性質が冷淡さや傲慢《ごうまん》さとすり替わって見えるようになった。日本に来て人生を捨てたようなものというのは事実だろうが、結婚が解決になるとは思えない。

それに、〝日本人はみな悪《あく》〟という思いこみ。もちろん、日本にはいやな人間もいるが、それは世界中どこに行ったって同じだろう。東京に来てフィービーが変わってしまったのか、それとも彼女に対する自分の見方が変わったのか。それまでは結婚を申しこむ気になりかけていた。なのにいま、結婚して市民権を取る手段もあるとフィービーが口に出した瞬間、自分はアメリカ人になりたいと思っていないらしいとソロモンは気づいた。アメリカの市民権を取るほうが賢明ではあるだろう。父も喜ぶに違いない。しかし、日本人になるよりアメリカ人になるほうが本当にいいのだろうか。日本に帰化した在日コリアンの知り合いもソロモンにはいて、帰化はそれなりに筋の通った話ではあるが、いますぐ日本人になりたいとは思わなかった――いつかそうするかもしれないにしても。もちろん、フィービーの言うとおりだ。日本生まれなのに、パスポートは韓国発行のものというのは奇妙な状態だ。だから、帰化の可能性を否定する気はない。コリアンのなかには帰化を考慮するなど理解できないという者もいるだろうが、ソロモンはもはや抵抗を感じなくなっていた。

カズはクソ野郎だった。しかし、だから何だ？　彼はたまたまいやな人間だった。たまたま日本人だった。もしかしたら、アメリカで教育を受けた結果なのかもしれない。たとえ百人の悪い日本人がいても、よい日本人が一人でもいるのなら、十把一絡《じっぱひとから》げの結論は出したくないとソロモンは思う。悦子は彼にとって母親代わりの存在だ。初恋の人は花だった。外山春樹のことはおじのように慕っている。三人とも日本人で、そしてとびきり善良な人たちだ。フィービーはソロモンほどには三人のことを知らない。なのに、理解しろというほうが無理だろう。

日本人はそう考えないとしても、ある意味ではソロモンだって日本人なのだ。フィービーの目にはその事実が見えない。人が何者であるかを決めるのは血だけではない。フィービーと彼のあいだに横たわる溝を埋めるのは不可能だ。それならば、彼女を母国に帰らせること、それこそが彼にできる誠実な決断だろう。

ソロモンはキッチンでコーヒーを淹れた。カップを二つ出して注ぎ、寝室に向かった。

「フィービー、入ってもいいかな」

「鍵は開いてる」

床に広げたスーツケースは、どちらもたたんだり細長く丸めたりした衣類でいっぱいになっていた。クローゼットはほとんど空っぽだ。長いポールにはソロモンのダークスーツ五着とワイシャツ六枚が並んでいるだけで、一メートル以上のスペースが空いていた。クローゼットの床の大半は、まだ整然と並べられたフィービーの靴に占領されていた。ほとんどが黒か茶の革の靴だが、ピンク色のエスパドリーユが一足だけまじり、やけにガーリーな顔つきで目立っていた。大学三年生のとき、ダンスパーティに二人で出かけ、フィービーは一一一丁目とブロードウェイの角から寮まで裸足で歩いて帰る羽目になった。このピンク色のエスパドリーユの幅が細すぎてひどい靴ずれができたからだ。

「この靴、どうしてまだ持ってるの」

「よけいなお世話よ、ソロモン」フィービーがふいに泣き出した。

「僕、何か悪いこと言った？」

「自分をこれほど馬鹿みたいに思うのって生まれて初めて。どうして日本になんか来たのかしら」フィービーは深いため息をついた。

ソロモンは彼女を見つめた。どう慰めていいかわからない。彼女が怖かった。ひょっとしたら、ずっと彼女を恐れていたのかもしれない。彼女の喜びを、怒りを、悲しみを、胸の高鳴りを。彼女の感情の揺れ幅は大きい。レンタルのベッドとフロアランプしかないがらんとした部屋で、フィービーだけがスポットライトに照らされているかのようだった。ニューヨークではあれほど生き生きと輝いて見えたのに、ここではぎらぎらと悪目立ちするばかりだ。

「ごめん」ソロモンは言った。

「やめて。自分が悪いなんて思ってないくせに」

ソロモンはカーペット敷きの床にあぐらをかいて座り、長い背中をせまい壁にもたせかけた。ペンキを塗ったばかりの壁にはまだ何も飾っていなかった。絵画も何もないのは、壁に釘の穴が残ると大家に罰金を取られるからだ。

「悪かった」ソロモンはもう一度言った。

フィービーはエスパドリーユを床から拾い上げると、あふれかけたくず入れに放りこんだ。

「親父の会社で働こうかと思ってる」ソロモンは言った。

「パチンコってこと?」

「そう」ソロモンは自分を納得させるようにうなずいた。口に出したとたん、他人事のように遠く思えた。

「お父さんがそうしなさいって?」

「いや。親父はそうしてほしいとは考えてないと思う」

フィービーは首を振った。

「でも、会社を継いでもいいかなって」

「それ冗談よね」

「いや」

フィービーはそれきり無言で荷造りを続けた。意識的に彼を無視している。ソロモンはそんな彼女を目で追い続けた。彼女はきれいというよりかわいく、美しいというよりはきれいだ。華奢な胴体、すらりと伸びた首、ボブカットの髪、知的な目がソロモンは好きだった。ジョークを聞いて笑うとき、その笑い声は心から出た本物だった。どんなことも恐れていないように見えた。どんなことも可能だと考えていた。彼女の気持ちを変えることができるだろうか。自分の気持ちは変わるだろうか。荷造りは、大げさな芝居にすぎないのかもしれない。女性について、自分は何を知っているというのだ? 深く交際した相手はたった二人しかいない。

フィービーはセーターをまた一枚丸め、高くなる一方の山のてっぺんに載せた。

「パチンコ。それなら話は簡単ね」長い沈黙のあと、フィービーは言った。「わたしはここでは暮らせないわ、ソロモン。たとえあなたが結婚したいと言ってくれたとしても、ここで暮らすのは無理なの。ここにいたら息が詰まりそう」

「日本に到着した日の夜、頭痛薬のボトルの指示が読めなくて、きみが泣き出したことがあった。あの時点でわかってでもよさそうなものだった」

フィービーは別のセーターを手に取ったものの、それをどうしていいかわからなくなったかのように凝視した。

「僕を見限るしかないよ」ソロモンは言った。

「そうね、そうみたい」


翌朝、フィービーは出発した。前だけを見て去っていったのは実にフィービーらしかった。ソロモンは電車で空港まで見送りにいった。気まずい雰囲気ではなかったが、フィービーは文字どおり一晩のうちに別人になっていた。悲しそうでも、怒っている風でもなかった。親友同士のような態度だった。むしろ以前より強くなったように見えた。さよならのハグは許したものの、おしゃべりは短く切り上げようと二人の意見が一致した。

「こうするのが一番」フィービーは言い、ソロモンは彼女の決意の前に自分の無力を感じた。

それからソロモンは電車で横浜に向かった。

父の質素な事務室は灰色のスチール棚に囲まれている。壁際の飾り棚にまで書類の山が積まれていた。重要書類や日々の領収書を保管するための金庫が三つ、背の高い窓の下に並んでいた。モーザスは、三十年以上にわたってデスクとして使いこんだ傷だらけのオーク材のテーブルの奥に座っていた。ノアはこのテーブルで早稲田めざして受験勉強をした。東京に引っ越したとき置いていったものをモーザスが譲り受けた。

「お父さん」

「おう、ソロモン」モーザスが言った。「どうした、何かあったか」

「フィービーが帰国した」

父にそう伝えたとたん、実感が湧いた。ソロモンは空いた椅子に腰を下ろした。

「何だって？　どうして。おまえがクビになったからか」

「違う。彼女とは結婚できない。それに、僕はアメリカより日本で暮らしたいと言ったんだ。パチンコ業界で働くって」

「え？　パチンコ？　だめだ。だめに決まってるだろう」モーザスは首を振った。「また銀行に就職しろ。そのためにコロンビア大学に行ったんだろうが」

モーザスは額に手を当てた。息子の宣言に心の底から困惑していた。

「いい子なのに。結婚するものとばかり思ってたぞ」

モーザスはデスクのこちら側に来ると、息子にティッシュを差し出した。

「パチンコ業界で働く？　本気か」

「本気だよ。だめ？」ソロモンは鼻をかんだ。

「やめたほうがいい。世間からどう見られるか、おまえは知らないからそんなことを言う」

「世間で言われてることはどれも間違ってるよね。お父さんは正直な商売をする人だ。税金だってちゃんと払ってるし、営業許可や何かもみんなきちんと取ってるし、それに――」

「そうだな、俺はまっとうにやってる。それでも世間はいろいろ言う。俺たちが何をどうやろうと、これからもひどいことを言われ続けるだろう。俺にとってはそれがふつうだ。俺は取るに足りない人間だから、それでいい。だがおまえがこんな仕事をする必要はない。俺は兄貴と違って学校の成績がよくなかった。得意なのは、走り回っていろんなトラブルを解決することだった。金を儲けることだった。汚い商売は絶対にしなかったし、うさんくさい連中には近づかないようにしてきた。後藤さんから教わったんだよ、悪い連中と関わってもろくなことはないとな。しかしソロモン、この商売は楽じゃないぞ。パチンコ台をちょっといじったり、新しい台を注文したり、人を雇って店を任せたりするだけじゃない。失敗の危険がいつもそこらじゅうに転がってる。倒産した会社は数えきれないくらいあるんだぞ」

「どうして僕に同じ仕事をさせたくないの」

「小学校からインターナショナルスクールに通わせたのは、誰にも――」モーザスはいったん言葉を切った。「俺の息子が誰からも見下されることがないようにと思ったからだ」

「お父さん。いいんだよ。どう思われたって関係ない」父のこんな顔は見たことがなかった。

「俺が働いて金を儲けたのも、それで一人前の男と認められると思ったからだった。金持ちになれば、他人から尊重されると思ったから」

ソロモンは父を見てうなずいた。父が自分自身のために金を使うことはめったにないが、従業員の結婚式や葬儀には金を惜しまず、従業員の子供の学費まで肩代わりしていた。

モーザスの顔がふいに輝いた。

「まだ間に合うんじゃないか、ソロモン。フィービーが家に着いたころを見計らって電話しろ。悪かったと謝るんだ。おまえのお母さんはフィービーに似ていた——意志が強くて、頭がよくて」

「僕はここで暮らしたい」ソロモンは言った。「フィービーはここでは暮らせない」

「そうか」

ソロモンは父のデスク代わりのテーブルから帳簿を引き寄せた。

「さっそく見方を教えてくれない、お父さん」

モーザスは一瞬動きを止めたあと、帳簿を開いた。


月の初めの日だった。目覚めたとき、ソンジャの心は乱れていた。またハンスの夢を見た。このところハンスがよく夢に現れる。ソンジャがまだ少女だったころの記憶にあるとおり、白い麻のスーツと白い革靴という身なりをしている。そしていつも同じことを言う。「きみは私のものだ。きみは私の愛しいひとだ」そこで目が覚めて、自分が恥ずかしくなる。彼のことなどとっくに忘れていていいはずなのに。

朝食をすませ、イサクの墓参りに霊園へ出かけた。いつものように、キョンヒが一緒に行こうと言ってくれたが、ソンジャは大丈夫だと断った。

二人は祭祀《チェサ》をしない。キリスト教では祖先崇拝が禁じられているからだ。それでも二人は、いまも亡父や祖先と話をしたいと思う。亡くなった人々に話しかけ、アドバイスを求めたい。伝統的な祭祀ができないのが物足りず、ソンジャは定期的に墓参りに出向いた。不思議なもので、イサクが生きていたころより、いまのほうが彼を近くに感じる。生きていたころは、夫を、夫の善良さを畏怖《いふ》していた。死んでしまったあとは、それまでより親しみやすく感じた。

横浜から列車に乗って大阪駅で降り、三年前から見かけるようになったコリアンの女性の露店で象牙色の菊を買った。イサクの説明によれば、死とは神のもとへ召されることであり、人の本当の体は天国に行く。だから遺骸がどうなろうと関係ない。土の下で眠る遺骸に好物や線香や花を供えても無意味だ。頭を下げる必要はない、神の前では誰もが平等なのだからとイサクは言った。それでもソンジャは、何か美しいものを墓前に供えずにいられなかった。生きていたころ、イサクは何一つ彼女に求めなかった。いま彼を思い出すとき、記憶から鮮明によみがえってくるのは、神がお造りになった美しいものを心から愛する人の姿だった。

イサクが火葬されなかったことをソンジャはありがたく思っている。父親と再会する場所を息子たちに与えたかったからだ。モーザスは頻繁に墓参りに来ている。姿を消す前はノアもソンジャと一緒に墓参りに来ていた。息子たちもやはりイサクと話をしたのだろうか。本人たちに訊いてみようとは一度も考えなかったが、いまとなってはもう遅すぎる。

最近は墓参りに来るたび、イサクが生きていたらノアの死をどう受け止めただろうかと考える。イサクなら、きっとノアの苦しみを理解しただろう。ノアにどんな言葉をかけてやればいいか、イサクなら知っていただろう。ノアの奥さんはノアの遺体を火葬した。だから墓参りに行っても、そこには遺灰があるだけだ。ソンジャはほかに誰もいないとき、ノアに話しかける。

かぼちゃ味のタフィーがとてもおいしかったといったごく小さなことをきっかけに、いまはお金に困っていないこと、子供のころノアが好きだったものを買ってやれなかったことを思って、申し訳ない気持ちになる。ごめんね、ノア。ごめんね。ノアが死んで十一年がたった。悲しみが癒えることはないが、あれほど鋭かった痛みは、海で砂にもまれたガラス片のように鈍く丸くなった。

ソンジャはノアの葬儀に参列しなかった。ノアは奥さんや子供たちにソンジャのことを隠そうとしていたからだ。それに、悔やんでも悔やみきれないことをすでにしてしまっていた。もしあんな風に押しかけたりしていなかったら、ノアはいまも生きていたかもしれない。ハンスも葬儀に行かなかった。もし生きていたら、ノアは今年五十六歳になるはずだ。

前夜見た夢のなかでハンスがまた会いに来てくれて、ソンジャは有頂天になった。二人は影島《ヨンド》の懐かしい実家のそばの浜で会い、おしゃべりをした。その夢を思い出すと、別の誰かの人生を眺めているような気持ちになった。イサクとノアは死んでしまったのに、ハンスはまだ生きているなんて、そんなことがあっていいのだろうか。不公平ではないのか。ハンスは東京のどこかの病院にいて、二十四時間、看護師や娘たちに見守られている。ソンジャが彼に会うことはもうなくなった。会いたいとも思わない。夢に出てきたハンスは、彼女が少女のころに知っていた彼と同じように活力に満ちていた。ソンジャが恋い焦がれている相手はハンスではない。イサクでさえなかった。夢で繰り返し見るものは、自分の若さだ。自分の始まり、自分が抱いていた望みだ。それがあって、いまの自分がある。ハンスとイサクとノアがいなかったら、はるばるこの国にやってくることはなかった。おばちゃん《アジュンマ》になってからの歳月にも、日々の暮らしを越えてきらめくように美しい瞬間、輝かしい時間はあった。たとえ誰の目にもとまらずに過ぎたとしても、それは確かに存在した。

慰めもある。大切に愛した人は、どんなときもそばにいるのだとソンジャは学んだ。駅の売店や書店のウィンドウの前を通りかかったとき、幼かったノアの小さな手の感触がよみがえることがある。ソンジャは目を閉じて草のような甘いノアの香りを鼻の奥に感じ、ノアはどんなことにも全力を尽くす子だったと思い出す。そういうとき、独り占めできることに幸せを感じながら、その小さな手を握り締める。

駅からタクシーに乗って霊園に行き、何列もの墓のあいだを歩いて、よく手入れされたイサクの墓の前に来た。掃除の必要はなかったが、亡夫と話す前に大理石の墓石をきれいに拭うのがソンジャの習慣だった。膝をつき、このために持参したきれいな雑巾を使って平らで四角い墓石の拭き掃除をした。イサクの名は日本語と朝鮮語の両方で刻まれている。一九〇七－一九四四。きれいになった白大理石は、太陽を浴びて温かかった。

本当に優雅で美しい人だった。実家の下働きの少女たちのうっとりした目をソンジャはいまも覚えている。ボクヒとドクヒは、あれほど端正な顔をした男性を初めて見たのだ。モーザスはどちらかといえば母親似の平凡な顔立ちをしているが、背筋の伸びた身のこなしや堂々とした歩き方はイサクそのままだった。

「あなた《ヨボ》」ソンジャは話しかけた。「モーザスは元気よ。先週、電話があってね。ソロモンは例の外資系の銀行から解雇されてしまって、今度はモーザスの会社で働きたいって言ってるんですって。びっくりでしょう。あなたなら何て言うかしらね」

静寂に励まされて、ソンジャは続けた。

「あなたがいま――」そう言いかけて口をつぐんだ。管理人の内田《うちだ》の姿が見えたからだ。ソンジャは黒いウールのパンツスーツで座っていた。地べたに置いたバッグをちらりと見た。七十歳の誕生日に悦子がプレゼントしてくれた高価なブランドもののバッグだった。

管理人はソンジャの前で足を止めてお辞儀をした。ソンジャもお辞儀を返した。

それから年下の礼儀正しい男性に微笑んだ。四十歳か四十五歳といったところだろうが、管理人のほうがモーザスより若く見える。管理人の目にソンジャはどう映っているだろう。長年、日差しにさらされた肌には深い皺が刻まれている。短い髪は輝くように真っ白だ。気にしないことだ――七十三歳なんてまだまだ若い。管理人は、ソンジャが朝鮮語でぼそぼそつぶやいているのを聞きつけたのだろうか。もともと日本語はあまり話せなかったが、菓子店をたたんで以来、せっかく覚えたわずかな言葉も忘れてしまった。まるきり通じないということはないが、日本語を母語としている人の前ではどうしても無口になってしまう。管理人はレーキを拾って立ち去った。

ソンジャは白い墓石に両手を置いた。そうすればイサクに触れられるというように。

「私たちがこれからどうなるのか、教えてもらえたらいいのに。ノアがいまあなたのそばにいると示してくれたらいいのに」

数列先で、管理人が墓石の周囲に吹き寄せられた枯れ葉を掃き掃除していた。ときおり顔を上げてソンジャのほうを見る。そうやって意識されていると、墓に話しかけにくくなった。もう少しこうしていたかった。やることがあってぐずぐずしているふりをしようと、ソンジャはキャンバスの袋を開けて汚れた雑巾をしまった。その拍子にバッグの底のキーホルダーが目についた。家の鍵がついたキーホルダーに、親指くらいの大きさのノアとモーザスの写真が入ったアクリルケースが下がっている。

ソンジャは静かに泣いた。涙を止められなかった。

「あの、朴さん」

「はい？」顔を上げると、管理人がすぐそこに立っていた。

「飲み物でもどうです。管理事務所の魔法瓶にお茶があります。高級なお茶じゃありませんけど、温かいですよ」

「いいえ。でも、ありがとう。ここ来る人、みんな泣くでしょう」ソンジャは片言の日本語で言った。

「実を言うと、めったに人は来ないんですよ。でも朴さんのご家族はよく来られてますよね。息子さんが二人と、お孫さんが一人いらっしゃるんでしょう。ソロモンさん。モーザスさんは、一月か二月に一度いらっしゃいます。ノアさんを見かけへんようになって、そろそろ十一年になりますやろか。でもそれまでは毎月最後の木曜にいらしてました。ノアさんを見かけたら、ああ今日は木曜日やな、と。ノアさんはお元気ですか。とても親切な方ですよね」

「ノア、来てた？　一九七八年より前？」

「はい」

「一九六三年から一九七八年？」ノアが長野にいたはずの期間だ。日本語が間違っていませんようにと思いながら、もう一度、同じ数字を繰り返した。キーホルダーに下がったノアの写真を指さす。「この人、来てた？」

管理人は写真を見てきっぱりとうなずいた。それから空を見上げ、頭のなかのカレンダーに目をこらしているような表情をした。

「ええ、そうです、そうです。いまおっしゃった期間にいらしてましたよ。その前にも。ノアさんから、学校に行きなさいと言われました。その気があるんやったら学費は出すとまで」

「ほんと？」

「ええ。でも私は言うたんです。この頭はひょうたんみたいに空っぽやから、せっかく学校に行かせてもろても無駄になってしまいますって。それにこの仕事が気に入ってるんです。ここは静かやし、来る人はみな親切です。ノアさんは、自分が来ていることは内緒にしてくれとおっしゃってましたが、もう十年以上、一度も見かけていません。もしかしたらイギリスにでも引っ越されたんかなと思ってました。優れた本を読みなさいと言うて、イギリスの偉大な作家、チャールズ・ディケンズの翻訳書を持ってきてくれはったんですよ」

「ノアは……息子は、死にました」

管理人はかすかに唇を開いた。

「ノア——ノア」ソンジャは静かに繰り返した。

「悲しいです、朴さん。亡くなったなんて。本当に」管理人はわびしげな顔で言った。「もらった本は全部読みましたと伝えたかったのに。自分でほかの本も買いましたと。ディケンズの作品は翻訳で全部読みましたが、一番好きなのは、ノアさんが最初にくれはった『デイヴィッド・コパフィールド』です。主人公のデイヴィッドの大ファンで」

「ノア、本、大好きだった。本を読むの、一番好きでした」

「ディケンズを読んだことは？」

「読めないの」ソンジャは答えた。「わたし、字、読めないから」

「え、ほんまですか。ノアさんのお母さんやったら、きっととても頭がいいんでしょうに。社会人向けの夜間学校にでも通わはったらどうでしょう。ノアさんが私に勧めてくれたのも夜間学校でした」

ソンジャは管理人に微笑んだ。年老いた女に学校で学ぶよう本気で勧めているらしい。ノアがモーザスをなだめすかして勉強させようとしていた姿をふと思い出した。

管理人はレーキを見下ろした。それから深々と頭を下げ、失礼しますと言って仕事に戻った。その姿が見えなくなると、ソンジャは墓石の際の地面を手で掘った。穴が深さ三十センチほどになると、そこに写真の下がったキーホルダーを入れた。草の混じった土を埋め戻し、両手の汚れをハンカチでできるかぎり拭ったが、爪の下に入りこんだ土は取れなかった。ソンジャは土の表面を軽く叩いてならし、混じった草を手で払った。

それからバッグを手に立ち上がった。家でキョンヒが待っているだろう。


（了）

Book III: Pachinko
1962-1989

謝辞

この物語の着想を得たのは一九八九年だった。

当時、大学三年生だった私は、卒業したあとのことをまだ決めていなかった。将来を真剣に考えるより、目新しい刺激を求めた。ある日の午後、当時イェール大学で〈マスターズ・ティー〉と呼ばれていた特別講義シリーズに出席した。特別講義に出たのはそれが初めてだった。その日の講師は日本で活動するアメリカ人宣教師で、テーマは〝在日《ザイニチ》〟――日本統治時代の朝鮮半島から移住してきたコリアンやその子孫――だった。日本在住のコリアンのなかには、在日コリアンという呼び方を嫌う人もいる。文字どおりに解釈すれば〝日本に在住する朝鮮・韓国人〟だが、日本在住のコリアンには三世、四世、五世もいて、彼らにその定義は当てはまらない。民族的にはコリアンで、現在は日本国籍を持っている人も大勢いるものの、帰化の手続きは簡単ではない。ほかに、日本人と結婚している人もいれば、父母や祖父母の誰かがコリアンだという人もたくさんいる。在日コリアンやコリアンの血を引く人々は、悲しいことに、法的・社会的な差別を受けてきた。身分証明書や公的記録を確認すればコリアンであることはわかるが、その事実を隠して生活している人もいる。

特別講義の講師を務めた宣教師はこういった背景を説明したあと、在日コリアンであるために卒業アルバムに差別的なメッセージを書かれたある男子中学生の話をした。その少年は高層階から身を投げて死んだという。私はその話をどうしても忘れられなかった。

一九九〇年に歴史の学位を取って大学を卒業した私はロースクールに進み、弁護士として働き始めた。二年後に辞め、一九九六年の時点ですでに日本のコリアンの物語を書き始めた。たくさんの短編や長編の草稿を仕上げたが、出版されることはなかった。私は失意の日々を送った。二〇〇二年、短編〝Motherland（母国）〟が『ミズーリ・レビュー』に掲載された。誕生日に役所に行き、指紋押捺を経て外国人登録証明書を受け取る在日コリアンの少年の物語で、のちにペデン賞を授けられた。これ以外に、大学時代に耳にした実話をフィクションとして書いた作品を提出し、ニューヨーク芸術財団の助成金を獲得した。この助成金で学校に通い、執筆の時間を確保するためにベビーシッターを雇った。駆け出しのころに評価してもらったことは、その後に大きな影響を及ぼした。本を一冊出版するまでにとても長い時間がかかったからだ。さらに、ニューヨーク芸術財団に認められたことで、人生の大半をさげすまれ、否定され、忘れられてきた在日コリアンの物語を何らかの形で世に伝えるべきだという私のかたくななまでの信念は間違っていないと励まされた。

本にするなら絶対に間違いのないものをと思ったが、その一方で、この分野に関する自分の知識やスキルがまるで足りていないという自覚もあった。その不安ゆえに膨大なリサーチをして、在日コリアンのコミュニティをテーマに長編の草稿を書き上げた。それでもまだ何かが違うと感じた。二〇〇七年、夫の東京転勤が決まり、八月に家族で引っ越した。数十人の在日コリアンに現地で取材できたおかげで、私は書くべき物語を誤解していたようだと気づいた。在日コリアンは歴史の犠牲者であるかもしれないが、一人ひとりからじっくり話を聞いてみると、そういう単純な話ではないとわかったのだ。日本で会った人々の寛容さと複雑な心理を目の当たりにして自分がいかに間違っていたかを知り、それまでの草稿をすべてくず入れに投げこんで、二〇〇八年、同じ物語を一から書き直し始めた。そこからひたすら書いて書いて書き直したあげく、ようやく出版にこぎつけた。

　つまり、この物語とのつきあいはかれこれ三十年近くなる。それだけに、感謝を捧げたい人々は多数に上る。

　この本に最初に可能性を見いだしてくれたのは、『ミズーリ・レビュー』のスピア・モーガンとイヴリン・サマーズだった。私自身があきらめかけたとき、ニューヨーク芸術財団はフィクション作家向けの助成金を授けて支援してくれた。ありがとう。

　東京で暮らしていた時期、数えきれないほどたくさんの人が取材に快く応じ、在日コリアンについての質問に答えてくれた。ほかに、異国の地での暮らしぶり、国際金融、やくざの世界、日本統治時代のキリスト教、警察のしくみ、移民、歌舞伎町、ポーカー、大阪、東京の不動産取引、ウォール街でのリーダーシップ、水商売《ミズショウバイ》に関する知識を授けてくれた。それに、もちろん、パチンコ業界についても。直接会うのがむずかしかった人たちも電話取材やメール取材に応じてくれた。次に挙げる人々に、心からの感謝を伝えたい。スーザン・メナデュー・チョン、ジョンムン・チョン、ジス・ジョン、ヘンジャ・チョン、カンジャ・チョン、ヨンウォン・チョン師、スコット・キャロン、エマ・フジバヤシ、ステファニー・ガイエットとグレッグ・ガイエット、マリー・アウエ、ダニー・ヘグリン、ゲン・ヒデモリ、ティム・ホーニャック、リンダ・リー・キム、ミョング・キム、アレクサンダー・キンモント、タミー・マツナガ、ナオキ・ミヤモト、リカ・ナカジマ、ソヒ・パク、アルベルト・田村、ピーター・タスカー、ジェーン・クインとケヴィン・クイン、ヒャン・ヤン、ポール・ヤン、サイモン・ユ、チョンラン・ヨン。

また、次に挙げる著述家の著作がなければ、この本を書き上げることはできなかったと記しておきたい。デヴィッド・チャプマン、ヘンジャ・チョン、ハルコ・タヤ・クック、セオドア・F・クック、エリン・チョン、ジョージ・デボス、福岡安則、ヘヨン・ハン、ヒルディ・カン、姜尚中、サラ・サカエ・カシャニ、ジャッキー・J・キム、チャンス・イ、スーイム・リー、ジョン・リー、リチャード・ロイド・パリー、サミュエル・ペリー、ソニア・リャン、テッサ・モリス＝スズキ、スティーヴン・マーフィ重松、メアリー・キモト・トミタ。彼らの著作を大いに参考にしたとはいえ、もしも事実の誤りがあれば、それは私の責任である。

日本、韓国、アメリカの友人や家族にも、愛と信頼と思いやりをありがとうと伝えたい。彼らがいなければ、この本の執筆と推敲《すいこう》、改稿をやり遂げることはできなかっただろう。ハリー・アダムズ師、リン・アーレンズ、ハロルド・アウゲンブラウム、カレン・グリスビー・ベイツ、ディオンヌ・ベネット、ステファナ・ボトム、ロバート・ボイントン、キティ・バーク、ジャネル・アンダーバーグ・キャロン、スコット・キャロン、ローレン・セランド、ケン・チエン、アンドレア・キング・コリア、ジェイ・コスグローヴ、エリザベス・クスレル、ジュノー・ディアス、チャールズ・ダフィ、デヴィッド・L・エング、シェリー・フィッシャー・フィッシュキン、ロクサンヌ・フレイザー、エリザベス・ギリーズ、ロジータ・グランディソン、ロイス・ペレルソン・グロス、スーザン・グエレーロ、ステファニー・ガイエットとグレッグ・ガイエット、シンヒ・ハン、メアリー・フィッシュ・ハーディン、マシュー・ハーディン師、ロビン・マランツ・ヘニッヒ、ディーヴァ・ヒルシュ、デヴィッド・ヘンリー・ホアン、ミホコ・イイダ、マシュー・ジェイコブソン、マサ・カバヤマとミチャン・カバヤマ、ヘンリー・ケラーマン、ロビン・F・ケリー、クララ・キム、レスリー・キム、エリカ・キンゲツ、アレクサンダー・キンモントとレイコ・キンモント、ジャン・ハンフ・コレリッツ、ケイト・クレイダー、ローレン・クンクラー・タン、ケイト・ラティマー師、ウェンディ・ラム、ハリ・イ、コニー・マゼッラ、クリストファー・W・マンスフィールド、キャシー・マツイ、ジェスパー・コール、ナンシー・ミラー、ジェラルディン・モリバ・メドーズ、トニー・オコナーとスザンヌ・オコナー、ボブ・ウイメット、アシャ・パイ＝セティ、キョンス・パク、ジェフ・パイン、クリフ・パクとジェニファー・パク、サニー・パク、ティム・パイパー、サリー・ギフォード・パイパー、シャロン・ポメランツ、グウェン・ロビンソン、キャサリン・サリスベリー、ジャネット・ワトソン・サンガー、リンダー・ロバーツ・シン、タイ・C・テリー、ヘンリー・トリックス、エリカ・ワグナー、アビゲイル・ウォルチ、ナホコ・ワダ、リンジー・ホイップ、カミー・ウィコフ、ニール・ウィルコックスとダナ・ウィルコックス、ハニヤ・ヤナギハラ。

　原稿を最初に読んでくれたディオンヌ・ベネット、ベネディクト・コスグローヴ、エリザベス・クスレル、ジュノ・ディアス、クリストファー・ダフィ、トム・ジェンクス、ミョン・J・リー、サン・J・リー、エリカ・ワグナーは、貴重な時間と鋭い洞察、やり抜く勇気を与えてくれた。ありがとう。

二〇〇六年に出会って以来、友情と知恵と善良さの源であり続けてくれているエージェントのスザンヌ・グルックにも感謝を。エリザベス・シェインクマン、キャスリン・サマーヘイズ、ラファエラ・デアンジェリス、アリシア・ゴードンのすばらしい仕事ぶりと惜しみない誠意にも。クリオ・セラフィムの思慮深い支援にもお礼を。

担当編集者デブ・フッターの鮮明なビジョンと類を見ない知性、特別な心遣いがこの本に形を与えてくれた。そのことに深い感謝を伝えたい。ありがとう、デブ。最高の出版社を率いるジェイミー・ラーブは、ごく初期から執筆を支えてくれた。ジェイミーを友人と呼べることに心から感謝している。次に挙げるグランド・セントラル・パブリッシングとアシェット・ブック・グループの才能ある人々にも感謝を述べたい。マシュー・バラスト、アンドリュー・ダンカン、ジミー・フランコ、エリザベス・クルハネク、ブライアン・マクレンドン、マリ・オクダ、マイケル・ピーチ、ジョーダン・ルビンスタイン、カレン・トーレス、アン・トゥーミー。クリス・マーフィ、デイヴ・エプスタイン、ジュディ・デベリー、ロジャー・サギナリオ、ローレン・ロイ、トム・マキンタイア、そしてアシェット・ブック・グループ営業部のみなさんにも。原稿整理を担当してくれたリック・ボールにも感謝している。アンディ・ドッズの情熱と優れた知性は私を鼓舞してくれた。また、最高に有能なローレン・セランドにも感謝を。

イギリスの版元のニール・ベルトン、マデレーン・オシェア、スザンヌ・サングスターの誠意と支援にも感謝を伝えたい。ありがとう。

ママ、パパ、ミョン、サン——たっぷりの愛をありがとう。クリストファーとサム——あなたたちのおかげで私の人生は驚きと恵みに満ちている。家族でいてくれてありがとう。

MJL

解説

渡辺由佳里

私はバブル時代まっただなかの東京でアメリカ人ビジネスマンと知り合って結婚した。英国留学から戻り、日本に住みはじめたばかりの頃である。娘を出産後に夫の転勤で香港での生活を二年ほど経験したが、一九九五年からはずっとアメリカのボストン近郊に住んでいる。アメリカに来て困ったのは、日本語の本が入手しにくくて高いことだった。当時はキンドルどころかオンラインストアもなかった。『少年少女世界の名作文学』（小学館）のおかげで五歳の頃から活字中毒だった私は、読む本がないと生きていけない。そこで、必要にかられて英語の本を読むようになった。

アメリカ人の夫や義母よりも本をたくさん読み、しかも読んだ本について話さずにはいられない私は、そのうち周囲の人から「私にあう本を推薦してほしい」と頼まれるようになった。そして、二〇〇八年に、主に英語の新刊を日本語で紹介するブログ「洋書ファンクラブ」を始めた。そのブログの読者が増え、二〇一五年からは「ニューズウィーク日本版オフィシャルサイト」で「ベストセラーからアメリカを読む」という連載コラムも始めた。このコラムは、単に本の感想や書評ではなく、「なぜこの本が、現在のアメリカでベストセラーになっているのか？」という視点から本とその背景にある社会的な事情を説明するものである。
ミン・ジン・リーさんの『パチンコ』も、この「ベストセラーからアメリカを読む」で二〇一八年にご紹介したことがある。

二〇一七年二月にアメリカで発売されたこの長編小説はまたたく間にベストセラーになり、その年の全米図書賞の最終候補になった。「出版業界のインサイダーによる、インサイダーのための賞」という批判もされているが、アメリカでは重視されている賞であり、最終候補になっただけでも話題性がある。しかも、『パチンコ』はこの年の受賞作『*Sing, Unburied, Sing*』よりも多くの読者の心を摑み、ベストセラー上位に長くとどまった。読者評価も異常なほど高い。

正直なところ、それにも関わらず、最初のうち私はさほど読みたいと思っていなかった。「在日コリアン一家の四世代にわたる年代記」という内容紹介を読んで、「アメリカ人読者には珍しさがあるだろうが、日本で育った私が得る新鮮さはないだろう」と思ったし、私は「パチンコ」を一度もやったことがないほど苦手なのだ。賭け事が好きではないというだけでなく、あの騒音に耐えられない。だから私は、『パチンコ』が自分の好みの本ではないだろうと勝手に「食わず嫌い」をしていたのだ。

しかし、周囲の人から「あの本読んだ？」と尋ねられることがあまりにも多くなり、無視していられなくなってきた。なにせ、私が出会ったころには本など読まなかったアメリカ人の義母までもが「あの本、良かったわ〜。もちろん、ユカリのことだから、もう読んでいるわよね」と電話してくるのだ。最終的に背中を押したのは、アメリカ人と日本人のミックスである私の娘だった。「とても良い本だから読むべきだ」というのだ。

読んでみて、これまで「食わず嫌い」してきたのを後悔した。タイトルや内容説明から私が抱いていた期待を良い意味で裏切ってくれた、すばらしい読書体験だったからだ。

自分の人種や育った文化背景などをすっかり忘れてしまうほど登場人物に感情移入できるし、いったん読み始めたら最後までやめられなくなるほどのめりこんでしまうページターナーだ。そして、読後も彼らのことを考え続けてしまう。

小説は一九一〇年の釜山からスタートする。大日本帝国が大韓帝国との間で日韓併合条約を締結して朝鮮半島を統治下に置いた年だ。釜山の南にある影島の漁村に住む漁夫の夫婦は、その運命を黙って受け入れた。「盗人に祖国を譲り渡した」「無能な特権階級」と「無責任な支配者層」には、それ以前からすでに諦めの気持ちを抱いていたのだ。動揺するかわりに夫婦は身体に障害があるが利発なひとり息子フニの将来を考えた。夫婦は息子に学校で朝鮮語と日本語を学ばせ、仲人を使って見合い結婚をさせ、労働者用の下宿屋を経営させた。

フニの若い妻ヤンジンは何度も流産を繰り返した末にようやく健康な娘ソンジャを得た。そして、働き者のフニが亡くなった後も、未亡人は娘の助けを借りて評判の良い下宿屋を営み続けた。

ソンジャは働くことに生きがいを見出す生真面目な少女だったが、十六歳のときに年上の裕福そうな男コ・ハンスに誘惑されて妊娠してしまう。その後でハンスが既婚者だと知ったソンジャは、自分の過ちを恥じ、「結婚はできないが面倒は見る」というハンスの申し出を拒否して別れる。

田舎の漁村で未婚の女が妊娠するのは醜聞だ。結核で倒れたときに母娘に看病してもらったことに恩義を感じる若い牧師イサクは、これを神が自分に与えた機会だと考えてソンジャに結婚を申し込む。若い二人は、イサクの兄ヨセプの誘いで一九三三年に大阪に移住する。

イサクとヨセプの両親は裕福な地主だったが、韓国社会は不安定になっており、実家に経済的な余裕はなくなっていた。大阪に来たものの、韓国人牧師のイサクが得られる収入はほとんどなく、二組の夫婦は工場に勤めるヨセプの収入に頼ることになった。そのヨセプにしても、雇ってもらっているだけで感謝しなければならない状況で、どんなに働いても生活は楽にならなかった。

ヨセプが借金を抱えていることを知ったソンジャは、ハンスから受け取った唯一の贈り物である高級時計を内緒で売って返済したが、戦争前夜の日本の思想弾圧で牧師のイサクが逮捕されてしまい、一家はさらに窮地に陥る。ヨセプは男としての甲斐性にこだわって妻たちが外で働くことを禁じるが、ソンジャはヨセプの妻が作ったキムチを路上で売って家計を支える。

移民一世のソンジャたちは生活難で苦労するが、その二人の息子、特に学業優秀で真面目な長男は日本で育ったコリアンとしてのアイデンティティで苦悩する……。

異国に移住した一世と二世が異なる部分で苦労するというのは、実はどの国の移民にも共通している。この小説がアメリカで多くの読者に読まれ、高く評価されたのは、この部分にあるのかもしれない。

私がこの小説を読んでいるときに思い出したのは、二十世紀前半にアメリカに移住したアイルランド系やイタリア系移民が受けた差別や、紀元前からあるユダヤ人の迫害についてだ。ユダヤ系の人には金融業、医師、弁護士、科学者が多いのだが、それは古代のヨーロッパでユダヤ人の就業が禁じられていた職種が多かったからだという説を読んだことがある。また、アメリカのニューヨークやボストンでは、アイルランド系移民の警察官が圧倒的に多い。これも、アイルランド系移民が初期に受けた職業差別が少なからず影響している。二十世紀の日本での在日韓国・朝鮮人によるパチンコ店経営は、これらに似ているところがある。

アメリカは、先住民以外はすべて「移民」とその子孫だ。何世代か遡れば、必ず移民としてのこうした苦労ばなしに行きあたるはずだ。こうしたアメリカ人のＤＮＡに刻み込まれた記憶が、小説への共感を生むのだろう。

日本統治下の韓国での日本人による現地人への虐めや、日本人による在日コリアンへの差別、そして単語こそ出てこないが「慰安婦」のリクルート、日本で在日コリアンが受ける差別など、日本人にとっては居心地が悪い部分もある。

けれども、これは日本人を糾弾する小説ではない。

ニューズウィーク日本版のコラムのための取材で、作者のミン・ジン・リーさんは「私の夫は日本人とのハーフで、私の息子は民族的には四分の一が日本人だ。現代の日本人には、日本の過去についての責任はない。私たちにできるのは、過去を知り、現在を誠実に生きることだけだ」と語ってくれた。

そういったリーさんの日本人への愛情は、この小説に登場する善良な日本人や在日コリアンの言葉からも感じ取ることができる。

むろん、良いことばかりではない。この小説に出てくる在日コリアンの一世、二世、三世が日本や日本人に対して抱く複雑な心理は、白人男性と結婚してアメリカで暮らす私にはとてもよくわかる。裕福で政治的に保守的な夫の家族は、悪気なく差別的な発言をするのだが、日米の血が混じったわが娘のほうが、私よりも過敏なところがある。それは、差別を覚悟で移住した一世の私と、祖国を自分で選ぶことができなかった二世の違いなのかもしれない。『パチンコ』を読んだ後で、娘とそんなことを話し合った。

けれども、多くの人にとっては、民族としての祖国よりも、暮らしている土地が「母国」になるものだ。そういった葛藤を鮮やかに表現しているのが、アメリカのコロンビア大学で教育を受けた三世のソロモンと、コリア系アメリカ人の恋人フィービーとの意見の対立だ。フィービーは日本人の上司に騙されたソロモンに同情して憤慨するのだが、ソロモンは、〝日本人はみな悪〟という思いこみを持つフィービーにかえって冷めた感情を抱くようになる。そして、「彼はたまたまいやな人間だった。たまたま日本人だった。もしかしたら、アメリカで教育を受けた結果なのかもしれない。たとえ百人の悪い日本人がいても、よい日本人が一人でもいるのなら、十把一絡げの結論は出したくない」と思うのだ。

こういうソロモンを「出来すぎの人物」と感じる読者もいるかもしれない。けれども、アメリカに長く住んでいる日本人の多くは、アメリカやアメリカ人に対して同じような気持ちを抱いている。そして、ソーシャルメディアなどで「アメリカやアメリカ人はすべて悪」といった十把一絡げの意見を流す日本人がいると、ついアメリカを擁護したくなる。

こういった複雑な心理をしっかりと描いているのも、『パチンコ』の優れたところだ。

けれども、『パチンコ』がアップルTVで連続ドラマ化されるほど人気が出たのは、純粋にドラマとして面白いからだ。私は、読んでいる最中に、若い頃に観たNHK連続テレビ小説の「おしん」を思い出していたのだが、人情と家族ドラマというのは、人種や国境を越えて、誰もが理解し、愛せるものなのだろう。

そんな素晴らしいドラマをこうして日本の読者にご紹介できるのは、光栄だと思っている。

今回の邦訳版の出版にあたり、作者に「日本の読者へのメッセージ」をお願いしたところ、特別に読者への手紙を書いてくれた。それを翻訳したものを、この解説の後に載せるのでぜひお読みいただきたい。


（エッセイスト／洋書レビューアー）

著者から日本の読者へのメッセージ

読者のみなさまへ

読者のあなたと私がこのページで出会うとは、どれほどありえないような夢の中でも想像したことがありませんでした。この本が出版されるとも、まったく思っていませんでした。ですから、まずは「この本を手にとってくださって、ありがとうございます」と感謝するところからこの手紙を始めたいと思います。私は今年で五十二歳になるので、時間についてよく考えるようになりました。あなたがこの本に興味を持ってくださったのは、時間と思いやりをかけてくださったことになりますから、私にとってとても嬉しいことです。それを知っていただきたいと思います。

この小説のアイディアを得たのは、私が大学生だった一九八九年のことで、何十年も断続的にこの本を書き続けてきたことになります。この原稿を完成させたとき、自宅のプリンターで印刷し、それから近くのコピー店まで歩いて行って無料の原稿用ダンボール箱（平らに折りたたんであるのを自分で箱の形にするタイプの）をもらいました。その箱に原稿を入れ、地下鉄に乗って、ミッドタウンにある私の文芸エージェントのオフィスに向かいました。もちろん、今振り返ってみれば、ドキュメントのファイルをEメールで送ればよかったのです。でも、どういうわけか、私は自分で原稿を箱に入れて届けなければならないと感じたのです。ですから、そうしました。箱を両手に抱えてエレベーターに乗り、文芸エージェントのオフィスに向かいながら、私は自分にこう言い聞かせていました。もし二十世紀を舞台にした在日コリアン家族についての本を出版社に売ることができなかったら、あまり知られていない学術出版社にコンタクトして、後世のために無料で提供しようと。英語で在日コリア系コミュニティの世界を書いた小説はこれが初めてなのだから、きっと誰かが読みたいと思うはずです。なぜそれを確信していたかというと、「在日」として知られるコリア系日本人の話題について、半生かけてずっと学んだり、調べたりしてきたからです。

この本を書いている間、自分を疑うこともありました。このように馴染みがないトピックについて読みたいと思う人がいるのかどうか。執筆に時間がかかればかかるほど、誰からも書いてくれと頼まれていないことに信念を抱くのを愚かに感じるようになりました。

それでは、なぜ私はこの小説を書いたのでしょう？　どのようにして？　この二つの問いについて、私はずっと長い間考えてきました。『パチンコ』は、祖国を離れて別の国に移り、そこを故郷にしたコリアン一家の物語です。

主人公のソンジャは、権力がある裕福な男性と恋におちて妊娠した利発な十代の少女です。彼が結婚しているとわかったとき、彼女は希望を失います。間違いをおかした女の子がのけものにされた時代に、ソンジャはとても親切な男性に出会います。お金をほとんどもたないにもかかわらず、彼は彼女と生まれてくる子供を醜聞から守るために結婚を申し込みます。この夫婦は、馴染みがない国に移って自分の子供たちのために人生を築き上げ、彼らの子供たちもまたそれぞれに家族を作りあげていきます。『パチンコ』は、娘たちや息子たちの物語でもあります。ですから、私たちについての物語でもあるのです。

お読みいただき、ありがとうございます。

感謝をこめて
ミン・ジン・リー
（渡辺由佳里・訳）

PACHINKO
Min Jin Lee

パチンコ　下

二〇二〇年七月三十日　第一刷
二〇二一年三月　十　日　第五刷

著　者　ミン・ジン・リー
訳　者　池田真紀子《いけだまきこ》
発行者　花田朋子
発行所　株式会社文藝春秋
〒102-8008　東京都千代田区紀尾井町三-二三
電話　〇三-三二六五-一二一一
印刷所　精興社
製本所　大口製本

万一、落丁乱丁があれば送料当社負担でお取替えいたします。小社製作部宛お送りください。

定価はカバーに表示してあります。

ISBN 978-4-16-391226-4